KB180858

# 우주문학과 시

## 음의 태양

김영산 시론집

# 우주문학과 시

음의 태양

국학자료원

# 책머리에

우주에 시 아닌 것이 어디 있으랴! 우주에서 시의 혼례는 날마다 치러지고, 시의 장례는 날마다 치러진다. 별들의 혼례, 별들의 장례! 별들은 스스로 제가 저를 장례 치른다. 별들의 자화장(自火葬)이다. 사람도, 사람 남자도 사람 여자도 별이다. 별에서 태어나 별로 돌아간다.

우주 여자는 빅뱅 이후, 38만 년 동안 임신하고 있었다. 우주 여자 임신 기간 38만 년! 우주는 너무 중력이 세고 밀도가 높아, 암흑 속에서 빛이 태어나지 못하고 서로 한 몸이 되어 수프처럼 끓고 있었다. 암흑의 곤죽, 빛의 곤죽은 어미와 자식이 되어 때를 기다리다 마침내, 38만 년이 되어서야 암흑의 어미의 뱃속에서 빛이 빠져나왔다. 빛의 독립! 빛의 탄생은 임신했던 우주 어미의 튼 뱃살에 튼 엉덩이에 튼 허벅지에 고스란히 남았다. 이른바 우주 배경 복사이다.

사람 여자 38주 임신 기간! 우주 여자 38만 년 임신 기간은 왜 숫자가 일치할까. 천체우주론을 하는 한 과학자는 이 숫자를 "사무치게"라는 말로 표현했다. 과학과 시가 하나이고, 과학자와 시인이 하나인 숫자. '사무치게'라는 절박하고 아름다운 우리 말로 옷을 입은 '38'이라는 숫자! 우주 여자와 사람 여자는 하나였다.

우주에 별 아닌 것이 어디 있으랴! 누가 별의 씨앗을 심었는지 모르지만, 우주는 은밀함과 광채 나는 두 얼굴을 지녔다. 그보다 훨씬 많은 다중의 얼굴을 지녔다. 다중 인격과는 다른 다중우주격이 있는지 모르지만, 우리는 우주를 헤맬수록 더 모르지만 방랑의 그 자체가 별인지 모른다. 우주 방랑의 별들! 암흑 속을 헤맬수록 단순하고, 의미가 거의 없는 무의미한 별들! 완전한 어둠은 없으니, 암흑물질 암흑에너지 블랙홀도 거대한 별이다. 우주는 그 자체로 어마어마한 별이다.

우주 은하 중심마다 있는 거대 블랙홀은 별이다. 우주 은하는 2조 개, 관측 장비가 발달할수록 더 많이 보인다. 이미 '우리은하'의 몸을 속속들이 관측 장비가, 내시경처럼 들여다봤다. 검은 빛만이 아니라 푸른 빛, 보랏빛을 띠는 몸이다. 이 우주 사람은 누구인가? 태양이 이곳을 2억 5000만 년에 걸쳐 한 바퀴 도니, 태양의 태양인 데 은하의 중심에 있으니 **은하태양**이다. 그렇다면 이 은하태양이 없이는 우리 태양은 존재할 수 없단 말인가? 우리 태양보다 300만 배나 크다는 이 거대 태양을, 지구를 포함한 태양계 전체가 22바퀴째 돌고 있으니 우리 은하계는 한 몸이다. 은하 달력으로 보면 22은하년, 이 은하태양의 이름을 조용히 나는 불러본다. "음의 태양아!"

테야르 드 샤르댕은 우주는 해체할 수 없는 것이라고 말한다. 우주는 어우러져 있기에, 하나의 전체로 보는 것 외에 달리 볼 방법이 없다는 것이다. 부분으로부터 전체를 이해할 수는 없는가? 무엇이 우리를 '사무치게' 하는가? AI 시대에 왜 나는 시를 쓰는가? 우주문학과 시는 하나이다. 이 우주시대에 음의 태양의 출현은 음개벽이다. 동서양은 우주에서 하나이고 '사무치게' 지구 하나로 살고 있다. 지구 위기는 한 사람의 위기만큼 절박하다. 지구에서 너를 사무치게 불러본다. "은하태양아!"

이 글은 은하태양(Galaxy Sun)이란 제목으로 본문에 나오는 내용이다.('the sun of galaxy'가 아니다. 은하의 중심에 있는 '음의 태양'을 의미하는 신조어이다. 우주의 은하의 중심마다 음의 태양이 있기에, 우리 은하 중심에 있는 음의 태양조차 '유일한 음의 태양'이 아니다. 1000억 2000억 개보다 훨씬 많은, 2조 개가 넘는 우주 은하가 있다고 한다. 그러면 당연히 2조 개가 넘는 음의 태양이 있어야 한다.) 은하태양은 음의 태양이고 푸른 블랙홀이고 푸른 태양(푸른 해)이다. 내 졸저 『우주문학 선언』(국학자료원, 2021)에서 은하태양에 대해 자세히 다루었다. 은하태양의 우주 중력이 중심을 잡아주어, 우리 태양계는 이 은하태양의 주위를 거대한 타원을 그리며 돌고 돈다는 이야기이다. '은하태양=푸른 블랙홀(검은 블랙홀)=푸른 태양=음의 태양'이란 공식을 만들고 있다. 이 푸른 태양이 우리네 청산처럼 우주의 중심을 잡아주고, 은하의 중심을 잡아준다고 생각하여 푸른 우주 청산으로 그리고 있다. 그래서 푸른 태양을 우리네 고려 가요의 『청산별곡』으로 그렸다. 즉 푸른 태양은 지구의 모든 산천이나 우리네 방방곡곡 산천이나, 또 우리네 서울의 북한산같이 사람살이의 중심을 잡아준다는 것이다. 은하태양 푸른 태양이 은하의 중심을 잡아주어 우리 태양계를 돌고 돌게 하듯이, 서울의 산은 서울의 온갖 번잡함의 중심을 잡아주어 생명들을 살아가게 하는 푸른 태양이다. 푸른 산이 푸른 태양이다. 우주에 은하마다 은하태양 푸른 태양이 있듯이, 지구의 나라마다 고을마다 푸른 산들이 있다. '청산별곡'이 푸른 태양이다.

우주에 시 아닌 것이 어디 있으랴. 다시 말해도 시인에게는 모든 것이 시이다. 시만이 아니라 시론도 시이다. 우주문학론도 시요, 음의 태양도 시이다. 그 푸른 태양이 청산별곡이라면 고려 가요도 현대시도, 하나의 우주시이다. 우주 중력이 은유라면 우주 척력은 환유이다. 우주 은유와 우주 환유는 암흑물질과 암흑에너지 사이에서 두 다리로 걸음을 걸어간다. 외다리가 되면 불구의 시가 된다. 불구의 시! 매혹이긴 하지만 오래 가지 못한다. 환유의 체계와 은유의 체계를 동시에 가져야 우주 중력의 탄력을 갖는다. 중력이 탄력을 만든다. 중력의 은유가 탄력을 만든다. 환유의 척력이 탄력을 돕는다. 중력의 시가 탄력을 만들고, 척력의 시가 탄력을 해체한다. 척력의 시는 탄력을 해체하며 탄력을 만든다.

그동안 발표되고 묶어낸 책 속에 우주문학과 시와 관련된 글만을 솎아낼 필요가 있었다. 솎아내어 버릴 것은 버리고 재편집할 필요성을 느꼈다. 또한, 우주문학과 관련된 책이 절판되어 구입하지 못한 독자들로부터 책을 구해 달라는 요청이 있었다. 우주문학의 '핵'이라 할 수 있는 음의 태양의 용어가 발명되면서 독자들에게 새롭게 선보일 필요성을 느꼈다. 이 세 가지를 다 충족할지는 모른다. 은하태양이라 할 수 있는 음의 태양에 대해 알리는 일은 계속 되어야 하리라 본다. 과학적 사유와 인문학적 사유는 동시에 진행 되어야 한다. 여성성 남성성을 넘어 '우주성'으로 나아가야 한다. 이 우주성이 음의 태양이다. 시인이여! 우주문학은 도적같이 와 있었다. 이 책의 확장성에 도움을 준 황인찬 시인과 박동억 평론가에게 감사를 드린다.

2022년 3월 용마루재에서

김영산

# 차례

## 3부 시설론(詩說論)

## 4부

시와 시설 작품



## 5부

샴쌍둥이지구

# 1부

## 음의 태양

# 세계 최초의 우주문학 선언

## 우주문학 선언

우주문학 선언은 '음의 태양'의 시대를 선언하는 것이다. 이제 인류가 누려온 '양의 태양'의 시대가 저물고 있음을 알아야 한다. 우리 은하의 중심에 태양보다 300만 배나 큰 음의 태양이 발견됐다. 그리고 태양의 태양이 있다는 사실을 알게 됐다. 이제 지구만의 '태양주의'를 극복하지 않으면 안 된다. 양의 태양은 음의 태양을 2억여 년에 걸쳐 돌고 돈다. 은하 중심의 음의 태양이 우주의 중간지대다. 이때 1천억 개 우주 은하의 중심마다 우주의 중간지대가 있다.

이 음의 태양의 발견은 우주문학의 현실화를 의미한다. 음의 태양은 은하태양(Galaxy Sun)이다. 푸른 빛을 띠는 푸른 태양이다. 검은 빛을 띠는 검은 태양이다. 이 초중량 블랙홀이 '음의 태양'임을 입증하는 과학적 사례는 많다. 인문학과 시의 영역에서도 음의 태양이 떠오른다. 우주의 중심의 '중심'이 음의 태양이다. 지구의 중심의 중심도 있다. 온갖 사상과 종교, 역사가 있는 한반도가 지구의 중간지대인 것이다.

인류는 정확히 절대성과 상대성의 두 세계로 쪼개져 있다. 지구 위기도 거기서 온다. 그래서 상대성과 절대성의 세계가 하나인 '우주성'의 중간지대 발명이 절박하다. 양의 태양과 음의 태양이 동전의 양면인 것처럼, 음의 태양은 절대성과 상대성이 하나라는 사실을 밝히는 것이다. 모든 신과 인간의 문제도 여기서 해결할 수 있다. 우리가 음의 태양이기 때문이다. 빛의 속도보다 빠른, '생각'이란 물질을 우리는 가지고 있다. 생각이 물질이라는 걸 안다면 음의 태양의 물질도 작동된다. 이제 인류는 '양의 태양'의 사유 대신 '음의 태양'의 사유로 전환해야 한다.

다른 표현을 빌려 오자면, 음의 태양은 '빛나지 않는 별' 즉 초중량 블랙홀을 의미한다. 블랙홀이 별이라는 생각은 '보이지 않는 별'과 '보이는 별'이 동시에 존재할 수 있음을 가리키는 것이다. 동양의 '음양'뿐만 아니라 서양에서도 은연중 태양은 남성성으로 이념화한다. 지금껏 인류의 사고는 태양 중심, 즉 남성 우주에 맞춰진 것이 사실이다. 태양에서 신성을 찾고, 왕의 권력을 찾고, 원만한 성품을 찾더라도 그 한 개의 태양 안에서만 우리는 꿈꾼 것이다. 다시 찾더라도 '보이는 태양'만을 그리는 것이다. 꿈에라도 왜, 태양의 태양이 있을 거라는 생각을 못 했는가. '보이지 않는 태양', 수백만 배나 더 큰 태양이 있을 거라는 생각을 안 했는가.

천체우주론의 과학은 철학과 문학 등에 암흑물질과 광채로 동시에 다가온다. 우주의 광기, 즉 광기(光氣)와 광기(狂氣)는 하나로 작동된다. 보이지 않는 광기를 암흑물질이나 블랙홀이라 말한다면 보이는 광기를 별이라 말할 수 있을 것이다. 그러나 둘은 분리될 수 없는 우주의 신체를 지녔다. 우주의 몸은 보이지 않는 별과 보이는 별로 이뤄진, 어마어마한 별이다.

## 우주문학은 (신)세계문학이다

한국문학의 광기에서 우주문학은 발명된다. 그래서 한국 우주문학의 기원에 관한 연구가 선행돼야 한다. 한국문학과 지구문학의 발견과 발명은 서로 순환하는 우로보로스(Ouroboros)보다 큰 우주팽창이론으로 급속히 팽창할 것이다. 단순히 급팽창이 안 되려면 코스모스 문학(Cosmos Literature)보다는 카오스모스 문학(Chaosmos Literature)이란 이름으로 호명하는 것이 옳다. 우주문학은 작가의 내면에서 점화돼 쏘아 올려지는 우주선이다.

한국 우주문학의 기원을 밝히고, 이를 선언하는 일이 먼저이지만 역으로 우주문학은 자국문학의 단계를 벗어나려 한다. 정과리는 ≪현대시≫ 1월호에서 "지금의 현실은 모든 문학들이 자국문학의 단계를 지나 세계문학으로, 다시 말해 지구문학으로 재편되고 있는 중이다. 그런 사정을 아는 듯 모르는 듯, 김영산은 대뜸 '우주문학'을 선언하고 나왔다"라고 했다. 정과리의 '선언적' 글이 '선언'에 대해 다시 생각해보게 했다.

우주문학은 전위이며 전복이며 시의 개벽이다. 지구 대지와 우주 대지의 '움직이는' 영토(領土)와 영토성(靈土性)을 언어의 우주로 확장하고, 지구 대지에서만 자란 사상의 나무와 꽃과 열매에는 더 이상 벌과 나비가 찾아오지 않으리란 것을 예견해야 한다. 초현실주의가 "'노동하기로 동의'하지 않는" 손으로 제1차 세계대전의 파괴를 짚고 전장에서 나온 예술운동이라면, 우주문학은 지구 전체의 파괴를 짚고 전장에서 나온 **그 무엇**이다. 이제는 '지구의 인간공장은 실패했다'라는 선언이 필요할지 모른다. "태평양 복판 한반도 3배 쓰레기 섬"이 생겨나고, "5

번 과거 대멸종, 생물 95% 사라져" "여섯 번째 대멸종 온다"고 "지질학자들"이 선언해서만이 아니다. 인류 탐욕 때문임을 예견하지 못한 것도 아니다.

인류의 '걸음'은 우주로 확장된다. 사피엔스의 과학 기술은 우주가 땅이고 '움직이는 부동산'임을 알아버렸다. 중력과 척력 · 암흑물질 · 암흑에너지가 대지가 되는 공식을 만들어내고 있다. 이 중력의 우주에서 '중력파'의 발견으로 중력문명의 시대가 오고 있는 것이다. 그와 더불어 우주 과학을 먼저 선점한 강대국에서 제국주의의 발상이 감지된다. 우주 제국주의가 도래하고 있다.

지구의 불모성이 지구의 불구성으로 가는 동안 (구)세계문학은 무엇을 했는가. 지구의 불구를 모르고 푸른 청산 푸른 바다를 계속 훼손한다면 각 나라의 국경은 공동묘지 구획에 불과할 것이다. 불모성이 자유를 낳았다면 불구성은 기형의 자식을 낳는다. 이미 지구는 샴쌍둥이지구가 돼버렸다. 그런 의미에서 (구)세계문학이 하나의 양의 태양을 가졌다면 (신)세계문학 즉, 우주문학은 천억 개의 음의 태양을 가진다. 우주 화쟁은 음의 태양을 발명한 데서부터 비롯된다. 하나의 하얀 해와 우주의 숱한 푸른 해들, 우리네 청산별곡 같은 숱한 푸른 블랙홀인 음의 태양을 노래하고 그리는 것이 우주문학이다.

화이트헤드(A.N.Whitehead)의 ≪관념의 모험(Adventures of Ideas)≫(1933)에 나오는 '우주론' 역시 한 개의 태양을 가진 인류의 관념인지 모른다. 마호메트교도와 불교도, 기독교도와 과학의 기도는 숱한 음의 태양들을 만나며 은하태양을 완성해 갈 것이다. 인류의 현실주의와 초현실주의의 광기도 마찬가지다. 음의 태양은 우주의 완전함과 불완전함을 동시에 보여준다. 음의 태양은 양의 태양에 대한 상대적인 개념이 아니다. 그렇기에 우린 남성우주 · 여성우주 · 중성우주 경계의 중심이 되는 '우주성'을 찾아야 한다. 지구 위기를 극복하는 일은 하나의 '양의 태양 중심주의'를 극복하는 데 있다.

## 음의 태양과 우주개벽

우리 은하의 중심에 태양보다 3백만 배나 큰 음의 태양이 존재한다. 그 태양의 태양은 푸른 빛을 띠는 푸른 태양이자 은하태양이다. 우리의 태양은 그 거대 태양을 돌고 돈다. 우리 태양이 은하태양을 한 바퀴 도는 데 2억 5천만 년이 걸린다. 우리는 은하달력으로 보면 22은하년을 살고 있다. 우리 태양계는 그 음의 태양, 즉 은하태양을 돌고 은하태양은 은하단을 돌고 은하단은 대우주를 떠돈다.

1천억 개가 넘는 우주 은하의 중심마다 1천억 개가 넘는 음의 태양이 존재한다. 관측 장비의 발달로 1조 개가 넘는 은하가 발견되면 음의 태양도 늘어난다. 우주의 시대가 왔다, 글을 쓰는 자에게는 우주문학의 시대가 왔다! 우주의 언어는 별이다. 별은 시간과 함께 태어났다. 그러나 우리는 태초의 시간을 모른다. '우리'라는 별은 고향을 모른다. 태초의 빛을 찾아가는 둥근 열쇄가 우주 은하 중심마다 있는지 모른다. 우리 은하의 중심에 이상한 구조도가 그려지더라도, 그 중심에 고대 블랙홀이 사라지고 생겨난 암흑물질의 태양일지라도 음의 태양이라는 것에는 변함이 없다. 이 보이지 않았던 태양이 인류에게 보이는, 음의 태양의 출현은 음개벽이다. 우주성은 '사람 중심'만이 아니라 온갖 생명과 비생명까지 끌어안을 수 있어야 한다. 우주의 블랙홀 · 암흑물질 · 암흑에너지가 생명체일 수도 있다. 인간이라는 암흑물질과 인간이라는 블랙홀 혹은 인간이라는 별은, 보이지 않는 별과 보이는 별이라는 점에서 다 같은 별이다. 즉, 음의 태양이다. 양의 태양에 가려졌던 우주성 역시 음의 태양이다. 이제 여성우주는 중간지대로 자리 잡아야 하지만, 남성성과 상대적인 대립이 아닌 포용과 평등의 우주성으로 이 시대를 개벽해야 한다. 그 음의 태양, 우주개벽이 우주문학이 될 것이다.

—『중앙아카데미아』, 2021.4.7.

# 음의 태양과 우주문학을 위해

## 세계 최초로 '우주문학'을 선언했는데, 우주문학을 언제 구상했는지

처음 우주문학 용어를 언급한 것은 2016년 2월 중앙대 석사논문 <우주론과 현대시론의 상관관계 연구> 2페이지에서다. 이후 2017년 3월 1일 ≪포에트리≫ 창간호에 우주문학 특집을 발표했다. 구상은 30년 전부터 했는데, 2008년 3월에야 ≪시마(詩魔)≫ 시집을 쓰며 '우주게임'으로 작품화했다.

내가 ≪창작과 비평≫에 시로 등단한 지 꼭 30년이 됐다. 그동안 한 국가나 대륙이 아닌 '지구 위기'가 현실화됐다. 나의 졸시집 ≪하얀 별≫ 첫 구절에 나오듯 "지구의 장례가 치러지고 있다"는 사실을 느꼈고, '지구문학'과 동시에 우리나라에 과연 세계 최초의 '미학 담론'이 있는가, 하는 고민을 했다. 아직도 한국 문학은 일본의 만행으로 이식문학이 되거나 '근대문학론'이 자리 잡지 못했는데, 이 시점에서 어떤 추진력이 필요하다고 느꼈다.

또한 강대국들의 미학 담론이나 사상을 의심하기 시작했다. ≪우주문학 선언≫에 나오는 "인간공장은 실패했는지 모른다"는 말처럼 '인간주의'의 반성 없이 '지구 위기' 극복은 불가능하다고 보기 때문이다. 인류가 어디서부터 실패했는지 우주적으로 사유할 필요가 있다. 국가 우월주의에 빠진 강대국들은 쉽게 변하지 않겠지만, 그들이 만든 철학이나 예술 담론 등을 다시 들여다봐야 한다. 그래서 우리나라처럼 세계의 '중간지대'가 되는 나라에서 새로운 사상이 나와야 한다고 생각한다. 그게 우주문학이고 음의 태양인데, '우주의 중간지대의 발명'이라고 해야 할까.

## '음의 태양'과 '양의 태양'의 가장 큰 차이점은

음의 태양은 우리 은하의 중심에 있는 검은 빛과 푸른 빛을 동시에 띠는 초중량 블랙홀 '은하태양'을 말한다. 이는 우리 태양계의 태양보다 300만 배나 크다. 그래서 태양계 모든 별들이, 이 은하태양을 돌고 돈다. 은하태양을 한 바퀴 도는 데 약 2억5천만 년이 걸린다. 블랙홀을 아인슈타인보다 150년 앞서 최초로 언급한 이는, 목사이자 과학자인 영국의 존 리첼이다. 그는 블랙홀을 '빛나지 않는 별'이라 했다. 블랙홀이 별이라는 사실을 알면, 우주가 완전 달라질 것이다. 1천억 개가 넘는 우주 은하 중심마다 음의 태양이 있는 셈이다.

그런데 우리는 '언어의 우주'에 살고 있고 '양의 태양'의 사유에 젖어 있다. 세계에 음의 태양이 출현한 것은 음개벽으로 볼 수 있다. 모두 이 '우주성'을 중심에 놓고 빛보다 빠른 '생각'이 물질이라는 사실을 인식할 수 있어야 한다. 음의 태양이 중심이 되고 리더가 돼, 양의 태양이 돌고 돌 때 전쟁의 시대가 가고 평화와 포용의 시대가 올 것이다. 인류

문명 1만 년의 사유로는 인류의 상처는 치유가 불가능하다. 황제나 왕과 같은 기득권, 즉 '남성성'이 중심이 되는 인류는 전쟁광을 중식한다. 인류 사상의 지각판이 바뀌는 세계에 '음의 태양이 출현'한 것이 우주문학 선언이다.

## 추후 연구와 관련해 계획하는 일은

우주문학은 개인이 하는 게 아니기에 '사회 운동성'을 가져야 한다. 사회구성원 모두가 힘을 모아야 하는 것이다. 최근 미국의 재미 학자가 연구한 논문을 보면 한국의 창의력이 세계 꼴찌로 나온다. 그 주범은 교육 환경 등에서 비롯된 것으로 보인다. 사실 지구 위기 극복을 위해선 우리 대학부터 학문의 개벽이 절실하다. 외국에서 처음 만들면 인정하고, 한국에서 처음 만들면 멸시하는 태도는 버려야 할 유습이다. 이제 막 점화된 우주문학도 세계를 넘어 우주로 날아가고 싶다. 그래서 지금처럼, 우주문학을 알리는 데 노력할 것이다. 우주문학은 개인의 것이 아니기 때문에 더 많이 언론에 알려야 한다고 본다. 특히 지구 위기를 극복하는 일은 '기후 위기'도 그렇지만, '양의 태양과 음의 태양'을 떼어놓고는 할 수 없다는 걸 알려야 한다. 감히, 우주문학으로 세상의 패러다임을 바꿔 평화와 포용의 세상을 만드는 데 일조하고 싶다.

—『중앙아카데미아』, 2021.4.7.

# 음의 태양과 우주문학

부끄럽게도, "세계 최초의 우주문학 선언"이란 제목으로 중앙아카데미아에서 작년 4월 7일에 기사가 나왔다. 나의 '음의 태양'에 관한 기사였다. '음의 태양'에 대한 나의 졸고는 지구 위기 시대에 인류가 나아갈 방향을 모색한 글이다.

음의 태양은 은하 중심마다 있는 초중량 블랙홀을 말한다. 음의 태양 없이는 양의 태양은 존재할 수 없는데, 왜 그런 것인가. 왜 초중량 블랙홀이 음의 태양인가. 왜 음의 태양의 사유는 인류를 위해 꼭 필요한가. 왜 인류는 음의 태양이 있다는 사실을 자각하지 못하는가. 지구 위기와 음의 태양의 출현은 무엇을 의미하는가.

음의 태양은 우리 은하의 중심에 있는 검은 빛과 푸른 빛을 동시에 띠는 초중량 블랙홀 '은하태양'을 말한다. 이는 우리 태양계의 태양보다 300만 배나 크다. 그래서 태양계 모든 별들이, 이 은하태양을 돌고 돈다. 은하태양을 한 바퀴 도는 데 약 2억5천만 년이 걸린다. 블랙홀을 아인슈타인보다 150년 앞서 최초로 언급한 이는, 목사이자 과학자인 영국의 존 리첼이다. 그는 블랙홀을 '빛나지 않는 별'이라 했다. 블랙홀이 별이라는 사실을 알면, 우주가 완전 달라질 것이다. 2조 개가 넘는 우주 은하 중심마다 음의 태양이 있는 셈이다. 우주에 2조 개의 음의 태양이 있다고 생각해 보시라. 조금만 눈을 돌려도 어렵지 않게, 과학계에 조금만 눈을 돌려도 이게 사실임을 알 수 있는데. 과학계가 인문학계에 조금만 눈을 돌려도 사실임을 자각하는데.

그런데 우리는 '언어의 우주'에 살고 있고 '양의 태양'의 사유에 젖어 있다. 세계에 음의 태양이 출현한 것은 또 다른 음개벽으로도 볼 수 있다. 모두 이 '우주성'을 중심에 놓고 빛보다 빠른 '생각'이 물질이라는 사실을 인식할 수 있어야 한다. 음의 태양이 중심이 되고 리더가 돼, 양의 태양이 돌고 돌 때 전쟁의 시대가 가고 평화와 포용의 시대가 올 것이다. 인류문명 1만 년의 사유로는 인류의 상처는 치유가 불가능하다.

인류는 정확히 절대성과 상대성의 두 세계로 쪼개져 있다. 지구 위기도 거기서 온다. 그래서 상대성과 절대성의 세계가 하나인 '우주성'의 중간지대가 절박하다. 양의 태양과 음의 태양이 동전의 양면인 것처럼, 음의 태양은 절대성과 상대성이 하나인 우주적 중간지대인 것이다. 모든 신과 인간의 문제도 여기서 해결될 수 있다. 우리가 음의 태양이기 때문이다. 그러나 우주의 표정을 인간이 어찌 다 담으랴. 다만 자본주의 시대의 표정을 닮은 한 인간의 표정 속에 짧은 빛 한 줄기로 스쳐 지나갈 뿐이다. 빛의 속도보다 빠른, '생각'이란 물질을 우리는 가지고 있다. '생각이 물질'이라는 걸 안다면 음의 태양의 사유도 작동된다.

동양의 '음양'뿐만 아니라 서양에서도 은연중 태양은 남성성으로 이념화했다. 지금껏 인류의 사고는 태양 중심, 즉 남성 우주에 맞춰진 것이 사실이다. 태양에서 신성을 찾고, 왕의 권력을 찾고, 원만한 성품을 찾더라도 그 한 개의 태양 안에서만 우리는 꿈꾼 것이다. 다시 찾더라도 '보이는 태양'만을 그리는 것이다. 꿈에라도 왜, 태양의 태양이 있을 거라는 생각을 못 했는가. '보이지 않는 태양', 푸른 태양, '은하태양'이 있을 거라는 생각을.

천체우주론의 과학은 철학과 문학 등에 암흑물질과 광채로 동시에 다가온다. 우주의 광기, 즉 광기(光氣)와 광기(狂氣)는 하나로 작동된다. 보이지 않는 광기를 암흑물질이나 블랙홀이라 말한다면 보이는 광기를 별이라 말할 수 있을 것이다. 그러나 둘은 분리될 수 없는 우주의 신체를 지녔다. 우주의 몸은 보이지 않는 별과 보이는 별로 이뤄진, 어마어마한 별 그 자체이다.

─『한국불교신문』, 2021.11.8.

## 우주문학은 음의 태양 출현을 의미한다

**황인찬 :** 제가 자주 찾아뵙거나 연락을 드리는 것은 아니지만, 선생님을 뵐 때면 항상 반가운 마음입니다. 이런 자리에서라도 뵙고 안부를 여쭐 수 있어 참 기쁩니다. 우선 이야기를 시작하기 전에 그간 어떻게 지내셨는지 여쭙고 싶어요.

**김영산 :** 황인찬 시인 반가워요. 만날 때마다 느끼는 것이지만, 나이를 떠나 친구 같다는 생각이 들어요. 난 젊은 시인들이 좋아요. 특히 황인찬 시인처럼 완숙한 젊음이 좋은데, 아마 내가 추구하는 시세계와 연관 있어서 그럴 거예요. 우린 다른 잡지에서도 한번 대담했고, 이번이 두 번째 대담인데 그 시간이 더욱 새로워진 느낌이에요. 황인찬 시인이 군대에 갔다 오는 동안, 난 늦은 대학원 공부를 마쳤고, 자그만 대학에서 강의를 하고 있어요. 그전하고 별 달라진 게 없는 일상이네요.

**황인찬** : 저는 겨우 세 권의 시집을 냈을 뿐이지만, 그때마다 항상 더 멀리 가고 싶다고 생각하곤 했어요. 그런데 돌이켜보면 그간 제자리걸음만 해왔다는 것을 깨닫게 되어 항상 자신의 부족함을 절감하게 되곤 합니다. 하지만 선생님은 그동안 아주 바쁘게 시적 변모를 계속해오셨어요. 이러한 변화의 힘은 대체 어디서 비롯되는 것일까요?

**김영산** : 변화의 힘이라. 부끄럽네요. 괴테의 『파우스트』에 나오는 "인간은 노력하는 한 방황한다"는 말처럼, 제대로 한번 노력했는지도 의문이고, 살았는지도 알 수 없네요. 마침 올해가 등단 30년인데 실감이 나지 않아요. 어쩌다 어른이란 말이 있지만, 어쩌다 시인은 아닐 텐데, 모두 하루에 일어난 일 같아요. 우주에는 시간이 흐르지 않는다는 말도 있잖아요? 지구의 시간과는 다른 거죠. 과거 현재 미래가 함께 존재할 수도 있고, 우주의 시간은 저마다 다르니, 매 순간은 없는 거죠. 순간이 꽃봉오리라는 선적 사유조차 우주에서는 무색해져요. 그냥 시간의 다발들이 군데군데 모여 꽃피고 있는 것이 아닐까? 여기 시간의 꽃다발 좀 사가세요? 그런 시간의 꽃다발을 파는 상인이 있는 상점들이 있을 것 같아요. 저는 시집을 낸 시간과 상관없이 『冬至』 ⇒ 『벽화』 ⇒ 『게임광』 ⇒ 『詩魔』 ⇒ 『하얀 별』 등의 시집을 냈지만, 이 초라한 시집의 꽃다발이 단 한 사람에게 바쳐지고 있다는 생각이 들어요. 황인찬 시인이 '변화의 힘'이라고 해주어서 고맙지만, 나는 '변하면서 변하지 않는 것'을 좋아하는 것 같아요. 그래

서 이번에 나온 황인찬 시인의 시집 『사랑을 위한 되풀이』를 좋아해요. 내가 볼 때 황인찬 시인은 '변하지 않으면서 변하는' 시인이에요. 늘 새로워요. 이 두 꽃다발은 색은 다르지만, 어떤 공통점이 있지요? 난 황인찬 시인의 가장 일상적인 시집에서 가장 우주적인 시집을 읽어요. 이미 다른 시인들, 특히 젊은 시인들의 시에서도 우주적인 냄새가 나요. 영화 ≪기생충≫의 '계급의 냄새'만이 아니라 '알 수 없는 우주의 냄새'가 나요. 우주의 암흑물질 · 암흑에너지가 알 수 없는 물질이라면, 역설적으로 자본주의 다양한 '사람 냄새'가 우주의 냄새일 수도 있다는 생각이 들어요. 사람이 암흑물질일 수도 있고, 그 '보이지 않는 별'이 블랙홀인데, 사람이 블랙홀이란 생각이 들어요. 암흑물질 · 블랙홀이 없이는 우주의 '보이는 별'은 생겨날 수 없고, 우주의 생명 · 비생명은 없는 거죠.

**황인찬 :** 그런 까닭에 항상 여쭙고 싶었던 것은 우주에 대한 영감을 어디서 얻으셨나 하는 점이었어요. 우주문학의 내적 필연성에 대해서는 말씀하시는 것을 개인적으로 들은 적이 있지만, 그 우주에 대한 생각이 어디에서 유래한 것인지 알고 싶어요. 거기부터 이해를 시작해야 선생님이 말씀하시는 우주문학의 필연성을 더욱 잘 이해할 수 있지 않을까 합니다.

**김영산 :** 아까 말한 시간의 다발이 주저리주저리 열린 '현재'로 돌아가면, 흰 가운을 입고 실험실에 있는 내가 보여요. 고교시절 화

학공학과를 다녔고, 나는 과학과 문학을 함께 했어요. 고3 때 첫사랑 소녀가 문학소녀였으니까요.(웃음) 같은 반 성철이란 친구가 시를 잘 썼고, 우리는 얼룩진 가운을 입고 실험도 하며 시를 썼어요. 광주 시내 도청과 가까운 곳에 학교가 있었고, 고2 때 5 · 18을 얼떨결에 겪었는데, 전남대병원 · 도청 앞 광장에서 시민군과 함께 있어도 봤고, 총에 맞아 얼굴이 날아가 버린 시체들을 봤던 기억이 시가 되었는지, 고3 때 등단(?)을 했어요. 대학을 중앙대 문예창작학과로 오게 된 계기였어요. 데모만 한 게 아니에요. 낭만이 있었고, 그 시절이 가장 그립죠. 지금도 마석 모란 공원에 가끔 가는데, 꼭 들르는 곳이 YH 노동자 김경숙 열사 묘비에요. 생전에 아는 분은 아니지만, 대학 때 노동운동사 공부를 하다 본, 김경숙의 죽은 사진과 일기를 보면서 시를 썼는데, 『창작과비평』에 「冬至—김경숙 언니에게」가 당선되었지요. 난 시인은 경계인이라고 생각해요. 내 경우는 과학(화학)과 문학의 경계인. 대학 시절이 한국문학이었다면 졸업 후 세계문학을 다시 보면서, 퍼뜩 잃어버린 과학이 그리워 찾아간 곳이 천체우주론 과학자들의 소굴(?)이었어요. 난 그곳에서 물 만난 물고기처럼 수학 · 과학 · 천체우주론을 접하면서 몸이 떨려왔어요. 웃어야 할지, 울어야 할지도 모를 세상의 변화를 순식간에 느꼈지요. 나는 마침 『게임광』이란 시집을 낸 후였고, 나도 모르게 「우주게임」을 쓰고 있었어요. 그게 『詩魔』 시집이 되었지요. 우주문학의 유래는 묘하게도 고교 화공과 실험실과 거리의 일상이 파괴된 5 · 18 광장이었고, 「우주게임」의 문학의 현장,

언어의 현장이라는 생각이 듭니다. 예술적 광기가 어디서 오는지 모르지만, 존 홀릭이 『시란 무엇인가』에서 말한 제4의 언어인 "인류의 음성"이 언제 나올지 모르지만. 아무튼, 개인적인 거든, 뭐든 간에, 김수영이 생전에 인류를 위해서 시를 쓴다고 마누라한테 말했다지만. 감히 고백하면, 시를 쓰기 힘들 때마다 나도 마누라한테, 우주를 위해서 시를 쓴다고 말해요. 우주문학의 필연성과 당위성은 멀리 있지 않고 우리 일상에 있으니까요. 지구위기, 국가주의, 가족주의, 인간 혐오, 젠더, 성소수자 등의 문제는 인류문명 1만 년의 사유로는 어렵다고 봐요. 사피엔스 전쟁과 살육의 잔혹사로는 불가능하죠. 그 인류의 무의식을 들여다보는 게 시와 과학이라 봐요. 과학과 시는 피를 흘리면서 동시에 상처를 기워주어야 해요. 우주 어머니 중력처럼 공간의 상처를 아프지 않게 말이지요. 138억 년 우주적 사유가 아니면 불가능하죠. 초중량 블랙홀만 보더라도 이미, 우리 삶 깊숙이 들어와 있어요. 우리 삶과 피부적으로 밀접한 시대에 살고 있어요. 우리 삶과 밀접한 게 우주문학인데…….

**황인찬 :** 요즘은 여러모로 삶에 대한 전망이 불투명한 시대이기도 하니까요. 저 역시 앞날을 계획할 때, 장기 계획들을 세우기보다는 짧은 기간을 두고 해야 할 일들을 정리하는 것이 더 편하게 느껴지기도 하고 있습니다. 어쩌면 선생님의 그 거시세계에 대한 관심은 이러한 맥락에서 출발하는 것이 아닐까 하기도 합니다. 선생님께서 일전에 민족문학과 세계문학을 넘

어 우주문학을 상상해야 한다고 말씀하셨는데, 지금은 민족이라는 개념이 힘을 잃었고 세계라는 개념 역시 수십 년 전과는 전혀 다른 의미를 갖는 것이 되었으니까요. 그런 점에서 이 불투명한 세계를 더 큰 눈으로 살펴보는 것도 의미 있는 일이 되지 않을까 합니다.

**김영산** : 단테의 『신곡』을 빌려 말하면, 우주문학은 이제 막 옹알이 단계에요. 삶이 팍팍한데 무슨 우주문학이냐, 할지 모르지만 삶이 팍팍할수록 우주문학이 더 절박하죠. 김지하 시인도 『우주 생명학』에서 말하고 있죠? "우주에 대해 더 많은 사람이 얘기할수록 좋다"고. 왜 그럴까요? 이번 신종 코로나바이러스도 그렇고, 돌연변이 바이러스도 그렇고. 내가 볼 때 생명학만이 아니라, 비생명학까지, 광물까지 주체이고, 사람 주체는 지구에서 너무 과잉된 주체여서 주체 해체가 질 들뢰즈 등의 철학자들에 의해 해체 시도가 있었고, 그러나 여전히 득세한 사람 주체를 '어찌할꼬?' 현대시는 이미 문학의 영역만이 아니라 과학의 영역에 깊숙이 들어와 버렸네요. 미시 우주와 거시 우주의 이분법이 아니라 삶의 우주와 죽음의 우주가 함께 존재(비존재)하는…….

**황인찬** : 말씀하신 대로 미시적인 영역에서의 물리 법칙이 인지를 아득히 벗어나는 거대한 우주의 법칙을 구성한다는 점에서, 우주문학이란 미시적 영역을 통해 더 큰 세계를 상상하는 문학이라고도 할 수 있을 것 같습니다. 그런데 여전히 문학이란

삶의 문제라고 할 수 있을 텐데요. 삶은 미시세계의 것도 아니고, 거시세계의 것도 아닙니다. 저는 문학이 세상이란 이러하다고 설명하는 것이 아니라, 세상이란 이러해야만 한다고 말하는 양식이라 배웠습니다. 그렇다면 삶과 우주문학은 어떻게 연결될 수 있을까요?

**김영산** : 아 좋은 말이에요. 그런데 우주문학에는 어떤 기준점의 설정이 불가능해요. 움직이는 우주에서는 우주의 좌표도 찍기가 불가능하죠. 우주의 시간은 저마다 다 달라서 다 같은 '순간'의 시간은 없어요. 문학이 세상이란 이러하다고 설명하는 것이 아니라, 이러해야만 한다고 말하는 양식임은 분명하지만, 그것조차 단정 지을 수 없다는 말이죠. '이러해야만 한다고 말하는 양식'이 되려면 오히려 우주적 성찰이 더 필요하죠. 이미 우주 시대인데, 점점 절박한 일상이 되는데, 거대블랙홀만 하더라도 지구와 어떤 연관이 있는지, 각 나라 개인에게 무슨 의미인지 사무치게 느끼고 전율해야죠. 황인찬 시인의 시 「우리의 시대는 다르다」에 나오는 성경 구절, "우리의 시대가 도적같이 이른 줄을 너희가 모르느냐."처럼 우주문학이 도적같이 이른 줄 모르느냐, 이렇게 말하고 싶어요. 큰 것과 작은 것을 동시에 보지 않으면 우주문학은 없다고 봐요. 그러다 보면 시인의 무의식 영역이 우주 무의식 영역과 얼마나 맞닿아 있는지 감지하고, 시 쓰기의 방법론도 학습된 것보다는 이젠, 정말, 다른 어떤 것, 우주적 광기(狂氣=光氣) 같은 것을 시인의 무의식에서 받아쓰기. 맞아 시 쓰기는 우

주의 받아쓰기죠. 시와 장시를 구별하는 스마트폰의 시대는 전자기파 시대이지만, 그것을 극복하는 우주적 대서사시는 중력폰의 '중력문명시대'이니까요.

**황인찬 :** 그런 의미에서 이번에 제게 개인적으로 보내주신 신작 시편들이 아주 흥미롭고 좋았습니다. '음의 태양', '검은 해', '푸른 블랙홀', '푸른 태양' 등의 시어들이 일상적 이미지와 병치되어 나타나는데요. "삼십 년이 걸렸다"는 문장이 반복되는 데서는 지난 시 쓰기의 세월에 대한 회고가 읽히기도 읽힙니다.

**김영산 :** 네, 마침 우주문학에 대해 모 잡지 5월호 '기획 연재'에 발표한 게 있어요. "게임시에서 우주문학 선언"으로란 글인데 조금 읽어 볼까요?

**우주문학 선언**에 나오는 한 대목을 들려주며 이 글을 마친다.

(구)세계문학이 태양 중심의 사고였다면 (신)세계문학 즉 **우주문학은 음의 태양의 출현을 의미하는 것이다.** 우주에는 태양보다 백만 배나 더 큰 음의 태양이 천억 개도 넘게 돌고 있다는 사실이 밝혀졌다.

**김영산 :** 이해하기 힘들 것 같아서, 조금 설명해보면, 존 리첼이란 과학자 이야기를 해야 해요. 아인슈타인보다 150년 앞서 블랙홀에 관한 최초의 논문을 썼어요. 블랙홀을 '빛나지 않는 별'이라 얘기했고요. 블랙홀은 별이에요. 태양도 별이고 블랙홀도 별이에요. 우리 인류는 1만 년 넘게 태양의 사유만 했어

요. 즉 양의 태양만 사유한 것이지요. 그러나 천억 개도 넘는 은하의 중심마다 거대블랙홀이 있다는 게 밝혀지고 있어요. 우리 은하의 중심에도 거대블랙홀이 있는데, 무려 태양의 사백만 배의 크기라네요. 태양 사백만 개. 그 블랙홀은 음의 태양이어서, 우리 태양도 그 주위를 도는 데 2억 년이 걸려요. 따라서 수많은 별들이 주위를 도는 거죠. 거대블랙홀의 색은 검은 빛이면서 푸른 빛, 보랏빛을 띠어요. 즉 검은 태양 = 푸른 블랙홀 = 푸른 해 = 음의 태양이란 공식이 가능하죠. 그걸 시로 써 본 거예요. 등단 30년 만에 산정호수를 돌다가 시가 써졌네요. 실은 『詩魔』『하얀 별』『푸른 해』 3권의 시집이 한 권의 시집으로 묶여 나올 거예요. 그러면 내 우주문학의 윤곽이 조금 드러나겠죠.

**황인찬 :** 한편으로는 이 시에서 그리는 우주적 이미지가 장례나 무덤 등 죽음의 이미지와 연결되어 있는 것도 흥미로운 부분입니다. 이 장례에 대한 이야기가 더 궁금합니다.

**김영산 :** "지구의 장례가 치러지고 있다" 이 구절이 『하얀 별』 시집의 첫 구절이에요. 내 고향이 나주 영산강인데(그래서 내 이름이 김영산이고) 기획 신도시 사업으로 고향 마을과 12개 마을이 사라져 버렸어요. 그게 너무 슬퍼 고향의 장례를 치르다가 지구의 장례를 치르고, 우주의 장례를 치르고 시의 장례를 치르고, 다시 지구의 장례를 치르고 영원히 반복되는(순환하는) 장례를 치르게 된 거죠.

**황인찬** : 이제 2020년대가 시작되고 있는데요. 도무지 실감이 나질 않는 숫자처럼 느껴집니다. 우주에 어울리는 시대라는 생각이 들기도 하구요. 마지막으로 앞으로의 계획을 여쭙고 싶어요.

**김영산** : 2020. 맞아요. 우주에 어울리는 시대. 우주시에 어울리는 시대. 우리의 일상이 우주와 피부적으로 좀 더 가까워진 시대. 시인은 시를 써야겠지요. 너무 바쁘지만, 침묵하며 좋은 시를 쓰고 싶네요. 르 클레지오의 『침묵』도 좋고, 더더욱 우주적 침묵을, 중력의 침묵을 느껴서 시로 쓰고 싶어요.

—『현대시』 7월호, 2020.7.1.

# 은하태양(Galaxy Sun)

## 우주에 시 아닌 것이 있으랴

우주에 시 아닌 것이 어디 있으랴! 우주에서 시의 혼례는 날마다 치러지고, 시의 장례는 날마다 치러진다. 별들의 혼례, 별들의 장례! 별들은 스스로 제가 저를 장례 치른다. 별들의 자화장(自火葬)이다. 사람도, 사람 남자도 사람 여자도 별이다. 별에서 태어나 별로 돌아간다.

우주 여자는 빅뱅 이후, 38만 년 동안 임신하고 있었다. 우주 여자 임신 기간 38만 년! 우주는 너무 중력이 세고 밀도가 높아, 암흑 속에서 빛이 태어나지 못하고 서로 한 몸이 되어 수프처럼 끓고 있었다. 암흑의 곤죽, 빛의 곤죽은 어미와 자식이 되어 때를 기다리다 마침내, 38만 년이 되어서야 암흑의 어미의 뱃속에서 빛이 빠져나왔다. 빛의 독립! 빛의 탄생은 임신했던 우주 어미의 튼 뱃살에 튼 엉덩이에 튼 허벅지에 고스란히 남았다. 이른바 우주 배경 복사이다.

사람 여자 38주 임신 기간! 우주 여자 38만 년 임신 기간은 왜 숫자가 일치할까. 천체우주론을 하는 한 과학자는 이 숫자를 "사무치게"라는 말로 표현했다. 과학과 시가 하나이고, 과학자와 시인이 하나인 숫자.

'사무치게'라는 절박하고 아름다운 우리 말로 옷을 입은 '38'이라는 숫자! 우주 여자와 사람 여자는 하나였다.

우주에 별 아닌 것이 어디 있으랴! 누가 별의 씨앗을 심었는지 모르지만, 우주는 은밀함과 광채 나는 두 얼굴을 지녔다. 그보다 훨씬 많은 다중의 얼굴을 지녔다. 다중 인격과는 다른 다중우주격이 있는지 모르지만, 우리는 우주를 헤맬수록 더 모르지만 방랑의 그 자체가 별인지 모른다. 우주 방랑의 별들! 암흑 속을 헤맬수록 단순하고, 의미가 거의 없는 무의미한 별들! 완전한 어둠은 없으니, 암흑물질 암흑에너지 블랙홀도 거대한 별이다. 우주는 그 자체로 어마어마한 별이다.

우주 은하 중심마다 있는 거대 블랙홀은 별이다. 우주 은하는 2조 개, 관측 장비가 발달할수록 더 많이 보인다. 이미 '우리은하'의 몸을 속속들이 관측 장비가, 내시경처럼 들여다봤다. 검은 빛만이 아니라 푸른빛, 보랏빛을 띠는 몸이다. 이 우주 사람은 누구인가? 태양이 이곳을 2억 5000만 년에 걸쳐 한 바퀴 도니, 태양의 태양인 데 은하의 중심에 있으니 **은하태양**이다. 그렇다면 이 은하태양이 없이는 우리 태양은 존재할 수 없단 말인가? 우리 태양보다 300만 배나 크다는 이 거대 태양을, 지구를 포함한 태양계 전체가 22바퀴째 돌고 있으니 우리 은하계는 한 몸이다. 은하 달력으로 보면 22은하년, 이 은하태양의 이름을 조용히 나는 불러본다. "음의 태양아!"

테야르 드 샤르댕은 우주는 해체할 수 없는 것이라고 말한다. 우주는 어우러져 있기에, 하나의 전체로 보는 것 외에 달리 볼 방법이 없다는 것이다. 부분으로부터 전체를 이해할 수는 없는가? 무엇이 우리를 '사무치게' 하는가? AI 시대에 왜 나는 시를 쓰는가? 우주문학과 시는 하나이다. 이 우주시대에 음의 태양의 출현은 음개벽이다. 동서양은 우주에서 하나이고 '사무치게' 지구 하나로 살고 있다. 지구 위기는 한 사람의 위기만큼 절박하다. 지구에서 너를 사무치게 불러본다. "은하태양아!"

—<미발표>

# 음의 태양의 시와 시학

## 우주문학의 최전선

### 1. 들어가는 글

우주문학 선언의 핵심은 **'음의 태양'**[1]의 시대[2]를 밝히는 것이다.[3]

---

1) '음의 태양'은 초중량 블랙홀, 즉 거대 블랙홀 중에서 생겨난다. "블랙홀(black hole)은 엄청나게 강한 중력을 발휘하기 때문에 우주의 나머지 부분으로부터 단절된 시공 구역임. 중력이 매우 강해져서 빛도 그 무엇도 빠져나올 수 없다." 스티븐 호킹, 전대호 옮김, 『위대한 설계』, 까치, 2010, 233쪽.

2) 이해를 돕기 위해 YTN 뉴스 보도를 인용하기로 한다. "YTN 24: **세계 과학사 최초 '실제 블랙홀' 관측 성공**. 이 사진이 전 세계에 뿌려지는 순간 우주 블랙홀은 현실이 되었다; 처녀자리 은하단 중심부에 있는 M87 초대질량 블랙홀은 지구에서 5500만 광년 거리에 있다. 질량은 태양의 65억 배, 지름은 160억km라고 한다. 처음 공개된 블랙홀의 이미지는 빛나는 눈처럼 보이는데, 공동 발견자인 제시카 뎀시 박사는 강력한 화염의 눈을 연상시키는 생생한 빛의 고리라고 설명했다." ≪YTN≫2019.4.11. 진한 글씨는 필자가 강조를 위한 것임. 앞으로 이 글에서 같은 방식으로 사용.

3) 우주문학은 음의 태양의 출현을 의미하는 것이다. 즉 태양을 '양의 태양'으로만 바라보던 사유를 바꾸는 것이다. 우주 은하의 중심마다 음의 태양이 존재함이 밝혀졌다. "(구)세계문학이 태양 중심의 사고였다면 (신)세계문학 즉 우주문학은 음의 태양의 출현을 의미하는 것이다. 천억 개가 넘는 우주 은하의 중심마다 태양보다 수백만 배나 큰 음의 태양이 돌고 있다는 사실이 밝혀졌다." 김영산, 「게임시에서 우주문학 선언으로」, 『시인동네』, 5월호, 시인동네, 2020, 94쪽.

인류가 누려온 '양의 태양'의 개념이 바뀌고 있다. 지구만의 '태양주의'를 극복하지 않으면 안 된다. 이 '음의 태양'의 발견은 우주문학의 현실화를 의미한다. 태양의 태양, 즉 초중량 블랙홀이 '음의 태양'임을 증거하는 과학적 사례를 찾아볼 때가 된 것이다. 이제 인류의 '양의 태양'의 사유도 '음의 태양'에 대한 생각 없이는 불가능하다. 음의 태양은 '빛나지 않는 별', 즉 블랙홀[4)5)]을 의미한다.[6)] 블랙홀[7)8)]이 별이라는 생각은

---

4) "중력이 강할수록 시공간의 휘어짐이 커진다고 설명하는 일반상대성이론은 숙명적으로 블랙홀을 예견하고 있었"지만, 정작 아인슈타인은 본인의 '이론'에서 '블랙홀' 부분은 이해하지 못했다. 우종학, 『우종학 교수의 블랙홀 강의』, 김영사, 2019, 92쪽.

5) "알베르트 아인슈타인은 심지어 1939년에 별이 중력에 의해 붕괴할 수 없다고 주장하는 논문을 썼습니다. 물질은 어떤 특정한 점을 넘어서 압축될 수 없기 때문이라는 것이 그 이유였습니다. 많은 과학자들이 아인슈타인의 육감에 공감했습니다. 미국의 과학자인 존 휠러는 주동자급 예외였습니다. 휠러는 많은 면에서 블랙홀 이야기의 영웅입니다. 휠러는 1950년대와 1960년대의 연구를 통해 많은 별이 결국에는 붕괴할 것이라 강조했고, 그 가능성이 이론물리학에 제기할 문제점들을 지적했습니다. 그는 또한 붕괴한 별의 결과로 남는 천체, 즉 블랙홀의 많은 성질들을 예견했습니다." 스티븐 호킹, 이종필 옮김, 『스티븐 호킹의 블랙홀』, 동아시아, 2019, 17쪽.

6) 아인슈타인보다 150년 앞서 블랙홀이란 용어를 처음 발표한 이는 목사이기도 한 존 리첼이다. 영국 왕립협회에 그의 과학 논문이 보관되어 있다. "별이 과도하게 무거워지면 인력에 영향으로 빛이 빠져나오지 못한다."라고 블랙홀에 대해 그는 썼다. **그런데** 그의 "빛나지 않는 별"이란 용어만으로 모든 '블랙홀이란 별'이 다 태양이 될 수는 없는 것이다. **'음의 태양'**이란 용어를 필자가 이름 붙인 이유는 다른 데 있다. **다행히** '태양의 조건'에 맞는 **거대블랙홀**이 있었다. 우리은하의 중심에 태양보다 300만 배나 큰 초중량 블랙홀이 존재하고, 그 중심을 별들이 돌고 있다는 것이 최근 관측되었다. 그 초중량 블랙홀, 즉 **태양의 태양**이라 할 수 있는 음의 태양에 대한 과학적 언급은 본고의 본론에서 밝히겠다.

7) "블랙홀 주변에서 빛의 탈출 가능성이 좌우되는 정확한 경계선을 '사건 지평선'이라고 하는데 이것은 우주 공간과 영원한 미지의 영역을 구별하는 경계선이기도 하다." 닐 디그래스 타이슨, 박병철 옮김, 『블랙홀 옆에서』, 사이언스북스, 2018, 366쪽.

8) 원자폭탄의 창조자인 아인슈타인과 오펜하이머는 블랙홀의 개념에 대해 혐오하고 냉담했다. "오펜하이머는 무거운 별들이 핵에너지를 소진한 이후 중력을 못 이겨 붕

'보이지 않는 별'과 '보이는 별'이 동전의 양면처럼, 동시에 존재할 수 있음을 가리키는 것이다. 동양의 '음양'뿐만 아니라 서양에서도 은연중 태양은 남성성으로 이념화한다. 태양의 태양, 즉 음의 태양의 존재는 우주의 여성성과 남성성이 하나임을 증거하는 것이다. 더 이상 태양이 남성성만의 표상이 될 수 없다. 지구의 태양은 한 개의 태양이 아니라 적어도 두 개 이상이고, 우리은하의 중심에 음의 태양이 있음이 자명해지고 있다. 이 새로운 태양의 출현은 과학적 사건만이 아니다. 지구의 문학에도 혼돈을 불러일으킬 것이다. 자연스레 자국문학의 단계를 지나 지구문학, 즉 우주문학의 체계 속으로 흘러 들어갈 것이다.

정과리는 『현대시』 1월호에서 "지금의 현실은 모든 문학들이 자국문학의 단계를 지나 세계문학으로, 다시 말해 지구문학으로 재편되고 있는 중이다. 그런 사정을 아는 듯 모르는 듯, 필자는 대뜸 '우주문학'을 선언하고 나왔다"라고 했다.[9] 정과리의 '선언적' 글이 '우주문학의 선언'에 대해 다시 생각해 보는 계기가 된 것이 사실이다. "문학의 사담화, SNS의 창궐, 서양 중심의 세계문학의 실종, 동아시아의 세계문학 열망, '지구문학'으로 확장"[10] 등은 (구)세계문학의 몰락과 (신)세계문학, 즉 우주문학의 도래를 촉진한다. 지구문학의 발견과 발명은 서로 순환하는 우로보로스보다 큰 우주팽창이론으로 급속히 팽창할 것이

괴되는 현상에 대해 깊은 관심을 보였다. 제자 조지 볼코프, 하틀랜드 신더와 함께 한 연구에서는 상대성이론이 "블랙홀"을 예측해 내는 것도 발견했다. 그러나 아인슈타인은 상대성이론 장 등식을 이용해 특이점singularity을 해석할 수는 없다고 믿었기 때문에 이를 근거로 블랙홀을 설명하는 방법에도 적대적이었다." 실번 S. 슈위버, 김영배 옮김, 『아인슈타인과 오펜하이머』, 시대의창, 2019, 373쪽.

9) 정과리, 「도심 속의 수풀로 놀러가다—풀뿌리 전위는 가능한가?」, 『현대시』 2019년 1월호, 한국문연, 134쪽.

10) 위의 글.

다. 단순한 급팽창이 안 되려면 코스모스 문학(Cosmos Literature)보다는 카오스모스 문학(Chaosmos Literature)이란 이름을 호명하는 것이 옳다. 우주문학은 작가의 내면에서 쏘아 올려지는 우주선이다.

시의 특성상 논리적이기보다는 시가 무의식적으로 써지는 경우가 많다. 존 홀 휠록이 『시란 무엇인가』에서 말한 "제4의 음성"에 이제 다른 해석이 필요하다. "그것이 인류의 목소리라 한다면" "우리 모두가 우리 모두에게 말하는 것과 같다"고 할 때,[11] 이 '무의식의 언어'는 '양의 태양'만이 아니라 '음의 태양'의 언어로까지 맞닿아 있다. 인류가 음의 태양을 자각하는 순간, 음의 태양의 언어도 탄생한다. 음의 태양의 시도 탄생한다. 시에 있어서 언어의 발명만큼 중요한 것은 없다.

## 2. 음의 태양의 출현과 세 개의 이미지

### 1) 샴쌍둥이지구의 이미지

'샴쌍둥이지구'와 '음의 태양'은 서로 밀접한 관련이 있는 것으로 보인다. '샴쌍둥이지구'라는 언어의 뉘앙스에는 초현실적인 것과 현실적인 것이 같이 느껴진다. 한 개의 지구가 아니라 두 개의 지구라는 초현실성과, 샴쌍둥이가 등이 달라붙어 맞댄 샴쌍둥이지구라는 불구성이 현실화된 것처럼 보인다. 국가 국경주의에 빠지면 기형적인 샴쌍둥이 국경이 된다. 우주문학이 종교화 되거나 특정 종교가 되면 샴쌍둥이달이 되거나, **샴쌍둥이지구**가 된다.

---

11) 존 홀 휠록, 박병희 옮김, 『시란 무엇인가』, UUP, 2000, 39쪽 참조.

내 몸 안의 샴쌍둥이지구
남자도 여자도 아닌 지구
등을 맞대고 달라붙은 형상으로
기이한 수술실 풍경
나는 새벽에 보았다, 친절한 의사가
도란도란 말을 하며
샴쌍둥이오누이
몸을 두 개로 쪼개는 것을

대륙은 대륙에서 떨어져 나간다
근친의 역겨운 살기보다
제 몸을 분리하는 일은 어려운 일이다
대륙을 떼어낸 지구조차도,
내 몸속의 여자와 남자를 떼어내지 못한다
지구의 샴쌍둥이에서 태어난 우리는
모두 샴쌍둥이자식
지구의 국경이 낳은
샴쌍둥이국가
마주할 수 없는 기형아

샴쌍둥이지구, 내 불구의 시를 돌봐다오!

—「내 몸 안의 샴쌍둥이지구」 전문

"내 몸 안의 샴쌍둥이지구"는 "등을 맞대고 달라붙은 형상으로" "기이"하게 존재해 있다. 사람 샴쌍둥이와 다르지 않다. "샴쌍둥이오누이"와 "샴쌍둥이국가"도 있다. 지구의 불모성이 "내 불구의 시를 돌봐다오!"라고 하는 지구의 불구성으로 바뀌어 버렸다. "지구의 국경이 낳은

/ 샴쌍둥이국가"라는 구절에서 국가주의의 이유 때문이라는 것을 짐작할 수는 있지만, 지구의 불구성이 왜 생겨났는지 오래 침묵한다. 그 침묵이 더 많은 샴쌍둥이 시를 생겨나게 한다. 샴쌍둥이달은 서로 업고 있는 달 뒤가 궁금해 돌아가 봤다. 제가 저를 업고 있는 일이 실은, 수억 년을 업었다 놓았다 하는 달과 지구였던 것이다.

## 2) 푸른 해의 이미지

우주문학은 샴쌍둥이지구의 불구성에서 비롯된 문학이다. 그 지구의 불구성의 눈과 입이 새로운 태양의 출현을 절박하게 바라면서 호명한다. 즉 음의 태양을 불러낸 것이다. 음의 태양은 우주문학의 핵이라 할 수 있다. 그 존재를 밝히는 것이 우주문학의 첫 번째 일이다. 다음 사진은 2019년 관측된 초대질량 블랙홀의 실제 사진이다.[12][13]

---

12) 서론 부분을 재인용함. YTN 24: **세계 과학사 최초 '실제 블랙홀' 관측 성공** 보도. 이 사진이 전 세계에 뿌려지는 순간 우주 블랙홀은 현실이 되었다; 처녀자리 은하단 중심부에 있는 M87 초대질량 블랙홀은 지구에서 5500만 광년 거리에 있다. 질량은 태양의 65억 배, 지름은 160억km라고 한다. 처음 공개된 블랙홀의 이미지는 빛나는 눈처럼 보이는데, 공동 발견자인 제시카 뎀시 박사는 강력한 화염의 눈을 연상시키는 생생한 빛의 고리라고 설명했다. <YTN> 2019.4.11.

13) 아래의 블랙홀 사진은 블랙홀의 윤곽일 뿐이다. 블랙홀은 빛까지 빨아들이며, 막대한 에너지를 방출하는데 그(사진) 빛의 황금 고리가 생기는 것이다. 가운데 검게 보이는 부분이 블랙홀이지만 (그것조차 이미지 사진일 뿐) 그 색은 나타나지 않는다. 이른바 '호킹복사이론'을 증명한 사진이다. 우리는 블랙홀의 '사건의 지평선' 너머를 들여다볼 수 없다. "블랙홀에는 블랙(black)이라는 형용사를 붙이기가 적절치 않다. 실제로 이들은 백열하고 있으며, 약 1만 메가와트의 비율로 에너지를 방출하고 있다." 스티븐 호킹, 김동광 옮김, 「블랙홀은 그다지 검지 않다」, 『시간의 역사』, 까치, 1998, 128~143쪽 참조.

그런데 이 블랙홀 사진은 블랙홀의 윤곽일 뿐이다. 전파 망원경의 전파 신호는 색이 없고, 과학자들이 의논해 일반인들을 위해 임의로 색을 입힌 것이다. 노랗고 붉은, 즉 주황색을 입힌 것이다. 아직 인류의 광학 망원경기술로는 블랙홀을 관측하고 촬영할 수 없는 것이다. 블랙홀에 근접해서 광학망원경으로 촬영한다면, 블랙홀 주변에서 푸른색과 보라색을 볼 수 있다는 것이 과학자들의 일반적인 견해이다.[14)]

음의 태양은 검은 블랙홀이면서 푸른 블랙홀이다. 음의 태양은 아무 블랙홀이나가 아니라 은하의 중심에 있는 초중량 블랙홀이다. '우리은하'[15)]의 중심에 태양보다 300만 배나 큰 음의 태양이 발견된 것이다.

---

14) 이벤트호라이즌망원경(EHT · Event Horizon Telescope) 프로젝트에 참여한 한국 연구진이 11일 서울 중구 LW 컨벤션에서 'EHT 언론 설명회'를 열었다. (요약) 전파 망원경의 전파 신호는 색이 없고, 일반인들을 위해 노랗고 붉은, 즉 주황색을 입힌 것이다. 블랙홀을 푸른 색으로도 그리기도 한다. 블랙홀에 근접해 광학망원경으로 촬영한다면, 블랙홀 주변에 푸른 색과 보라색의 가스 · 먼지 모습을 볼 수도 있을 것 같다. 하지만 이번처럼 둥근 고리 모양의 블랙홀 모습은 가시광선의 영역만을 인식하는 사람의 눈으로는 볼 수 없다. 연합뉴스, 2019.04.12. 00:03

15) 1610년 "우리은하가 아주 많은 별들의 집합체라고 하는 것은 갈릴레오에 의해 처음으로 밝혀졌다." '우리 은하' 혹은 '우리은하'라고 의견이 분분하지만 여기서는 **우리은하**로 쓰기로 한다. 영어로는 the Galaxy와 our Galaxy로 표기되기도 한다. Bradly W. Carroll · Dale A. Ostlie, 강영운 · 김용기 · 이희원 옮김, 『현대천체물리학 3권: 은하와 우주』, 청범출판사, 2009, 1~3쪽 참조.

'양의 태양'이 음의 태양을 2억 5000만 년에 걸쳐 돈다고 한다.[16] 존 리첼이 앞서 '빛나지 않는 별'이라 말한 블랙홀 중에서 초중량 블랙홀은 별이면서 태양이다. '보이지 않는' 푸른 태양이다. 이 거대한 '푸른 태양(해)'의 주위를 '태양'이 돌고 있다는 사실이 밝혀졌다.

산정호수를 한 바퀴 도는데 푸른 해가 떠올랐다.

**음의 태양,** 그해 여름을 생각하며 서울로 오는데 여름이 끝나가고 있었다. 목 없는 마네킹이 길거리에 서 있었다. 가을 등산복을 입은 마네킹 산을 오를까. 옥수수밭 옥수수는 하모니카를 불지 않는다. 산정호수를 한 바퀴 도는데 삼십 년이 걸렸다. 이젠 서울로 가야겠다.

**검은 태양,** 서울을 한 바퀴 도는데 삼십 년이 걸린다. 강변북로가 막힌다. 페트병에 오줌을 눌까. 이촌으로 빠져나와 주유를 한다. 기름값이 많이 올랐다. 오줌만 눠도 살 것 같다. 화장실 오줌 눈 값이다. 그해 여름부터 검은 태양이 따라 다닌다.

**푸른 블랙홀,** 은하의 중심마다 푸른 블랙홀이 있다. 서울의 중심마다 푸른 블랙홀이 있다. 산정호수를 걸으며 그녀가 말했다. 음의 태양은 어두운 느낌이니 시로 쓰지 말라고. 푸른 해로 제목을 바꾸기로 했다. 제목을 바꾸는데 삼십 년이 걸렸다.

---

16) "지구가 태양의 궤도를 공전하듯이, 우리 은하의 원반 전체는 마치 회전접시처럼 자전하고 태양계는 은하 궤도를 따라 공전한다. 태양의 반경에서 원반의 자전 속도는 초속 약 200킬로미터이고 지구가 우리 은하의 중심을 한 번 도는 데는 약 2.5억 년이 걸린다. 그러므로 지구는 생성된 이후로 우리 은하를 거의 20번 돌았다고 할 수 있다." 제임스 기치, 안진희 · 홍경탁 옮김, 『우주의 지도를 그리다』, 글항아리 사이언스, 2018, 26쪽.

> **푸른 해,** 네 이름을 짓는데 삼십 년이 걸린다. 푸른 해 너를 부르면 입술에서 푸른 해가 나온다. 입맞춤하는데 삼십 년이 걸린다. 그해 여름 그녀 입술은 푸른 해가 되었다. 시에 입맞춤하느라 가을이 오는 줄도 몰랐다. 푸른 해로 제목을 바꾸자 그녀가 푸른 해가 되었다.
>
> —「푸른 해 1」 전문

"산정호수를 한 바퀴 도는데 푸른 해가 떠올랐다."는 무슨 의미인가. 시의 화자가 그녀와 산정호수를 한 바퀴 돌며 푸른 호수를 보다가, 문득 푸른 해라는 것을 깨닫는 장면이다. 그리고 **음의 태양** = **검은 태양** = **푸른 블랙홀** = **푸른 해**가 하나임을 알 수 있는 일상의 이야기가 펼쳐진다. 여기서 중요한 것은 "삼십 년"이란 시간인데 왜 그런가.

"산정호수를 한 바퀴 도는데 삼십 년이 걸렸다." ⇒ "서울을 한 바퀴 도는데 삼십 년이 걸린다." ⇒ "제목을 바꾸는데 삼십 년이 걸렸다."⇒ "네 이름을 짓는데 삼십 년이 걸린다."⇒ "입맞춤하는데 삼십 년이 걸린다."는 모두 삼십 년의 시간이 필요함을 암시한다. 시의 화자와 "삼십 년"과 "푸른 해"는 무슨 연관이 있는가. 그것은 시의 화자가 푸른 해를 바라보는 시간이었을 것이다.

푸른 해가 무엇인지 아는 방법은 없는가. 푸른 블랙홀이며 검은 태양이며 음의 태양이라면 초중량 블랙홀이 아닌가. 아인슈타인보다 150년이 앞선, 존 리첼의 블랙홀에 관한 최초의 논문에 "빛나지 않는 별"이라 불렀다. 이 시에서도 블랙홀이 '별'이란 게 드러난다. 그렇다면 이제 이렇게 정리할 수도 있을 것이다. 시의 '빛나지 않는 별'을 보려면 적어도 "삼십 년"이 걸린다는 말일 수도 있고, 시의 '빛나지 않는 별'이 되려면 적어도 "삼십 년"의 노력이 필요하다. "삼십 년"이 지나서야 도드라지는 시의 언어는 새로운 별이 있음을 감지한다. 그것도 '양의 태양'이 아니라 '음의 태양'이 있음을 목도한다.

우리 인류는 언어의 세계에 갇혀 살았던 것이다. 왜 태양이 '양의 태양'만 있다고 생각했는가. 인류는 지금껏 양의 태양의 사유로 지구를 바라보고 우주를 사유한 것이다. 앞서 말한 2019년 초중량 블랙홀이 관측되고 우리은하의 중심에 태양보다 삼백만 배나 큰 거대블랙홀이 발견되고, 그 주위를 별이 빙빙 돌고 있어도 아무도 '음의 태양'임을 모른다.

물론 '화자'도 모른다. 그러다 문득 산정호수를 돌다가 푸른 해를 본다. 그녀가 푸른 해 즉 음의 태양임을 알아버린 것이다. 여기서 중요한 것은 '언어'이다. "푸른 해로 제목을 바꾸자 그녀가 푸른 해가 되었다."가 그것인데, 우리는 **지금의 언어**에서는 음의 태양(푸른 해)은 모르고 양의 태양만 알고 있는 것이다. 혁명이 되면 언어가 바뀌는 것이 아니라 언어를 바꾸면 혁명이 된다. 그녀와 "입맞춤하는 데 삼십 년이 걸린다"면 그녀는 '푸른 해'라는 시의 언어일 수 있다. 시든, 천체우주론 과학이든, 삼십 년 인생이든 푸른 해라고 말하는 순간 "그녀 입술은 푸른 해가 되었다."

### 3) 폐쇄병동의 이미지

대우주의 은하와 '우리은하'와 태양계는 음의 태양, 즉 초중량 블랙홀이 그 중심을 잡아주고 있는 것으로 보인다. '음/양'의 태양의 관점을 둘로 쪼개지 않으려면, 한 개의 '양의 태양'의 사고를 다중의 태양, 즉 다중의 '음의 태양'의 사고로 전환할 필요가 있다. 그것조차 '단정 지음'이 안 되려면 우주에 대한 유연한 해석이 요구된다. 스티븐 호킹의 『위대한 설계』에 나오는 말은 수학 과학만의 문제는 아니다. "어떤 이론도 다른 이론보다 더 낫거나 실재적이라고 할 수 없다. 우주를 지배하는 법칙들과 관련해서 우리가 할 수 있는 말은 이것이다. 우주의 모든 면을 기술할 수 있는 단일한 수학적 모형 혹은 이론은 없을 것 같다는 것이다."[17] 이 말을 '끝끝내 우리는 실재에 도달할 수 없다'로 해석하기보다는, '어떤 우주의 법칙도 따로 떼어 놓고 생각할 수 없다'로 해석해야 다음 말을 할 수 있을 것이다. 우주에는 한 개의 태양이 존재하는 것이 아니라 수많은 태양이 함께 공존한다.

강규식은 우주의 푸른 해를 찾는 데 평생을 바쳤다, 극지방에서 죽을 고비도 여러 번 넘겼고 그때마다 푸른 해가 무서웠다. 다른 과학자들이 극지방의 순백을 볼 때 얼룩 같은 푸른 해를 본다는 것은 괴로운 일이었다. 과학자는 점점 푸른 해에 미쳐갔다, 눈빛에 푸른 해만 어른댔다. 사람의 얼굴도 푸른 해로 보였다. 자신의 얼굴 푸른 해를 떼어서 관찰하고 싶었지만 우주의 푸른 해를 찾는 것보다 어려운 일이었다.

그는 우주에 암흑물질과 다른 푸른 해가 있다고 했다. 한 육신이던 시간과 공간 찢겨지며 푸른 해가 생겼다 했다. 사람의 상처를 바늘이 깁고, 우주의 흉터를 깁고, 기울 수 있는 게 푸른 해 둥근 바늘이라고 했다. **그게 음의 태양이라 했다,** 양의 태양만 믿느라 사람이 광신이 되어버렸다. 지구가 영원하다 믿는 자는 푸른 해를 보지 못한다 했다. **푸른 해 장례가 치러지면 은하계 장례가 치러지는 것이다.**

모든 푸른 해가 **우주적 서사**와 관련 있다는 학설을 발표하자마자 그는 정신병원에 감금되었다. 검은 블랙홀 푸른 블랙홀 모두 푸른 해라고 했다. 자신의 모든 게 푸른 해라고 했다. 환자복에 새겨진 "내일

17) 스티븐 호킹, 전대호 옮김, 『위대한 설계』, 까치, 2010, 73쪽.

에 희망을 마음에 평화를!"이란 푸른 해를 무척 좋아했다. 그건 푸른 글씨라 했다. 내가 그를 면회 갔을 때 우울증을 앓고 있었다. 그는 머리를 감지 않아 비듬이 햇살처럼 떨어지는 정원에서 줄담배를 피웠다.

그는 버스에 치어 죽었다. 그의 어머니 전화를 받고 나는 화장장에 갔다. 그의 재는 극락강에 뿌려졌다. 그는 내 대학 친구였고, 우주의 푸른 해를 연구한 유일한 과학자였다. 푸른 재 한 줌을 가져다 도시 근교 공원묘지에 뿌려줬다. 산벚꽃이 아름다운 내 조상이 있는 묘지였다. 처음 처녀 묘지기를 만난 것도 그때였다. 묘지기에게 죽은 과학자를 소개한 건 잘못인지 모른다. 죽은 그 과학자를 비에서 불러내는 시인이 된 건 잘못인지 모른다. 나도 서서히 미쳐가는 것이다, 그 과학자를 쉬게 하라! 시가 나를 들볶는다! 광기 어린 내 시가 내 푸른 해인지 모른다.

시가 내 푸른 해야, 비에서 불러낸 죽음의 시는 죽음의 푸른 해야. 사랑의 시는 사랑의 푸른 해야. 자연의 시는 자연의 푸른 해야. 번쩍이는 은하는 별의 푸른 해야. 고통은 기쁨의 푸른 해야. 아름다운 그녀의 푸른 해는 무엇인가, 묘지기를 그만두고 개와 사는 그녀, 날마다 도시의 공원묘지를 개와 산책하네. 나는 개를 질투하네, 개를 질투하다니! 나도 묘지기가 될까, **나는 도시의 묘지기**! 그녀는 푸른 해 그녀의 무덤을 질투도 하며!

"우리 모두 푸른 해였군."

―「푸른 해―우주게임」 부분

이 「푸른 해―우주게임」 시는 『詩魔』 시집의 「詩魔―우주게임」과 연관지어 살펴보아야 한다. 앞의 「詩魔―우주게임」 시가 뒤의 「푸른 해―우주게임」 시로 변용되었다. 우주게임이라는 점에서 같지만 푸른 해가 등장한다는 점에서 다르다. 또한, 「푸른 해―우주게임」의 텍스트는 앞의 「푸른 해 1」 시의 연장선상에 있다. "그 과학자는 우주의 푸른 해를 찾는데 평생을 바쳤"고, "푸른 해가 **우주적 서사**와 관련이 있다는 학설을 발표하자마자 그는 정신병원에 감금되었다."

과학자는 정신병원에 가기 전부터 푸른 해에 대해 이야기했다. "**그게 음의 태양이라 했다,** 양의 태양만 믿느라 사람이 광신이 되어버렸다. 지구가 영원하다고 믿는 자는 푸른 해를 보지 못한다 했다. **푸른 해 장례가 치러지면 은하계 장례가 치러지는 것이다.**"

은하의 중심에도 태양이 있는 데 '보이지 않는 태양'인 것이다. 즉 음의 태양인 것이다. 앞서 사진으로 밝힌 초중량 블랙홀이 음의 태양인 것이다. 그 검은 블랙홀은 알고 보니 푸른 블랙홀이었고, 푸른 해였던 것이다. 하얀 태양 ⇒ 검은 태양 = 푸른 태양의 설정이 가능하게 된 것이다. 지구의 시선이 아니라 우주의 시선, 즉 역으로 보면 하얀 별(해) ⇐ 검은 해(별) = 푸른 해(별)인 것이다. 우리는 지구와 같은, 보이는 푸른 별만 찾았으나 그들이 보이지 않는 푸른 해인 것이다. 푸른 해는 우주 은하의 중심을 잡아주는 음의 태양인 것이다.

과학자는 정신병원에서도 "검은 블랙홀 푸른 블랙홀 모두 푸른 해라고 했다." 과학자에게는 정신병원 환자복에 새겨진 글씨도 푸른 해인 것이다. "내일에 희망을 마음에 평화를" 이 푸른 글씨도 모두 푸른 해이다. 그런데 이 글씨는 『벽화』 시집에 맨 처음 등장한다. 그리고 다시 '폐쇄병동'의 이미지로 반복해서 그려진다.

> 친구의 감지 않는 머리 비듬이
> 잘게잘게 햇살같이 떨어지는 날이었다
> 나무그늘에서 매미가 울고 있었다

어머니한테 우울증 때문이라 들었으나
우스갯소리 몇 마디 시간이 흘러갔다
헐렁한 병원복에 새겨진
내일에 희망을……
마음에 평화를……
줄담배를 피우던 그는 옷을 여미고
국립나주정신병원 2층으로 올라갔다

나는 몇 년에 한번씩 안부를 물었다
어머니가 또 전화를 받았다
죽었다 했다 눈 오는 밤 버스에 치여.
이미 재는 극락강에 뿌렸다 했다

―「국립나주정신병원」 전문

이 나라 국립정신병원에는 자유가 없다
내 손발 묶어두렴

나는 내 동료들과 저항하지
저들에게 매 맞기 싫어
환자 코스프레 코스프레
병원복 입고 정신병 환자 흉내내기

매일 암벽 오르며 떨어지는 꿈
바위는 통째 무너져 내리기 좋아요
바위가 모래가 되려면, 모래가 되려면
바윗길 오르는 손끝 발끝 부서져 내리고
오래 아파 꿈꾸는 자여

벼랑이 없다는 걸 알아라

나를 가둔 건 국가냐 학자냐 게임이냐
나는 겜덕들에게 둘러싸여 있다
중독 병동 게임광 소굴
중독환자 스스로 걸어
정신병원 들어오느냐
내 화가 친구 헛소리?

그는 바위보다 단단한 내 동료
그는 죽어도 발길질 피하지 않는
피투성이 화가 그의 그림은 벽화
몸에 그려지며 서서히 죽어가는 그림

국립나주정신병원 건물
벼랑 위 세워졌다는 말은 거짓말
탈주범들 한 번도 벗어날 수 없는 까닭은
게임 중독자 말놀이— *인류 실패는*
*게임 중독자 병원에 가둔 일*

**소년아버지** 환자 코스프레
헐렁한 병원복에 새겨진, 방문객 눈에만 띄는 벼랑
내일에 희망을…… 마음에 평화를……
게임광이 나를 두고 벌이는 글자게임

나를 가둔 건 글자냐
국가냐 의사냐 시냐

—「국립정신병원」 전문

모두 정신병원의 이야기인데 "헐렁한 병원복에 새겨진, 방문객 눈에만 띄는 벼랑/ 내일에 희망을…… 마음에 평화를……/ 게임광이 나를 두고 벌이는 글자게임"인 것이다. "국립나주정신병원"에서 일어난 일이지만 장소나 공간이 중요한 것은 아니다. 우주게임은 공간을 가리지 않기 때문이다. 또한 시간이나 인물도 가리지 않아서 과학자, 화가, 시인은 한 공간, 같은 시간에 살고 있다. 이들을 병원 혹은 감옥, 폐쇄병동에 가둔 주체를 모르기에 물음은 끝나지 않는다. "나를 가둔 건 글자냐/ 국가냐 의사냐 시냐"

과학자에게 돌아가 다시 집중할 필요가 있다. 모두 푸른 해 때문에 벌어진 사건이기 때문이다. 과학자를 정신병원에 가둔 일도 태양과 관계가 있다. 양의 태양만을 아는 인류는 다른 태양을 보지 못한다. 음의 태양에 대해 누설하는 일이 무섭다. 그래도 광인 과학자는 계속 떠들 것이다. 그는 과학자이면서 시인이 되기도 한다. 우주게임에서 인물의 주체는 언제든 뒤바뀐다. 별들의 주체도 계속 바뀐다. 음의 태양인 푸른 해 주위를 양의 태양이 돌고 있는 것이다. 그런데 여기서 중요한 것은 가장 견디기 힘든 상처를 꿰매는 것도 푸른 블랙홀, 즉 푸른 해라는 것이다. 푸른 블랙홀의 역설이다. 우리를 죽일 수도 찢어발길 수도 있는 블랙홀이 우리를 깁고 살린다. "우주의 흉터를 깁고, 기울 수 있는 게 푸른 해 둥근 바늘이라고 했다."라는 시 구절이 그래서 나왔을 것이다. 인간은 모두 푸른 해 "우리 모두 푸른 해였군."이라는 공식이 성립된다.

## 3. 음의 태양과 양의 태양의 공존

음의 태양과 양의 태양이 공존한다. '우리은하'의 중심에 음의 태양이 있어서 그 주위를 별들이 돌고 있다. 우리은하에 2000억 개의 별이 있다. 그 별의 발화는 음의 태양과 양의 태양이 있어서 가능할 것이다. 음의 태양과 양의 태양의 발화가 수많은 별의 시의 발화를 불러온다.

그런데 그 별의 시의 발화를 따져 묻기 전에 짚고 넘어가야 할 것이 있다. 음의 태양이 **태양의 태양**이라면, 우주의 **중심음**[18] 혹은 **중간지대**[19]가 될 수 있는가 하는 점이다. 여기서 (음의 태양과 연관 지어) 김지하와 질 들뢰즈를 호명하지 않을 수 없다. 김지하는 질 들뢰즈를 수없이 거론한다. "마지막에 제가 중심음中心音, 율려 이야기를 할 텐데 그것과 통하는 이야기입니다. 현대와 같은 탈중심 시대에도 우주의 중심음이 있느냐. 이것은 중요한 질문입니다. 나는 끝까지 있다는 것이고 많은 들뢰즈주의자들, 내 후배들은 그런 것은 곤란하다, 그것은 새로운

---

18) "우주의 음양을 6개씩 배합해서 12율려라고 합니다. (…) 율려는 우주의 질서이면서 동시에 그것을 반영하는, 일차적으로는 음악의 구조입니다. 그리고 그 음악의 구조에 따라서 춤이 나오기 때문에 무용의 기본 질서이고, 여기에 가사가 붙으면 시詩가 되고 문학이 되기 때문에 문학의 기본 구조입니다." (…) 율려에는 중심음이 있다고 했지요. 12음양 율려 속에 그 전체를 코드화하거나 탈코드화하는 어떤 기능이 있어요. 그것을 중심음이라고 그래요. 또 궁상각치우, 5음 체계로 본다면 궁宮을 중심음이라고 그래요. 제일 첫 번, 그러니까 서양음악 같으면 도예요." 김지하, 『율려란 무엇인가』, 한문화, 1999, 188~189쪽 참조.

19) '중간지대'와 '중간'이 같다고 할 수는 없으나, 꼭 다르다고 할 수도 없다. 여기에 대해 따로 좀 더 연구가 진행되어야 하리라 본다. '중간'에 대해 해설한 번역자의 각주가 있어 옮겨본다. "[불어의 milieu에는 몇 가지 뜻이 있다: '주위 환경', '(물리 · 화학에서 말하는 것과 같이) 매질(媒質)', '……계(界)' '(시간 · 공간의) 중간' 등. 들뢰즈, 가타리가 쓰는 milieu는 이들 모두를 결합시킨 뜻을 갖고 있다]" 질 들뢰즈 · 펠릭스 가타리, 김재인 옮김, 『천 개의 고원』, 새물결, 2003, 47쪽.

억압체제다 이 이야기입니다. (…) 중심 없는 완전 탈중심은 해체다 이거예요. 죽음, 지구와 인류 전체의 해체는 곤란하다.”[20]는 것이 그것이다.

김지하가 중심음을 찾아가는 과정을 여기서 소상히 다 밝힐 수는 없지만, 그가 무엇을 걱정하는지는 간략히 말할 수 있다. “나는 그래서 <예기禮記>로 돌아간 겁니다. <예기>에 ‘악기樂記’가 있습니다. 그 ‘악기’에 뭐라고 되어 있는가 하면 나라가 망하려면 음악이 썩는다고 되어 있어요. 음악이 썩으면 시와 춤이 썩습니다. 그러면 연극이 썩어요. 그때는 영화가 없었으니까, 지금 같으면 영화도 썩지요. 폭력, 섹스, 무질서, 절망 이런 것이 판을 치는 겁니다.”[21]

김지하는 『우주생명학』에서 또 이렇게 말한다. “더욱이 최근 세계정치와 경제에서 나타나는 여성 리더십이야말로 여러 형태의 우주, 지구 자연변화 중에서도 으뜸가는 ‘후천개벽’이”다. “우주가 크게 (서양과학이 지난 시절 발견한 그것들과는 크게 다르게) 달리 그 진실을 드러내고 있고, 세계가 서양이 주창하던 사회적 진실의 길과는 영 다르게 뒤틀려 있다. 이 세상은 이제 기울다 못해 파괴를 자초하고 있다. 내가 여러 번 말해온 ‘개벽’이란 말은 그 파괴를 오히려 태초에 이 지구와 이 세상 처음 시작될 때의 그 몇 가지 유현한 모습으로 다시 시작하는 일을 말한 것이다. 그런데 그 개벽이 다시금 되풀이되는 듯 이른바 <선후천 융합대개벽>으로까지 오고 있다.”[22]

김지하는 우주문학을 직접적으로 말하지는 않지만 그것과 어울리는 시인이다. 그의 육성을 직접적으로 옮겨보도록 한다. 우주생명이 **음개**

---

20) 김지하, 앞의 책, 180쪽.

21) 위의 책, 192쪽.

22) 김지하, 『우주생명학』, 작가, 2018, 11~17쪽 참조.

**벽**으로 통하고 우주문학이 **음의 태양**으로 통한다면 서로 다르지 않다. 일맥상통도 있을 것이다.

> 나에게 누군가 말한다.
> "너는 누구인데 우주생명의 개벽을 그리 함부로 말하느냐?"
> 나의 대답은 이렇다.
> "누구든지 간에 그것을 이제 제 입으로, 제 생각으로 말하고 실천해야 할 때가 왔다."
> 이때가 바로 <선후천 융합개벽>이니 곧 '대개벽'인 것이다.[23]

그런데 김지하가 생각한 우주의 '대개벽'이나 '중심음' 역시 인류의 동서양의 사유에서 벗어날 수 없다. 지금껏 인류의 한 개의 태양 중심의 사유는 많은 문제를 일으킨다. 더욱이 남성/여성 이분법적인 사유가 지배할 때, 어느 쪽으로든 쏠림현상이 일어나 권력화된 체계를 낳는다. 남성/여성의 이분법적 도식을 떠나 '새로운 우주 체계'의 판이 필요할 때가 된 것이다. 인류는 왜 꼭 남성을 '양(햇살)'이라 생각하고 여성을 '음(그늘)'이라 하는가? 여성성(흰 그늘)이 우주의 해라면, 우주의 주체는 달라져야 하는가? 눈에 보이지 않는 음의 태양이 있다면 어떤가? 귀에 들리지 않는 음의 태양이 내는 소리가 있는가? 우주의 중심음의 **중심음**은 없는가? 대우주 은하의 중심마다 휘돌며 음의 태양이 내는 노래가 **중심음**인가?[24]

---

23) 위의 책, 25쪽.

24) 김지하의 율려에 대한 생각은 광활하지만, 빠르게 변하는 천체우주론의 관점에서 반론이 필요한 시점이다. 우주를 얘기할 때는 어떤 누구도 성급한 단정 지음을 피해야 한다. 이제 동양의 역학이나 서양의 종교나 철학도 현대 천체우주론을 고려

푸른 해는 공동묘지에 있었다. 산 자체가 푸른 해이기도 하지만 산 사람은 알아볼 수 없다. 우리는 죽어야 했는가.

푸른 소주병을 하루에 두세 개 비우는 고향 친구와 옆 동네 산에 갔었다. 왜 그 친구는 나를 그곳에 이끌었는지, 결국 우리가 이른 곳

---

할 때가 되었다. 초중량 블랙홀이 발견된 2019년 이전과 이후로 인류의 모든 '우주론(학)'은 나뉜다. 우주의 '관념'과 '실재'로 대립한다. 우주문학론도 실재와 관념의 암흑물질로 재정립된다. 카오스, 카오스모스의 용어조차 관념에서 실재로 바뀐 것이다. 이를 감지한 김지하 역시 들뢰즈에게서 받아들인 카오스모스를 최근에 와서 부정해 버린다. "'chaosmos'는 결코 아니다"(김지하, 『우주 생명학』, 작가, 2018, 162쪽). 그리고 다시 "카오스모스chaosmos는 불연기연不然期然의 '시작'"으로 본다(250쪽). 맞다, 기계론적인 카오스모스는 결코 아니다! (들뢰즈 역시 "기관 없는 몸체"만을 말한 게 아니다.) 앞으로도 관념과 실재의 대립은 계속될 것이다. 관념이 실재가 되고 실재가 관념이 될 것이다. 관념의 실재, 실재의 관념 즉 이성과 광기 주체의 권력은, 푸코를 빌려 말하면 '우주 권력'과 맞물려 있다. 그 권력이 무슨 권력인지는 몰라도, (들뢰즈가 왜 기독교를 해체하려 했는가?) 김지하의 광기 주체 역시 권력화되는 주체들에게 저항한다. 천도교를 부정하며 천도교의 근본인 동학(東學)을 받아들이고, 기독교를 부정하며 기독교를 받아들이고, 중국 역학이나 풍수에 의지하여 '민중 주체'를 불러내지만 동시에 '영웅 주체'를 불러내어 한 주체로 전락하는 것을 막는다. 즉 모든 주체는 권력화되려 한다. 광기 주체들 속에는 광기 주체들의 동의를 받아 권력화되려는 속성이 있다. 여기서 어떤 주체도 자유로울 수 없지만, 그러한 속성이 광기 주체의 절대적 권력화를 막는다. 광기 주체는 이름 없는, 보이지 않는 주체여서 히어로가 아니지만, '히어로 주체'의 속성을 지닌다. 한둘의 히어로의 권력이 우주를 변화시키는 게 아니라, 암흑물질 · 암흑에너지처럼 보이지 않는 광기의 주체들이 (움직이는 장소 주체이기도 한 이들이) 우주의 장소를 변화시킨다. 하지만 주체와 장소 역시 단정하면 안 된다. 앞의 본문에서도 언급한, 스티븐 호킹의 『위대한 설계』(까치, 2010)에 나오는 말은 비단 수학 과학만의 문제는 아니다. "어떤 이론도 다른 이론보다 더 낫거나 실재적이라고 할 수 없다. 우주를 지배하는 법칙들과 관련해서 우리가 할 수 있는 말은 이것이다. 우주의 모든 면을 기술할 수 있는 단일한 수학적 모형 혹은 이론은 없을 것 같다는 것이다."(73쪽).

은 공동묘지였다.

공동묘지라고 하기에는 좀 그랬구나. 무덤이 한 십여 기. 벌써 십 년이 흘렀지만 또렷한 흔적들. 공동묘지만 남기고 동네 십여 개가 사라져 버렸다. 공동묘지에서 내려다본 거대한 빌딩도 비석처럼 작아 보였다. 그 비석들이 세워지기까지 딱 십 년이 흘렀다.

한국전력공사 비석이 젤 큰데, 나주 비료공장 하얀 굴뚝 연기를 바라보며 자란 나는 아직도 불 켜진 빌딩들 벌판이 믿어지지 않는다. 순식간에 우리 모두 죽을 수 있다.

푸른 소주병을 들고 그 친구는 고향의 장례를 치렀다. 나는 시의 장례를 치렀다. 지구의 장례가 치러지고 있다는 걸 우리는 안다. 푸른 소주병을 비석처럼 세워 가도 취하지 않는 죽음. 누구의 무덤인지도 모르고 무덤은 반갑구나.

무덤은 비장하지 않다. 푸른 해이기 때문인데, 나는 그때 무덤과 무덤이 푹 꺼진 곳이 푸른 해라는 걸 몰랐다. 마치 은하의 중심마다 있다는 음의 태양 그 푸른 해같이 죽음의 중심을 잡아주는지 모른다.

나는 열심히 무덤을 바라보았다. 무덤의 소주병은 주둥이가 길지 않지만 침묵만큼은 잘 마신다. 푸른 해들이 무덤만큼 많구나. 더 큰 침묵이 작은 침묵을 마시고 보이지 않는 푸른 블랙홀이 침묵을 마신다.

여태 그 친구는 푸른 소주병을 세고 있다.

—「푸른 해 2—공동묘지를 떠나며」 전문

"푸른 해는 공동묘지에 있었다."라는 첫 시구에서 중심음 혹은 중간지대를 찾을 수 있을지도 모른다. 공동묘지에는 둥근 푸른 무덤들이 있다. 온갖 죽음의 사연이 있을 것이고, 또한 '아무것도 없는' 삶이 있다. 그 텅 빈 삶이, 텅 빈 중심이 삶의 중심을 잡아 줄 수 있다. 공동묘지의 '죽음'이 '삶'의 중심이라는 단순 도식보다는, 왜 그토록 '죽음'이 '삶'을 붙들고 놓아주지 않는가에 더 의문점이 생기고, 그 놓아주지 않는 '텅 빈 삶과 죽음의 중심'을 찾는 일에 골몰하게 된 것이 아닌가 생각이 드는 것이다. 만약, 시의 화자가 공동묘지 푸른 무덤에서 푸른 해를 발견한 것이라면, 저 멀고 먼 은하의 중심에 있는 푸른 해를 (느끼기는 하지만) 직접 볼 수 없는 절망감을 표출한 것일 수도 있다. 이미 (찾기는 했지만) 우주의 '도'의 박자 소리 같은 중심음을 들려줄 수 없는, 또 다른 절망의 시적인 장치일 수 있다. "푸른 소주병을 하루에 두세 개 비우는 고향 친구와 옆 동네 산에 갔었다."는 것은, 푸른 소주병 ⇒ 푸른 해라는 추측을 불러일으킨다. "결국 우리가 이른 곳은 공동묘지였다."라는 것도, 무덤에서 푸른 해를 발견하리라는 것을 예감한다. 푸른 무덤 ⇒ 푸른 해를 연상할 수도 있는데, 푸른 무덤 ⇒ 음의 태양 ⇒ 중간지대 ⇒ 중심음이란 공식이 성립된다. 그래서 중심음은 공동묘지에 있는 것이다.

삶의 한 축으로서 죽음과 관련하여 '무덤의 중심음'을 불러내었다. 그렇더라도 '죽음에서 삶으로' 역추적을 해보지 않으면 알 수 없는 것이 있다. 시의 장례 ⇐ 고향의 장례 ⇐ 지구의 장례가 있다 "푸른 소주병을 들고 그 친구는 고향의 장례를 치렀다. 나는 시의 장례를 치렀다. 지구의 장례가 치러지고 있다는 걸 우리는 안다. 푸른 소주병을 비석처럼 세워 가도 취하지 않는 죽음."이 그것이다. 공동묘지 죽음은 '자연스러운' 죽음이 아니었다. 시의 장례 ⇐ 고향의 장례 ⇒ 지구의 장례와 관련되어 있다. 즉 모두 고향의 장례에서 파생된 것이다. "한국전력공사 비석이 젤 큰 데, 나주 비료공장 하얀 굴뚝 연기를 바라보며 자란 나는 아직도 불 켜진 빌딩들 벌판이 믿어지지 않는다. 순식간에 우리 모두 죽을 수 있다."는 것이, 또한 그것이다. "공동묘지만 남기고 동네 십여 개가 사라져 버렸다."는 것은 '고향의 몰살'을 뜻한다.

그렇더라도 그 '죽음'이 공동묘지처럼 중심을 잘 잡아준다는 것이 시의 역설이다. "무덤은 비장하지 않다. 푸른 해이기 때문"이다. 삶과 죽음을 동시에 관장하는 '푸른 해'여서가 아니라, 모든 삶만이 아니라 '죽음의 몰살'까지도 무(無)가 되는 곳이 푸른 해가 있는 **무의 중심**이기 때문이다. 그것이 죽음의 중심을 잡아주기에 이런 말을 했을 것이다. "나는 그때 무덤과 무덤이 푹 꺼진 곳이 푸른 해라는 걸 몰랐다. 마치 은하의 중심마다 있다는 음의 태양 그 푸른 해같이 죽음의 중심을 잡아주는지 모른다."

푸른 소주병 ⇒푸른 무덤 ⇒ 푸른 해 ⇒ 푸른 블랙홀이라는 시의 공식은, 앞의 과학의 공식에서만 나온 것이 아니라, 오히려 "나는 열심히 무덤을 바라보았다."라는 일념에서 비롯되었다. "무덤의 소주병은 주둥이가 길지 않지만 침묵만큼은 잘 마신다. 푸른 해들이 무덤만큼 많구나. 더 큰 침묵이 작은 침묵을 마시고 보이지 않는 푸른 블랙홀이 침묵을 마신다." 그 침묵을 마시다 보면 '침묵'에도 취할 것 같은데 왜 부제가 "공동묘지를 떠나며"인가? 첫 연에 나오는 "우리는 죽어야 했는가."는 무슨 의미인가? 이 시속의 화자가 죽은 자임을 알 수 있는 구절이기도 하다. 그렇다면 이 시속의 화자들은 어디서 온 것인가? 필자의 『詩魔』 시집의 시편에는, 공동묘지와 죽은 화자들이 등장하는데 「푸른 해 2－공동묘지를 떠나며」 시와 무슨 관련이 있는지 알아보자.

소녀의 엄마는 점점 잔인해져 갔다, 소녀를 무덤가로 데려갔다. "무덤의 소리를 들어라, 딸아!" "엄마, 왜이래? 여기서 나가요!" 엄마는 공동묘지를 보여주며 소녀에게 거닐게 했다, 밤이 올 때까지! 바람은 스산하고, 별들은 창백했다! "같이 죽자꾸나!" "엄마, 나 피아노 칠게!" 소녀는 무덤을 건반처럼 두드렸다. 무덤을 더듬거렸다. 더듬거리며 음을 만졌다, 장님처럼! 무덤을 어루만지는 손가락에 풀독이 들었다.

소녀의 엄마는 광인이 되어갔다. 아프고, 아프다 죽었다. 모든 울음 웃음은 음이 되었다. 딸에게 모든 음을 주고 갔다, 자신의 인생까지도! 소녀는 묘지기가 되었다! 그때부터 자신의 몸속에 흐르는 피의 소리를 들었다, 피의 가락을! 그런데 자신의 피는 서늘히 식어가고, 무덤 속의 피는 뜨겁게 흐르네. 공동묘지 대연주회는 피를 깨운단 말인가, 죽음의 음의 합창이 울린다. 세상의 대합창은 죽음들의 합창! 죽어가는 생을 깨운다. 소녀는 몸을 둥글게 말고 듣는다, 환한 무덤처럼! 귀머거리 소녀여, 온몸이 귀가 되었다!

소녀가 묘지기 피아니스트가 된 건 순전히 엄마 때문이었다. 엄마가 죽자 피아노를 그만두고 묘지기가 되었다, 엄마에 대한 복수였다. 그때 피아노를 포기한 건 죽음이었다고! 피아노의 환희는 죽음이었다고! 소녀는 절대 울지 않는다, 모든 울음이 음이라고 착각하지 마라. 울음도 솎아내야 할 울음이 있다, 울음의 얼룩 같은 것! 귀에 들리지 않는 모든 음악은 메아리였다. 세상의 모든 얼룩 연구하는 과학자를 밤마다 소녀는 찾아갔다. "얼룩은 무엇이오?" "글쎄, 아직 잘 모르겠네. 우주의 얼룩이 생긴다는 것 말고!" "우주의 얼룩이 생긴다?" 소녀는 혼자 중얼거린다. "얼룩의 표본은 없더군." 그 과학자는 광기에 차서 머리를 쥐어뜯는다, 비듬이 떨어진다! "움직이는 표본?" 그리고 그녀는 자신의 피의 얼룩을 보았다. 울음의 무늬 선연히 사라지는 것을! 아 과학자의 무덤은 허묘인가— 그 시인이 조상의 묘비에 화장재를 뿌려 만든 묘. "이곳 세상은 텅 빈 무덤이야!" "아아 텅 빈 음악이겠네!" 소녀는 과학자에게 작별을 고한다. "무덤의 광기여, 안녕!" "모든 얼룩은 머물지 않고 떠나는군."

소녀 귀머거리의 음과 말더듬이 시인의 시는 과학자의 얼룩 같은 것이다. 모든 얼룩은 얼룩으로 만난다. 얼룩은 얼룩을 부르고, 또 흩어진다. 울기도 하고 웃기도 하며 빛나고 어둡기도 하며 서로에게 악수한다. 묘지기여! 무덤의 고독, 무덤의 행복, 무덤의 슬픔을 연주하라, 나는 시로 쓰지 못했네. 모든 것을 접신하는 시는 없다, 우주의 대합창은 공동묘지의 대연주로!

—「詩魔—우주게임」 부분

『詩魔』 시집에는 공동묘지와 다섯 개의 비석에 대한 시가 실려 있다. 즉, 흑비(黑碑), 백비(白碑), 문비(門碑), 생비(生碑), 게임의 비가 그것이다. 이 비석들의 이야기는 결국 '우주게임'이라는 한 편의 장시(長詩)로 수렴된다. 두 주인공의 이야기가 나오는데, 남자 시인 묘지기와 처녀 묘지기 이야기이다. 처녀 묘지기는 또한 피아니스트 묘지기이기도 한데, 소녀 때 장님이 되어 공동묘지에서 무덤의 건반을 두드리며 피아노 연습을 한 적이 있다. 공동묘지를 통째로 무덤 하나하나의 건반을 두드리며 연습하게 된 것은, 모두 엄마 때문이었다. 소녀는 엄마가 무섭고, 살기 위해서 피아노를 쳤다. "소녀는 무덤을 건반처럼 두드렸다. 무덤을 더듬거렸다. 더듬거리며 음을 만졌다"는 것이 그것이다.

그래서 소녀가 묘지기가 된 것은 예정되었는지 모른다. "엄마가 죽자 피아노를 그만두고 묘지기가 되었다, 엄마에 대한 복수였다. 그때 피아노를 포기한 건 죽음이었다고!" 피아니스트 묘지기 소녀가 처녀 묘지기가 되고, 시인 묘지기를 만나고 얼룩을 연구하는 과학자를 만난 것은, 알고 보면 먼 후일 그 과학자는 푸른 해를 연구하는 과학자이기도 한 것은(푸른 해—우주게임), 이 『詩魔』 시집의 '우주게임' 속에서는 너무 자연스러운 일이다. "소녀 귀머거리의 음과 말더듬이 시인의 시는 과학자의 얼룩 같은 것이다. 모든 얼룩은 얼룩으로 만난다. 얼룩은 얼룩을 부르고, 또 흩어진다. 울기도 하고 웃기도 하며 빛나고 어둡기도 하며 서로에게 악수한다. (…) 나는 시로 쓰지 못했네. 모든 것을 접신하는 시는 없다, 우주의 대합창은 공동묘지의 대연주로!"

그런데 『하얀 별』 시집의 '하얀 별'이란 여자 역시 공동묘지에서 살고 있다. 소녀 피아니스트 → 처녀 묘지기 → 하얀 별로 이름이 바뀌었지만 동일 인물임을 알 수 있는 혐의가 짙다.

> 그 묘지기 소녀 피아니스트는 **무덤의 건반을** 두드린다. 공동묘지를 통째로 무덤 하나하나 건반 두드린다. 환한 무덤 발자국!—환한 무덤의 건반— 착시인지 모른다, 그 공동묘지는 착시! 삶의 벌판에 무덤이 펼쳐져 있다. 죽음의 벌판에 무덤은 없다. 죽음의 벌판은 착시, 내 시는 착시인지 모른다. 그때 무덤 속에서 말이 들린다. "착시도 시다!" 그 소녀 무덤을 두드리는 손가락 끝에 풀물.
>
> 그녀와 시인은 다시 과학자 무덤을 찾았다—그에 대한 기억은 별과 같다. 멀고도 가깝다, 천문! 먼 우주를 건너는 별도 있으리라. 별이 신호를 보내는 건 우주의 완성된 그림은 없다는 것, 우주 그림을 다 그리지 못한 것이라고 시인은 말했지만 밤하늘 눈부신 묘지기는 무덤 사이를 거닐며 제 무덤을 본다.
>
> 광녀여 우주의 광녀여 별이여 하얀 별이여
> 내 시설을 들어라!

별별 기억은 모두 얼룩으로 남는다. 별의 텃밭에서 배추처럼 별을 솎아 내면 좋으련만—하얀 밑동 둥그렇게 제 몸을 보듬고 사는 자들! —상복 모양 지푸라기에 묶인 배추머리들! 별의 밑동이 환하다. 나는 며칠 후 돌아와 배추 포기를 묶으리라. 별들의 배추밭 시래기가 나올지라도, 겹겹이 치마폭 펼친 환한 배추밭! 별들의 모든 얼룩은 환하다!

그녀가 소스라치며 뒷걸음친다, 자신에게 놀라. 그녀는 과학자의 무덤을 떠난다. 결국 제 무덤에게로 돌아온다—나는 내 무덤에서 그녀를 본다, 그녀는 붙잡히지 않는 떠돌이 별이다. 모든 별은 여행을 한다, 머무르지 않는 자가 별이다. 별들에겐 고향이 없다.

광녀여 우주의 광녀여 별이여 하얀 별이여
내 시설을 들어라!

그녀의 비문을 나는 읽는다. 그녀가 제 방에 마련해 놓은 공동묘지 숱한 묘비! 그녀 무덤은 언제 생긴 지 모른다, 우리는 늙어서 무덤에 가는 게 아니라 우리는 무덤에서 늙어 간다고! 가장 아름다운 집은 무덤이기에 우리는 무덤을 벗어날 수 없다.

그녀가 외출에서 오면 무덤의 푸른 잔디는 살아난다. 그녀 생졸 기록이 여기 다 있다. 그녀는 시인의 무덤을 좋아했다, 과학의 무덤보다도! 그런데 시인이 그녀를 불렀다. 소녀여 무덤 별이여 하얀 별이여 모든 무덤 다르지 않다. 그녀는 여러 날 앓아 해쓱해진 별.

왜 아름다운 것은 불편한가. 먼저 죽은 자여 죽은 자여 내 죽음을 쓰리라. 무슨 마력이 아니더라도 우린 모두 별, 자신을 다 태우고 떠 있는 하얀 별. 하얀 별은 은은히 빛날 뿐, 아무에게 누설하지 않는 별.

별의 고백을 들어라! 하얀 별. 그녀 사랑은 하얀 별. 미이라같이 가벼이 떠 있는 하얀 별.

—「詩魔—십우도(열)」 부분

이와 같이 "묘지기 소녀 피아니트가" "하얀 별"이란 여자로 『하얀 별』 시집에서도 직접 적으로 드러난다. "**무덤의 건반을** 두드린다."는 것도 그렇고, "공동묘지를 통째로 무덤 하나하나 건반 두드린다."는 장면에서는 하얀 별의 화신이 묘지기 처녀임이 드러난다. 그래서 『詩魔』와 『하얀 별』 시집은 공동묘지 시편이라고 할 수 있는데, 하얀 별을 거쳐 「샴쌍둥이지구」의 '푸른 해' 시편의 '공동묘지'에까지 이어진다고 볼 수 있다. 이 공동묘지에서 생기는 일은 모두 무덤의 안팎이 없다는 것이 중요한데, 산 자와 죽은 자가 구분이 안 되고, 처녀 묘지기와 시인 묘지기의 남녀 구분도 안 된다. 하얀 별이란 여자가 시를 쓰는지, 묘지기 시인 남자가 시를 쓰는지, 누가 시를 쓰는지도 모른다. "그 공동묘지는 착시! 삶의 벌판에 무덤이 펼쳐져 있다. 죽음의 벌판에 무덤은 없다. 죽음의 벌판은 착시, 내 시는 착시인지 모른다."는 착시현상은 당연하지만, 착시는 착시가 아님을 반론한다. "착시도 시다!"는 것이 그것이다. "그녀가 제 방에 마련해 놓은 공동묘지 숱한 묘비! 그녀 무덤은 언제 생긴 것인지 모른다, 우리는 늙어서 무덤에 가는 게 아니라 우리는 무덤에서 늙어 간다고! 가장 아름다운 집은 무덤이기에 우리는 무덤을 벗어날 수 없다."는 것은, 하얀 별의 집이 무덤이고 무덤이 집이라는 이중장치가 있는 설정이라고 볼 수 있다.

그런데 또 하나의 장치, 즉 삼중장치가 있다. 시인 묘지기는 어떤 인물들의 화신인가? 『詩魔』와 『하얀 별』과 '자작시'에 나오는 모든 시인이 여기에 해당한다고 보면 된다. '그 시인' → 처녀 묘지기의 묘지기 애인 → 하얀 별의 죽은 애인 → 웹툰 작가의 아버지 시인 → 폐쇄병동 시인 강규식이 그들이다. 그런데 중요한 것은 '김영산'도 여기에 해당한다. 시 속의 '시인'과 현실 속의 '시인'이 구분이 안 된다. 살아있는 시인과 '죽은 시인'도 구분이 안 된다.

이 이중장치, 삼중장치를 풀고, 자신의 집에 마련한 공동묘지에서 이제 '하얀 별'이 떠날 때가 된 것 같다. "먼저 죽은 자여 죽은 자여 내 죽음을 쓰리라. 무슨 마력이 아니더라도 우린 모두 별, 자신을 다 태우고 떠 있는 하얀 별."이기에, 시인 하얀 별은 이 긴 장시(長詩)를 마칠 때가 된 것 같다. 앞의 「푸른 해 2—공동묘지를 떠나며」에서 "공동묘지를 떠나며"라고 한 것은 이 대장정을 마무리할 때가 됐음을 암시하는 것이다. 이 3권의 시집은 서로 순환하며 꼬리에 꼬리를 물고 이어진다. 『詩魔』(2009) ⇒ 하얀 별(2013) ⇒ 푸른 해(미완성 시집)는 2022년 현재까지 순환하며 이어진다.

결국, '푸른 해, 통합본으로 묶일 것이다. 이 시(시집)들이 기획된 것이 아니라 저절로 '쓰여진' 것이다. 십 년 넘게 이어오면서 계속 한 인물과 조우했던 것이다. 피아니스트 소녀=갈래머리 소녀=공동묘지 피아니스트 묘지기 처녀=상복 입은 여자=하얀 별 ⇒ 푸른 해, 즉 모든 여자는 푸른 해 **음의 태양**이기에 더욱 그렇다. 다시 되돌려 (모두 순환하기에) 말하면 이렇다. 푸른해 ⇒ 하얀 별 ⇒ 공동묘지 피아니스트 묘지기 처녀 ⇒ 귀머거리 소녀의 이야기로 이어진다. 이 소녀는 처녀 묘지기가 되고, **무덤의 중심음**을 찾는 피아니스트 묘지기 처녀가 되어 무덤의 건반을 두드리는 이야기로 다시 연결되는 것이다. 이렇듯 계속 순환하며 조금씩 변주되는 시인 묘지기의 이야기가 **샴쌍둥이지구**이다. 공동묘지 피아니스트 묘지기가 무덤의 건반을 치며 부르는 **시의 공동묘지**의 노래인지도 모른다.

## 4. 나가는 글

「푸른 해-우주게임」에서 푸른 해, 즉 음의 태양을 통해 지구 위기를 그리려 했다. 지구를 반으로 쪼개는 양화(量化)가 되지 않으려면 '양의 태양'과 '음의 태양'의 사유를 동시에 해야 한다. 우주의 반이 죽어야 반이 산다는 양화의 악마 '타노스'가 나오는 히어로 영화 **어벤져스: 엔드게임**에는 '인류만을 얘기하는 악마↔개체가 없으면 인류도 없다는 어벤져스 팀'의 대립 공식이 깔려 있다.[25] 하지만 그것 또한 숱한 **음의 태양**이 존재하는 우주적 시각으로 다시 보면, 이분법적 미국식 양화의 복수극 영화이다.

지구의 불구성이 우주의 불구성으로, 우주의 불구성이 지구의 불구성으로 순환하지 않으려면 현재 지구는 **샴쌍두이지구**라는 언어의 전환이 필요하다. 샴쌍둥이지구의 시만이 아니라, 시 역시-특정 종교나, 불가능한 국경주의- 지구문학을 벗어나자는 말이 아니라 역으로 그것을 우주적으로 사유하는 우주문학으로 전환할 때가 된 것이다. 사람과 지구에 대한 시적 애도 역시 필요하다. 시인은 시를 모신다. 사람과 자연을 모신 만큼 지구를 모시고, 지구를 애도[26]하는 일이 여전히 중요

---

25) 2019 미국에서 제작한 안소니 루소 · 조 루소 감독의 히어로 액션 영화.

26) "어떤 시의 말들이 욕망하는 기계로서의 몸을 환기할 때도, 혹은 어떤 이야기들의 말들이 권력을 각인시키는 장소로서 몸을 형상화할 때도, 외연적 몸과 내포적 몸 사이의 아이러니에서, 현상적 몸과 초월적 몸 사이의 아이러니에 이르기까지 다양

하다. 우주의 중력처럼 시의 중력은 부드러우면서도 강하다. 한국 현대시의 중력은 어디서 오는가. 뜻을 높이 세우지 않으면서도 뜻이 높은 시, 그러니 한국시의 – 청산별곡을 푸른 블랙홀, 즉 음의 태양이라 하면 어떤가 – 고전(苦戰)에서 고전(古典)이 나오는 게 아닌가. "비록 작으나 볼만한 것은 수화(水火)의 기계(器械)요, 비록 은미하나 크다고 할 수 있는 것은 지구의 중력(重力)이 온갖 물건을 다 들 수 있는 것이다."[27] 혜강 최한기는 모든 것은 때가 있다고 하였다. 음의 태양의 중력을 중심에 삼은 우주문학의 발화 역시 그럴 것이다. "만사의 경영은 처음에 천인운화(天人運化)를 얻으면 성공하고, 천인운화(天人運化)를 잃으면 실패한다. 천기운화(天氣運化)를 얻되 인기운화(人氣運化)를 잃으면 거의 성공했다가 실패할 것이요, 인기운화를 얻되 천기운화를 얻지 못하면 비록 성공하더라도 오래 가지 못할 것이다."[28] "그리하여 작은 일이라면 지금 현재 사람의 도움을 빌리고, 큰 일이라면 백년 · 천년 뒤의 사람에게서 힘을 얻는다."[29]

우주의 '중도'가 우주문학의 핵인지 모른다. 『삼국유사』에 따르면 '무애'란 『화엄경』의 "일체무애인 일도출생사(一切無㝵人一道出生死)"에서 유래한 말이다. 원효의 화쟁 사상과 화엄이 그 삼국의 난세만이 아니라 지금에 맞는 해(중도)가 될 수 있는 것이다. 원효는 그의 『금강

---

한 아이러니의 엔트로피를 통해 문학은 여전히 문자 예술로서의 오래된 가능 지평을 새롭게 열어나갈 수 있을 것이라는 생각을 견지한다." 우찬제, 『애도의 심연』, 문학과지성사, 2018, 17~18쪽 참조.

27) 혜강 최한기, 손병욱 역주, 『氣學:19세기 한 조선인의 우주론』, 통나무, 2004, 29~30쪽 참조.

28) 위의 책, 137쪽.

29) 위의 책, 140쪽.

삼매경론』에서 해를 중도에 비유했다. 우리가 지금도 날마다 보는 '하얀 해(하얀 별)'이다. 그런데 우주에는 하얀 해만 있는 것이 아니라, 은하의 중심마다 별들의 중심을 잡아주는 천억 개가 넘는 거대한 블랙홀이 존재함이 밝혀지고 있다. 인간의 눈이나 전파 망원경의 눈으로는 볼 수 없는, '우주눈'을 광학망원경의 눈으로 들여다보면 푸른 블랙홀들이다. 우주에는 하얀 해와 숱한 푸른 해들이 우주를 방랑하고 있는 것이다. 우리가 푸른 해이며 우리 역시 대우주를 방랑한다. **우리은하** 중심에 있는 거대 블랙홀, 즉 푸른 빛을 내는 푸른 블랙홀인 푸른 태양이 **은하태양**이며 이 음의 태양의 출현이 음개벽인 것이다.

* 졸저 「음의 태양의 시와 시학」 논문을 재탈고 했음.

** 출처를 밝히지 않은 시는 모두 필자의 졸시임.

# 우주문학론

# 우주문학론

## 환유와 은유의 우주시론

### 1.

은유의 시대에는 시의 걸음이 느렸다. 환유의 시대에는 시의 걸음이 빨라졌다. 그를 뒤따라 가다 보면 놓치고 만다. 미끄러지고, 떠도는 환유의 특성상 그를 붙잡을 수도 없다. 의미를 제거하고, 의미를 무의미화 하는 그의 뇌는, 좀체 들여다보기 힘들다. 시뮐라크르의 일상에 어린 숭고[1]의 얼굴을 알아보기는 더 어렵다.

시를 낳아준 어머니가 은유라면, 시를 길러주는 어머니가 환유, 지금 현대시는 두 분의 어머니를 두고 혼돈에 빠졌다. 우주의 중력과 척력처

1) 시뮐라크르에 숭고가 가능할지는 여전히 의문이다. 이 둘이 동전의 양면이라면, 이미 시뮐라크르에 숭고가 깃들어 있어야 옳다. 그런데 우주에 원본이 없다고 주장하는 시뮐라크라면 숭고의 원본도 존재하지 않아야 한다. 현대 미학이 찾는 정점이 미가 아니라 숭고라면 이 우주적 숙제를 풀어야 한다. 그런 점에서 한병철의 글은 생각해볼 여지가 많다고 본다. "미 전체를 소비문화의 싹으로 보고 의심하거나, 포스트모던의 방식에 따라 숭고를 미와 대립시키는 시도는 별로 도움이 못 된다. 미와 숭고는 근원이 같다. 그러므로 숭고를 미에 대립시키는 대신 해야 할 일은 내면화할 수 없는, 탈주체적인 숭고를 다시 미에 반환하고, 미와 숭고의 분리를 철회하는 것이다." 한병철, 이재영 옮김, 『아름다움의 구원』, 문학과지성사, 2016, 39쪽.

럼 두 분이 꼭 필요한 존재인가. 어느 분을 사랑하든 시인의 자유이지만, 우주는 인자하지 않아서, 자식들을 혹독하게 내친다.

## 2.

이민하의 시집 네 권[2])으로 글을 쓰던 나는 우연히, 몇 년째 생각해온 묵은 숙제를 하게 된다. 그 계기는 황현산의 『모조숲』 해설 「의붓어머니의 사랑」을 보아서이다. 나는 그동안 환유와 은유의 문제를 풀어보려 했다. 예를 들어, 붙들어 매는 은유적 사유가 중력이고, 미끄러지고 떠돌면서 찢어발기는 환유적 사유가 척력이라면, 두 사유의 작동원리는 동시에 이루어져야 한다는 것이다. 유사한 것에 달라붙는 속성을 지닌 은유와 인접한 세계에 다가가 지만 결코 다가갈 수 없어 미끄러지는 환유는 중력과 척력처럼 언어의 우주에 동시에 작용할 수밖에 없다. 어느 한쪽으로 기울어서는 안 되고, 기울어질 수도 없는 우주이다.

나는 시의 어머니를 은유, 시의 의붓어머니를 환유라 줄곧 생각해 왔다. 그것은 내 미완의 시집 『검은 별』에 나오는 "우주 어머니 중력"과 "우주 아버지 척력" 때문인데, 우주 어머니면, 우주 의붓어머니면, 우주 아버지면, 우주 의붓아버지면 또 어떠랴.

> 가장 완벽한 어머니, 그것은 어머니가 아니라 의붓어머니다. 이민하는 이 의붓어머니에 관해 잘 알고 있다.
>
> 이민하의 시가 편편마다 늘 독특한 매혹을 발휘하는 것은 그가 어

---

2) 이민하의 시집에 『환상수족』(열림원, 2005, 문지, 2015), 『음악처럼 스캔들처럼』(문지, 2008), 『모조숲』(민음사,2012), 『세상의 모든 비밀』(문지, 2015) 이 있음.

머니의 은유로 의붓어머니에 관해 말하고 있기 때문이다. 그는 자연의 은유로 인공을 말하고, 행동의 은유로 시늉을 말하고, 숲과 구름의 은유로 그림에 관해 말한다. 강과 호수의 은유로 수족관에 관해 말하고, 사랑의 은유로 사랑의 풍경에 관해 말한다. 열광의 은유로 관찰과 분석에 관해 말한다.

황현산은 이 해설에서 은유에도 두 어머니가 존재할 수 있음을 보여준다. 왜 그 생각을 못 했을까, 전통적인 어머니와 현대적인 어머니가 다를 수도 있다는 것을. 전통적인 어머니를 현대적인 어머니로 화장을 하거나 모조화할 수도 있다는 것을. 그래서 나를 낳아준 어머니와 길러준 어머니가 다를 수 있고, 낳아준 어머니보다 길러준 어머니가 내게 지배적인 대상이 된다. 혹은 비대상[3]이 되더라도 무의식 속에서라도 나를 더 지배하게 된다. 그러니 어머니보다 의붓어머니를 그리고픈 욕망이 생기고, 라캉이 말한 대로, 의붓어머니는 수많은 타자일 수밖에 없다.[4] 그 의붓어머니는 의붓어머니의 의붓어머니일 수도 있고, 의붓

---

3) 이승훈의 비대상(非對象)에서 빌림. "언어의 현실파괴, 대상파괴는 과거적 현실의 교통도 가능케 한다. 대상의 파괴는 대상의 부재, 죽음, 비대상을 의미하며, 우리가 언어를 사용하는 바로 그 순간에 부재, 죽음, 비대상은 존재한다." 이승훈, 「비대상」, 『한국현대대표시론』, 태학사, 2000, 211쪽.

4) 라캉의 "무의식은 언어처럼 구조되어 있다"라는 말을 다시 되새길 필요가 있다. "라캉은 프로이트가 발견한 무의식을 다시 끌어들인다.(…)프로이트는 소쉬르언어관이 나오기 전에 꿈 작용을 은유와 환유로 풀이했다.(…)첫 단계는 내용이 압축된 어떤 것으로 바뀌고 그것으로도 마음이 안 놓여 다시 인접된 어떤 것으로 바뀌는데 이것이 압축과 전치(displacement), 혹은 은유와 환유다. 야콥슨이 소쉬르언어학으로부터 구조주의 시학을 만들 때 사용한 게 바로 이 은유와 환유의 두 축이었다.(…)주체의 욕망을 충족시킬 것처럼 보이는 대상, 즉 대체가 가능하리라 믿는 단계, 이것이 압축이요, 은유다. 그러나 충족시키지 못하고 다시 또 그 다음 대상으로 자리를 바꾸는 전치, 이것이 환유다.(…)그래서 라캉은 주체를 결핍으로 보고 욕망을 환유

어머니의 어머니일 수도 있다.

그렇다면 우리가 기호놀이[5]에 갇혀서일까. 여러 겹의 기표와 기의가 가능하다면 여러 겹의 어머니가 나올 수 있다. 두 어머니만이 아니라 두 자식이, 현대판 친자의 서자 노래가 나올 수 있다. 정작 현실에 있는 '어머니를 어머니라 부르지 못하고' '의붓어머니를 어머니라 부르지 못하고' 모조화되고, 게임화된 어머니를 만난다. 어머니는 게임화되다가 어머니 게임이 된다. 우리가 자연의 어머니를 인공의 어머니로, 인공의 어머니1로 인공의 어머니2나 3을 만들어 갈 때, 보드리야르가 말한, 복제된 어머니가 계속 생겨난다. 그리고 모노크롬 회화처럼 된다. 이 "단색화(…)모든 형태의 기이한 부재"는,[6] 다시 암흑물질 같은 '검은 어머

---

로 본다." 자크 라캉, 민승기 · 이미선 · 권택영 옮김,『자크 라캉 욕망이론』, 문예출판사, 1994, 14~21쪽.

5) 들뢰즈는, 기호를 기표와 기의의 작의적인 결합으로 간주하는 소쉬르의 구주주의 기호학을 비판한다. 그보다는 퍼스의 3분법적 기호학을 받아들인 듯싶다. 퍼스는 비언어적인 현상과 자연현상조차 기호로 간주한다. 퍼스에게 기호가 아닌 현상은 없다. 소쉬르가 기호의 의미가 주어진 구조 내에서 결정된다고 본 것과 대조적으로, 퍼스는 각각의 해석마다 기호를 다르게 해석할 수 있다고 본다. 기호를 표상체, 대상, 해석체로 3분화 한다. 들뢰즈가 '기표놀이'를 부정한 것은 그 폭력성 때문일 것이다. 기표에 의한 서열화는 국가와 국가, 타자와 타자, 자신이 자신을 억압하는 수단으로 사용된다. 동일성에 기반을 둔 전통물리학을 거부한 그가, 묘하게도 비동일성에 기반을 둔 현대 우주론에 가까워지고 있다는 느낌이 든다. 스피노자의 '역능'과 니체의 '권력의지' 등이 복잡하게 뒤섞인 그의 '리좀의 구조'는, 하이데거의『예술작품의 근원』을 넘어 우주의 근원으로써 뿌리 찾기로 뻗어간다. 우리는 거기서 '우주목(신화)의 얼굴을 제거=인간의 얼굴을 제거'한 "기관 없는 신체"의 뿌리의 사유를 읽어낼 수 있다. "기표는 없다! 절대 해석하지 말라!" 질 들뢰즈/펠릭스 가타리, 김재인 옮김,『천 개의 고원』, 새물결, 2001, 306쪽.

6) 진중권,「장 보디르야르Jean Baudrillard: 스캔들이 말하는 것」,『현대미학강의』, 아트북스, 2003, 299쪽.

니'로 게임화된다. 알 수 없는 우주의 어머니 놀이가 된다.

인공태양이 만들어지는 것처럼 인공바다도 만들어질지 모른다. 이민하의 시처럼, 호수를 수족관화 한다면, 바다도 수족관 하여, 이미 만들어졌는지도 모른다. 그래서 황현산의 말대로 "가장 완벽한 어머니, 그것은 어머니가 아니라 의붓어머니다." 그것은, 어머니는 죽지만(「가위잠」) 의붓어머니는 죽지 않기 때문인데 원본인 어머니는 죽지만 복제된 의붓어머니는 죽지 않아서이다.

> 당신이 민하씨, 하고 부를 때 나도 함께 그녀를 부르는 느낌이야. 그녀의 뒤척이는 이불이 왼쪽 끝자락부터 걷히는지 오른쪽부터 걷히는지, 그녀가 횡단보도를 건널 때 내가 부르면 뒤돌아보는지 나도 궁금해지는 느낌이야. 당신이 우리, 하고 입술을 내밀 때 나도 두근두근 두 사람을 몰래 훔쳐보는 느낌. 혹시라도 들킬까 봐 테이블 밑에라도 숨어야 할 것 같은 느낌. 여의치 않으면 눈이라도 질끈 감아야 할 것 같은 느낌.
>
> 그래서 손이 떨려 땀을 닦던 손수건을 떨어뜨리고 당신이 이런, 하며 바닥까지 내려가 동그란 등을 섬처럼 밀어 올릴 때 도벽처럼 몰래 쓸어 보고 싶은 느낌. 당신이 여기, 하며 손수건을 훨훨 털어 건널 때 그녀의 손에 내 손을 얹어 당신 손끝을 스치는 두 겹의 느낌. 손수건이 해처럼 가볍게 떨어지고, 그래서 손과 손 사이 지평선처럼 갈라질 때 허공에 뜬 내 손은 양 날개가 찢어지는 느낌.
>
> 장난꾸러기 당신이 안녕, 하고는 그녀가 입가에 매달려 지켜보는 이빨들을 베란다 창문처럼 꽉 닫을 때 그녀를 안고 구천지하로 함께 떨어지는 느낌. 당신이 아뿔싸, 하고는 달려와 그녀를 어깨에 떠메고 기어올라 갈 때 밑도 끝도 없는 계단이 되어 두 사람을 끌어올리는 천근만근의 느낌. 당신이 그녀의 허파에 깊숙이 혀를 찌르고 인공호흡

을 할 때 아아 그녀의 입술에 벤다이어그램처럼 내 입술을 이리저리 포개는 느낌. 그렇게 입을 맞추는 당신의 등 위로 올라가 먹지처럼 당신을 문지르면 그녀의 내장까지 고스란히 내 몸에 복사되는 느낌.

—이민하, 「세 사람의 산책」 부분(『모조숲』)

그럼에도 은유, 혹은 은유의 은유 문제는 쉽게 풀리지 않는다. "어머니의 은유로 의붓어머니에 관해 말하고 있"다는 황현산의 지적은 옳은 듯 보인다. 위의 산문시 「세 사람의 산책」에서 "이 기이한 삼각관계가 은유의 범주를 넘어서는 것은 아닌지, 눈사람 같던 남자가 누구를 향해 이제 표정을 풀려하는지, 새삼스럽고도 진지하게 묻게 된다."라는 말에 동의하게 되며, 또 예정된 답을 듣게 되지만, 의문은 남는다. "이 완벽한 사랑은 그러나 사랑이 아니라 '의붓사랑'일 것이다. 모조된 사랑, 또는 사랑의 모조라는 뜻이다"에서도 여전히 의문은 남는다. 그것은 은유를 편애하거나 혹은 편견을 가진, 내가 느끼는 은유의 죽음에 대한 두려움일 수도 있다.

## 3.

내 최근작 「소년원」 전문을 보자.

내 검은 노트에 반듯한 글씨가 써진다

별이 과도하게 무거워지면
빛이 빠져나오지 못한다*

나는 법무부 시치료사
나는 죄수복을 입고 시를 읽는다

소년원 건물— "우리의 희망, 청소년 보호"
사진을 찍을 때 뒤통수만 찍으세요'

환유의 소년— 달라붙는 은유와 도망 다니는 환유사이
한 죄수가 있다

나는 죄수에게 갈 수 있을까, ㅁ자 감방

검은 노트에 쓰다만 시가 휘갈겨져 있다

감옥— 나를 가두고 나서야,
세상이 넓게 보인다

얼굴— 시커멀수록 전과가 높다,

어머니— 종언의 시

<은유, 환유, 폭행, 아동강간, 은유 무기수, 환유 사형수> 낱말의 감옥

문신 지우는 방에는, 지워도 지워지지 않는, 은유의 감옥, 환유를 낳은 어머니 문신

소년은 은유 어머니에게 버림 받고
환유 어머니를 죽이려 한다

몇 쪽이 뜯겨져 나갈지 모르는,

검은 노트에는 별들이 박혀 있다

*존 리첼의 블랙홀에 관한 최초의 논문에 나옴. 150년이 지난 후에
아인슈타인에 의해 블랙홀이 현실성을 띠기 시작함.

황현산이 「세 사람의 산책」에서 말한 "은유의 범주를 넘어"선 것을 "모조된" '그 무엇' 혹은 '은유의 의붓어머니'라 할 때, 나('나'=나)는「소년원」에서 "환유 어머니"라 부른다. 무엇이 다르고 같은가 묻기 전에, 이미 은유적 사유 속에 환유가, 환유적 사유 속에 은유가 들어있다는 느낌이 든다. 은유의 은유, 은유의 환유, 환유의 환유, 환유의 은유.

<table>
<tr><td rowspan="2">황현산</td><td rowspan="2">어머니 은유</td><td rowspan="2">의붓어머니(은유)</td><td>은유의 범주를 넘어섬</td><td>환유화</td></tr>
<tr><td colspan="2">환유의 욕망 = 의붓어머니 욕망</td></tr>
<tr><td rowspan="2">나</td><td rowspan="2">어머니 은유</td><td rowspan="2">의붓어머니(환유)</td><td>환유를 죽이고 도망가려 함</td><td>은유화</td></tr>
<tr><td colspan="2">은유의 욕망 = 어머니 욕망</td></tr>
</table>

은유와 환유, 둘은 순환의 고리를 가졌는가. 환유의 치유는, 다시 은유밖에 없는가, 이런 의문을 나는 갖는다. "은유와 환유 모두 어떤 부재, 곧 일종의 상실 또는 결여를 수반한다는 점"[7]에서 대안은 못된다. 어머니 은유든 의붓어머니 은유, 혹은 의붓어머니 환유든 "환유의 소년"이 "소년원"을 탈출할 수 없다는 데 문제가 있다. 수많은 세상의 카메라, 언어의 눈들은 소년의 "뒤통수만 찍"을 것이고, 소년 또한 제 얼굴이 찍혀지길 바라지 않기 때문이다.

그래서 "문신 지우는 방"의 문신은 말 그대로 문신(文身)인 것이다.

---

7) 로이스 타이슨, 윤동구 옮김,『비평 이론의 모든 것』, 앨피, 2012, 84쪽.

"지워도 지워지지 않는" 제 문신을 누구나 갖고 있을 수밖에 없는데, 그것은 어머니란 은유와 어머니란 환유를 물려받아서인지도 모른다. 만약 소년이 전우주가 어머니란 걸 느낀다고 해도 감옥을 나올 수 없는 이유는, 은유와 환유의 어머니, 혹은 은유와 환유의 아버지들이 소년을 석방하지 않기 때문이다. 단 한 분의 어머니가 문신을 새겼지만 문신은 증식하여 둘로 셋으로 새겨지고, 지워도 나타나기에 결코 지울 수 없는 문신인 것이다.(여기 "시치료사" 얘기는 텍스트일 뿐이고, 시치료의 효과는 다른 문제다).8)

## 4.

환유적 사유에서는 선도 악도 미끄러지는가. 선악이 본래 없다거나, 있다거나 가 아니라 중력 척력처럼, 은유와 환유가 서로 싸우며 돌보는가. 그 사이사이에 암흑물질 같은 것이 있어서 웃고 있는가. '알 수 없는 웃음' 암흑물질이 있어서, 물질인지 반물질인지도 모르는, 인간이라는 암흑물질, 나는 내 산문집 『시의 장례가 치러지고 있다』(도서출판 b)에서 '인간=암흑물질'이라는 공식을 만들려 했다. 그 공식이 실패했을지라도 나는 폐기할 생각은 없다.9) 나는 2009년에 『詩魔』(천년의시작)란 시집을 냈고, 또 2013년에 『하얀 별』(문학과지성)이란 시집을 냈지만, 알고 보면 지난 십 년을 『검은 별』 한 권을 쓰느라 다 바쳤기 때문이다.

---

8) 이승훈,『라캉으로 시읽기』, 문학동네, 2011, 250~251쪽.
9) 암흑물질Dark matter은 '암흑의 물질'이 아니라 투명하여 알 수 없는 물질임. 양자역학과 일반상대성이론의 천체우주론과 관련이 있음. 김영춘,『우주론과 현대시론의 상관관계 연구』, 중앙대 예술대학원 제36회 석사학위논문, 2016. 1~39쪽.

그렇다면 검은 별은 암흑물질인가.

<table>
<tr><td>은유의 우주</td><td>어머니 우주</td><td>하얀 별</td><td>어머니 사랑</td><td>우주 중력</td></tr>
<tr><td>환유의 우주</td><td>의붓어머니 우주</td><td>검은 별</td><td>의붓어머니 사랑</td><td>우주 척력</td></tr>
<tr><td colspan="2">암흑물질의 우주</td><td>=</td><td colspan="2">인간</td></tr>
</table>

물론 나도 오규원처럼, 수사법이 아니라 환유적 사유를 말하는 것[10]이지만 축이 다르다. 그것은 환유를 중심에 두지는 않는다. 또 그가 비판한, 은유를 중심에도 두지 않는다. 오규원이 "진리는 동사로 발견되고 서술되기도 한다."[11]라고 했을 때, 이미 언어 속에 '움직이는 우주'가 있음을 발견하고, 환유 우주의 감식자인 것은 놀라운 일이지만, 나는 환유와 은유 둘을 동시에 중심에 둔다.(빅뱅 우주, 인플레이션 우주에서 움직이지 않은 것은 없지만, 또한 모두 움직인다고 단정하면, 고정되는 언어의 모순에 빠지기에) 이제 환유의 척력과 은유의 중력을 동시에 중심에 두지 않으면 안 된다. 그것은 단순한 시의 표현, 방법론, 시의 생명만이 아니라 시의 죽음과 관련되기 때문이다. 은유의 죽음(소멸)은 환유의 죽음으로 이어지고, 환유의 죽음(환멸)은 은유의 죽음으로 이어진다. 모두 연쇄적인 죽음이다. 내가 하얀 별에서 그리려 했던 것이 결국 시의 죽음이었는지 모른다. 고향의 장례는 지구의 장례로 이어지고, 지구의 장례는 우주의 장례로 이어지고, 우주의 장례는 시의 장례로 이어진다.

우리가 언어의 혼례를 치르려면 시의 혼례가 필요하다. 우주에는 중

---

10) 오규원,「은유적 체계와 환유적 체계」,『날이미지와 시』, 문학과지성사, 2005, 13~25쪽.

11) 위의 책, 25쪽.

심이 없고, 언어의 우주에도 중심이 없다. 은유와 환유의 동시 작용이 없는 언어의 우주는 종이가 찢겨 지고 만다. 검은 노트처럼, 글을 쓸 수가 없다. 중력만 있고 척력이 없는 우주가 되거나, 척력만 있고 중력이 없는 우주가 되고 만다. 어머니도 의붓어머니도, 아버지도 의붓아버지도 필요하다. 은유적 사유가 과해서 인간 중심적 사유에 붙들렸다면, 환유적 사유가 과해서 또, 한 사유로 치우친다. 사물 중심적 사유로 물질화된 사유는 현대적이다. 물질은 더 현대적이다. 인간보다 더 현대적인 물질이 있는가. 인간은 은유와 환유를 동시에 품고 있다. "암흑물질 =인간"이란 사유가 가능하다면 다시 환유의 폭력을 알아야 한다. 은유의 폭력을 알아야 하듯, 의붓어머니를 사랑해야 하듯, 의붓아버지를 사랑해야 하듯. 그래서 어머니를 사랑해야 하듯. 여전히 환유와 은유 어머니를 버릴 수 없는 시인에겐 암흑물질인 언어가 숙제이다.

## 5.

> 광녀여 우주의 광녀여 별이여 하얀 별이여
> 내 시설(詩說)을 들어라

내 시집 『하얀 별』의 후렴구 가락이다. 시(詩)의 가락이면서 설(說)의 가락이다. 내 산문집 『시의 장례가 치러지고 있다』에도 나오듯이, 고려가요의 후렴구의 영향이 큰 것은 사실이나, 처음부터 후렴구를 의도했던 것은 아니다. 누구나 경험하는 것이지만, 시는 전혀 예상하지 못한 방향으로 흘러간다.

우리 민족의 이천 년 시사의 꽃인 고려 가요에 이르기까지, —고려 가요의 후렴구는 아주 중요하다, 시설의 후렴구도 중요하다! —잃어버린 왕국, 가사에 이어 현대 시에 이르기까지, 지구상에 시의 꽃이 시들었는데 유독 한국에만 망국을 면하고 있으니 무슨 시의 과업이 주어 젔는가. 이 끝나지 않는 노래는 시설의 후렴구로 이어진다.

언제부터, 고려 가요의 무의미해 보이는 후렴구 가락에서 이상한 율동이 느껴진다. 여기, 무슨 비밀이 들어있지 않은가. 의미도 무의미도 아닌 것, 은유도 환유도 아닌 것, 타자들의 광기, 개인이며 집단인, 떠도는 환유의 노래, 김수영, 김춘수, 김종삼에게도 고려 가요 후렴구의 핏줄이 만져지는 것이다. 무의미의 확장, 반복, 우주의 무의미의 확장, 반복, 일탈, 이 무수한 후렴구의 반복, 세계의 율동으로, 우주적 율동으로, 우주음의 무한한 반복이 시설의 후렴구 아닌가. (언제부터)내 귓가에 무슨 소리가 울린다. 우주음의 전파 소리만이 아니라, 아리랑의 후렴구만이 아니라, 우리가 어릴 적 수없이 들었던, 상여 나가는 소리, 상엿소리, "허널 어화널 어나리 넘자 어화널"12) 상엿소리 뒷소리 후렴구! 이승과 저승을 넘나드는 후렴구! 무의미도 의미도 아닌 후렴구! 우리 존재론과 비존재론13)의 아슬아슬한 줄타기 같은 후렴구(은유도 환유도 아닌 후렴구)! 우리 후렴구의 무한한 반복, 우주의 음악이. 우주 가락, 홍에 겨운 후렴구는 한국시의 유전인가? 시의 진화? 시의 길고 짧음이

---

12) 奇老乙,『韓國輓歌集』, 청림출판, 1990, 418쪽.

13) 에오이즘의 선(禪)은 "비존재로의 여행"의 한 사례이다. 마치 우주 게임처럼 극단적이다. 존재론과 관계론의 고(苦)에서 벗어 날려는 사투가 보인다. "우주는 결코 당신이라는 가축을 죽이지 않는다./ 당신의 육체도, 정신체도, 모두/ 무(無)를 두려워하도록 설계되었기 때문이다." 무묘앙에오, 손성애 옮김,『반역의 우주』, 모색, 2000, 38쪽.

문제가 아니라 가락이 문제인 것이다. 서구적 사유도 우리 사유도 가락이 있을 터, 요즘 한국시의 장형화의 문제를 해결할 방법을 상엿소리 후렴구에서, 이미 우리 시는 알고 있었던 것이다. 인간의 진화와 관련된, 꼬리에 꼬리를 물고 이어지는, 꼬리가 잘리고 끊기는, 보이지 않는 꼬리가 생겨난, 이 꼬리들은 부정도 긍정도 아닌, 이 얼굴 많은 시대 또 다른 얼굴, 얼굴 없는 얼굴, 진화와 역진화의 몸통(얼굴=꼬리 잘림), 보이지 않는 꼬리 생겨남의 반복, 무수한 보이지 않는 가락의 반복.

> 모든 풍경은 유전되는지 모른다.
> 모든 언어는 유전되는지 모른다.

우주에 복제만이 있으랴만, 그때부터 내 손가락은 요동을 친다. 그 긴 시설이 "검은 광인(검은 별 1)"의 "무음곡"처럼 광기로 써달라고 보채는 것 같았다. 잃어버린 원본을 찾으려는 게임이 복제이다. 원본이 있는지 없는지 모르기에 게임은 계속 된다. 그래서 시의 복제가 시설인지 모른다. 시설의 복제는 죽음의 복제, 숱한 묘비들의 복제로 이어진다. 묘비의 게임으로, 게임의 묘비로, 묘비의 빌딩으로, 빌딩의 게임으로, 모든 건물을 우주선으로 그리고, 우주 게임으로…….

줄리아크리스테바가 『공포의 권력』에서 말한 "무(無)에 대한 환각"[14]때문인지는 모르지만, 내 열 손가락이 피아노 건반을 두드리듯 글을 쓴 건 사실이다. 「흑비」나 「백비」를 쓸 때 곡성 같은 울음이 빠져

---

14) "공포증의 대상은 이와 같은 제삼의 차원을 통해 무에 대한 환각이 된다. 즉 은유란 무의 반복인 것이다." 줄리아크리스테바, 서민원 옮김,『공포의 권력』, 東門選, 2001, 78쪽.

나오기도 했다. 어느 순간에는 환희의 음악이 흘러나와, 공간이 줄어들고 늘어나는 느낌이 들었다. 예를 들면, 순식간의 글쓰기에 오 분 정도 흘러간 줄 알았던 시간이 다섯 시간이나 흘러있었다. 나는 십 년을 시설에 미쳐, 시의 반동으로 살았다. 시설의 게임에서 시의 게임을 찾으려, 시와 시설의 순환 고리를 찾으려. 그러다 나도 모르게, '시설 → 비설 → 우주설 '의 순환 고리를 잇게 되었는지 모르지만.

그 순환 고리가 이어진다면, '삶과 죽음의 순환 고리'를 이으려 했던 릴케의 『두이노의 비가/오르페우스에게 바치는 소네트』[15]를 계속 들여다본 경험도 있을 것이다. 그는 "삶의 긍정과 죽음의 긍정은 하나라는 것이 『비가』 안에서 입증되고 있"[16]다고 했다.

> 그러나 저기, 그들이 사는 골짜기 안에서는 좀 나이든 탄식이 젊은이의 질문을 떠맡는다. 우리는, 그녀가 말한다, 위대한 종족이었다네, 한때, 우리들 탄식은. 조상들은 저기 큰 산속에서 광산일을 했다네. 인간 세계에서 그대는 때때로 갈고 닦이운 한 조각의 근원−고통을 찾아내지,
>
> 아니면, 옛 화산에서 나온, 화석이 되어 번쩍이는 분노를.
>
> 그렇다네, 그것은 거기에서 나온 것이라네. 한때 우리는 부자였다네.−
>
> −「제10비가」, 『두이노의 비가』 부분

> 얻은 모든 것을 기계는 위협한다, 기계가 복종보다는 정신 속에서

---

15) 릴케, 안문영 옮김, 『두이노의 비가/오르페우스에게 바치는 소네트』, 문학과지성사, 1991.

16) 위의 책, 124쪽.

> 존재하려고 설치는 한. 훌륭한 손의 아름다운 머뭇거림이 더는 뽐내지 못하도록 기계는 더욱 단호한 건축을 위하여 더 고집스럽게 돌을 자른다.
>
> 어디에서도 기계는 뒤처지지 않으니, 우리는 한번도 벗어나지 못하고 기계는 조용한 공장에서 기름칠하며 스스로의 존재가 되지 않는다. 기계가 생명이라고,—자기가 가장 잘 할 수 있다고 생각하는 기계는 똑같은 결단으로 정돈하고 만들어내고 파괴한다.
>
> —「제2부」,『오르페우스에게 바치는 소네트』 부분

그는 기술 문명 시대를 살았지만 이렇듯 인공지능시대를 예견했다. "복종보다는 정신 속에서 존재하려고 설치는" 기계들의 본성을 감지한다. 그것이 인간의 본성이기에 더 문제가 심각하다. 왜냐하면 인공지능은 기계가 아니라 인간이 만들기 때문이다. 아직은 기계의 작동원리를 인간만이 알고 있다. 릴케는 기계가 작동할 날도 멀지 않았다고 본다. 그래서 릴케는 "위대한 종족"들이 "광산"에서 캐내던 "근원—고통을 찾아내"라고 말한다. "번쩍이는 분노"가 "거기에서 나온 것"이고, "한때 우리는 부자였다"고. 그가 말한 '근원'은 「제10비가」에 나오듯 "젖떼기의 처음 상태"와 "고통의 진주알"과 "인내의 면사포"를 요구한다. 그래서 '고통'없는 '근원'은 없다. 릴케의 시어가 '사물시(事物詩)'이지만, "상상의 영역에 더 가까워지"는 것은 당연하다.17)

옛날이나 지금의 '신 중독'처럼, '게임 중독' '악마 중독'이 가능한 시대이다— 우주는 게임화되어간다. 과학이 그걸 부추긴다. 지금은 우주의 중력파 시대이고 "우주의 피부가 공허한 마네킹의 피부처럼 느껴지

---

17) 위의 책, 140쪽.

던 것을 살아있는 사람의 피부처럼 느껴지게 하여 '육체의 우주'가 감지되는 시대"이다.[18] 내 시집 『詩魔』에서도 광인 과학자의 얘기가 나오는데, 우주 시공이 찢어지면, 그는 바늘로 깁는다. 이것이 실재 가능한 일이라면, 라캉의 말처럼,[19] "실재계에 나타나는 틈새"와 "구멍"[20]은 은유와 환유의 갈등으로 인해 생긴다. 이미 상징계의 구멍이 숭숭 뚫려, 우리가 돌아갈 상상계의 어머니는 없는 것이다. 은유의 어머니는 사라지고, 환유의 어머니가 등장하지만, 영원히 붙잡을 수 없는 의붓어머니이고, 우리는 아버지나 의붓아버지를 찾아 나서지만, 우주의 척력처럼 붙잡을 수 없다. 우주 어머니 중력, 시를 낳아준 은유의 어머니. 시를 길러준 환유의 어머니. 우리 인류는 은유의 죽음만 감지한 것이다. 우주에서, 우리는 영원히 떠돌 것이므로 은유의 죽음만 있을 뿐, 환유의 죽음은 모르는 것이다.

*원제가 '우주시설론'이었으나 그냥 우주문학론으로 가기로 했다. '우주시문학론'으로도 생각했으나 그만두었다. 내가 매일 걸으면, 걷는 만큼 지구도 걷고 우주도 걷기에, 그냥 걷기로 했다.

—『우주문학의 카오스모스』, 국학자료원, 2018.11.25.

---

18) 김영산, 「한국 시인들에게 나타난 우주문학론의 징후」, 『포에트리슬램』 제2호, 2017, 146쪽.

19) 앞의 책, 『비평 이론의 모든 것』, 83~89쪽.

20) 앞의 책, 『자크 라캉 욕망이론 』, 20쪽.

# 그물우주론

## 이제니 시의 우주음 찾기와 나의 시 「미인」

들려온다. 하나의 음이. 하나의 목소리가. 태초 이전부터 흘러왔던 어떤 소리들이. 이름을 붙여주기 전에는 침묵으로 존재했던 어떤 형상들이. 너는 입을 연다. 숨을 내뱉듯 음을 내뱉는다. 성대를 지나는 공기의 압력을 느낀다. 하나의 모음이 흘러나온다. 모음은 공간과 공간 사이로 퍼져나간다. 위로 아래로 오른쪽으로 왼쪽으로. 사방으로 퍼져나가며 진동한다. 음은 비로소 몸을 갖는다. 부피를 갖고 질량을 갖는다. 소리는 길게 길게 이어진다. 길게 길게 이어지다 끊어진다. 끊어지다 다시 이어진다. 어떤 높이를 가진다. 어떤 깊이를 가진다. 너는 허공을 바라본다. 높은 곳에서 쏟아져 내리는 빛을 보듯이. 구석구석 음들이 차오른다. 차오르는 음폭에 비례해 공간이 확장된다. 너는 귀를 기울인다. 저 높은 곳에서부터 내려오는 신의 목소리라도 듣듯이. 목소리는 말한다. 목소리는 목소리 그 자체로 말한다. 신의 목소리가 신의 말씀보다 앞서듯이. 소리의 질감이 소리의 의미를 압도하듯이. 너는 음의 세례를 받으며 빛의 세계로 나아간다. 다시 음들이 이어진다. 너는 입을 다문다. 네 입속에 머금고 있던 음들을 네 몸속으로 흘려보낸다. 음들은 이제 너의 몸이 된다. 너는 네 몸속을 떠돌고 있는 그 소리들을 듣는다. 길게 길게 이어지는 그 길들을 본다. 한 마디 한 마디 묵묵한 침묵으로 이어지는 그 무수한 발걸음들을. 너는 사물들이 나아가는 그 모든 궤적을 떠올린다. 땅속 먹이를 찾아 헤매는 흰개미의 이동 경로를. 캄캄한 고속도로 위를 달리는 자동차 불빛의 지속적인 흔들림을. 담장 위로 자라나는 덩굴풀의 안간힘을. 이른 아침 숲 속에서 들려오는 새 울음의 진폭을. 수면 위로 번져가는 안개의 느린 움직임을. 물속으로 풀어져 내리는 검은 물감의 목적 없는 춤사위를. 자석과 철가루가 그려내는 인력과 척력 사이의 어쩔 수 없는 친연성을. 집단으로 이동하는 사막 메뚜기들의 기나긴 여로를. 드넓은 바다를 헤엄쳐가는 고래 떼의 여유로운 포물선을. 너는 보이지 않는 그 길들을 본다. 점선으로 이어지는 그 궤적의 호흡을 듣는다. 그 점선과 점선 사이의 여백은 음과 음 사이의 침묵을 닮았다. 너는 사물과 세계가 고요히 움직이며 제 존재의 비밀을 덧입는 시간들을 상상한다. 너는 누군가에게 목소리를 건넨다. 목소리 위에 어떤 의미를 얹는다. 너만의 고요한 목소리로 무언가를 말한다. 나무가 흔들리듯이. 구름이 흐르듯이. 바람이 불어오듯이. 그러나 네 말의 의미는 중요하지 않다. 어딘가에 먼저 가닿는 것은 네가 전하는 의미보다는 네가 내뱉은 음들 고유의 성조와 고저와 장단이다. 바로 너의 내면이다. 호흡이다. 울림이다. 감정이다. 호소이다. 너는 네 속에서 들려오는 그 모든 소리들을 기록한다. 누군가의 입을 빌려 말하듯 너는 그 무수한 목소리들을 받아 적는다. 이것이 바로 내 시다. 어찌하여 그토록 오랜 세월 동안 같은 사물들이 같은 듯 다르게 표현되어왔는지 또 다르게 표현되어야만 하는지. 너는 네 몸속의 소리길을 따라가며 깨닫는다. 어렴풋이. 그러나 명확하게. 이것이 내 시다. 너는 다시 한 번 말한다. 약간의 체념을 간직한 채 너는 다시 한 번 말한다. 말하고자 하는 그것에 가닿기 위해. 지속적인 불협화음을 관통해나가면서. 완전한 조화에 도착하기 위해. 끝없이 다가갈수록 끝없이 멀어져가는 아주 가까운 그곳을 향해. 너는 음 위에 음을. 음 위의 음에 또 다른 음을 쌓아나간다.

—이제니, 「나선의 감각—음」 부분

이제니 시집 『왜냐하면 우리는 우리를 모르고』를 탐독하는 일은 즐거운 일이다. 왜냐하면 그것은 우주음을 어루만지는 일이기 때문이다. 또 왜냐하면 우주전파망원경으로나 보고 들어야하는 기묘한 이 **우주시**는 음을 만지듯이(피아노를 치듯이 악기를 다루듯이) 손으로 읽어야 하고, 손에서 전달되는 긴 우주 가락을 느끼려면 어루만지기보다 직접 시를 타이핑해야 한다는 것이다. 음감이 다르다? 맞다, 이제니 시는 이제껏 다른 시인들의 시와 음감이 다르다.

이제니 시집에 실린 「나선의 감각—음」은 8페이지에 달하는 산문시이다. 내가 이 시집에서 맨 처음 읽은 시이고, 지금도 읽고 있는 중이다. 아니 베껴 쓰고 있는 중이다. 아니, 아니 베껴 쓰지 않고 그냥 쓰고 있는 중이다. 그러면서 불쑥불쑥 올라오는 내면의 말을 듣는다. 이게 우주음인가? 그녀가 찾는 우주음인가? 내가 찾는 우주음인가? 그런데 왜 음감이 다른가?

「나선의 감각—음」을 읽다보면(쓰다보면) 넓은 공간의 리듬을 느낀다. 우주적 확장이랄까, 그런 게 느껴진다. 소리의 확산이랄까, 그런 게 느껴진다. 너무 예민해서 우주의 소리는, 수많은 잡소리(지구의 소음)와 잘 구분이 안 되고, 너무 너무나 길어서, 138억 년 시공보다 넓고 길어서, 인간의 귀로는 들을 수 없다. 두 가지 방법이 있는데(혹 세 가지 방법이 있을까?) 우주 전파망원경으로 듣거나, 이른바 명상가들이 말하는 극소수의 깨우친 관음(觀音)보살이나 우주음을 보고 들을 수 있을 것이다. 어쩌면 세 번째 방법이 있는데, 태초에 말씀(시)이 있었다면, 태초에 소리가 있었다면, 시인이 시를 통해 보고 들을 수 있는데, 이제껏 시인들이 써온 시는 의미가 섞인 소리이기 때문에, 그 지구의 소음 같은 시를 제거하고(지구인 마인드를 바꾸고), 온전히 우주음을 들으려 하는 것이다. 우주 탄생의 비밀을 풀려는 지구인의 욕망조차 없는, 다 내버려두고 그냥 흘러오는, 침묵의 말씀, 소리의 시여, 시의 음악이여, 우리에게 아직 시의 교향곡은 멀었는가, 하고 우주적 열망으로 묻는 것이다. 암흑물질이며 빛인 **우주 지문**이 보이는 시의 비창, 시의 환희의 송가는 멀었는가, 자 어떤가.

"들려온다. 하나의 음이. 하나의 목소리가. 태초 이전부터 흘러왔던 어떤 소리들이. 이름을 붙여주기 전에는 침묵으로 존재했던 어떤 형상들이" 우리는, 우리 인류는, 우주 과학자는, 우주 종교인은, 우주 음악가는, 우주 시인은 소리의 근원을 찾아 마음의 귀를 기울였다. 그것은 우주 탄생의 비밀을 풀려는 열망, 인간 비극 희극의 극단을 풀어 중도에 이르려는 열망, 더러움과 아름다움을 하나로 이으려는 열망, 아름다운 색을 찾으려는 열망, 우주 음악을 들으려는 열망, 우주 건축을 보려는 열망, 우주 정치를 하려는 열망, 우주 경제를 하려는 열망, 우주는 종말이 없고 끝없는 탄생의 다중의 우주여야 한다는 열망. "하나의 음" "하나의 목소리"가 다름 아닌 우리의, 우리들의 엄지손가락과 아홉 손가락에 새겨져 있고, 그 나선의 지문처럼 "태초"에 "흘러왔던" 것이라고, 그래서 직선과 곡선을 아우르는 "나선의 감각"을 가졌고, 그것이 우주음이라고, 우주론적으로 말하면 그녀는 상대성과 절대성이 하나로 만나는 음을 찾아서, 또 다른 시 「나선의 감각—목소리의 여행」처럼 목소리의 여행을 하는 것이다.

이제니 시에서 마침표들의 쉼 없는 행렬이 이어진다. 오히려 쉼표로도 끊기지 않고, 마침표가 우주음처럼 이어진다. 그것은 우주론에서 점이론과 끈이론이 함께 이어지는 것일 수도 있겠고, 또 다른 마침표만 찍은 이원의 시 「반쪽만 남은 자화상」 등에서 영향 받은 것일 수도 있겠고, 그저 무심한 우주적 습관일 수도 있겠다. 그녀가 무심히 했을지라도 점이론과 끈이론의 결합은 우주론에서 여전히 숙제이고, 그녀의 끝없는 마침표의 행렬은 우주음 찾기에서 음악가가 악보를 찾는 일일 것이다. 내용은 형식을 얻고, 형식은 내용을 얻어 드디어 "형상"을 얻을 것이다. 마침표의 행렬은 점이론과 끈이론의 우주적 여로이다. 느리면서도 급박하게 흘러간다. 점점, 끊어진 것 같지만 이어지고, 이어진 것 같지만 끊어지고, 이어진다. 우주의 긴 호흡을 이어간다. 그러니 이 산문시는 운문시보다 더한 운문시이며 **우주시**인 것이다. 우주 가락을 찾아가는 산문시, 장시, 단시, 모두 우주음이 저절로 흐르게 내버려둔다. 요즘 평론가들이 말하는 서정적 자아와 주체의 분별도 아니다. 자연의 매트릭스도 아니다. 모든 기교들이 동원된 해체도 아니다. 현실의 질곡과 초월의 단순 통합도 아니다.* 이 모든 소란한 지구음을 받아들이는 게 아니라, 반대로, 거꾸로, 역으로, 이제니는 우주음 속에서 받아들인다. 그녀의 또 다른 시 「왜냐하면 우리는 우리를 모르고」처럼 우리는 아직 모르지만, 우리 서정시는, 서정의 해체시는, 그것을 포괄하는 시적인 모든 시는 이미 침몰의 징후가 보인다. 세월호가 침몰하는데 도망가는 어른들을 바라보는 아이들(시)의 눈으로 보면.

어느 평론가가 말한 대로 "문학은 몰락 이후의 첫 번째 표정"이다. 우리는 아이들 이름을 기억하지 못하고, 아픈 아이들의 익명의 이름들로만 기억한다. 그들은 우주바다로 갔지만 문학적으로 살려내야 할 항시 현재이다. 지구의 바다는 항시 현재이다. 검은 바다 흰 파도는 현재이다. 어머니는 제 피부를 벗겨서라도 죽은 아이들을 감싸주고 싶지만 그럴 수 없다. 어머니(시인)는 죽어간 아이들(시)를 바라보며 망연자실하다. 그렇다고 어머니는 죽으면 안 된다. 왜냐하면, 왜냐하면 아직 살아있는 아이가 있으니까. 젊은 어머니에게는 태어날 아이가 있고, 다른 어머니에게는 부양할 아이가 있으니까.

그때부터 어머니는 미인이다. 얼마 전 세월호 어머니를 위로하는 어느 신문 기사를 보다가 숨이 턱 막힌 적이 있는데 "그 상갓집 슬픔 속에서도 다행히 어머니는 젊은 미인이었다"라는 내용이었다. 서구 유럽 보들레르가 자신의 시 「지나가는 어느 여인에게」에서 말한 "큰 키에 날씬한 한 여인이 상복을 차려입고/화사한 한 손으로 가에 꽃무늬 장식된/치맛자락 치켜 흔들며 장중한 고통에 쌓여 지나갔다"는, 보들레르적인 죽음보다 날렵한 그런 미인이 아니라, 우리 한국의 미인을 똑똑히 우리는 그날부터 보게 된 것이다. …… **우주 미인** …… 죽음을 담보로 하지 않는 미인은 없는 것이다. 김수영이 죽음을 담보로 하지 않는 좋은 시는 없다고 했듯이. 우리 시인은 죽음보다 날렵해서도 안 되지만 죽음에 함몰돼서도 안 되는 존재이다. 그래서 나는 그때부터 내가 십여 년을 망설이며 묵혀온 내 졸시 「미인」을 탈상인지 탈고인지 모르게 세상에 내놓게 된 것이다. 나는 그때 우주적 미가 잔인하고도 화사함을 동시에 갖는다는 것을 몰랐지만.

> 그가 죽자, 그의 어머니는 미인이었다. 그녀는 언제나 젊었다. 그의 어머니는 식당일을 하며 아들 삼형제를 홀로 키웠다. 장남인 그가

죽자 고향에서 화장을 시켰다. 우린 대학시절을 함께 보냈다. 그는 졸업을 못하고 죽은 것이다. 그때 화장터를 처음 간 나는 불아궁이 앞에서 꺽꺽 울었다. 왜 그랬는지 화장장 굴뚝 연기를 바라보며 울음을 그쳤다. 갑자기 주변의 나무들이 출렁거렸다. 그 회오리바람을 나만 보았을까, 그 칠 년을 병상에 누웠다 죽어서인지 청년들은 조용했다. 어머니는 울지 않는 차가운 석상 같았다. 미인은 왜 미인이냐, 나는 상복 입은 여자를 좋아 하는가 보다. 나는 미인을 껴안고 울었다. 그가 죽었을 때 그녀는 인근에서 소문이 자자한 미인이었다.

—김영산, 「미인」 전문

내가 이제니 시를 말하다 엉뚱하게도 우주적 미인을 말한 것은 우주의 샛길로 샌 게 아니다. 언젠가 본 긴 머리의 그녀가 손톱에 검은 매니큐어를 바르고 바닷가에 살아서 그 깊은 세월호를 떠올린 것도 아니다. 여전히 그녀의 시 「나선의 감각—음」은 우주 진행형인데 미의식이 강한 시인은 어쩔 수 없이 우주의 소리를 듣게 되는 게 아닐까 하고, 다시 이제니로 돌아온다. 그녀는 미인이다. 우주음을 듣고 받아 적는, 받아 내는 우주 미인이다. 우주 안테나는 소리를 감지만 하지만 그녀는 우주음을 따라 증식하며 부풀어 오른다. 또 다른 시 「나선의 감각—목소리의 여행」처럼 우주 미인은 "뒤섞이며 자리를 바꾸는 문장들"로 "이미지" "증식"을 한다!

그런데 이미지는 어떻게 우주음을 얻을 수 있을까, 제 가락을 얻을 수 있을까. 우주는 고통 없이는 탄생할 수 없고, 음악을 잉태할 수 없다. 그 "형체"의 이미지들을 끌어당기며 동시에 갈가리 찢으려는 고통이며 환희인 "인력과 척력"이 우주음을 만들어 내는 것이다. 묘하게 찢기면서도 평화로운—바흐의 무반주 바이올린 음악 같은 선율—이제니 시의 우주음은 지구의 "호흡"이 되어 "고래 떼의 여유로운 포물선을" 그린다. "그러나 네 말의 의미는 중요하지 않"기에 우주의 잡음의 의미가 제거된 순음의 "목소리들을 받아 적는다." 여기서 "그러나"의 부정은 의미론의, 무의미론의 부정도 아니고 음이론의 출현! 그냥 음시이다. 그렇기에 이제니는 "음 위의 음에 또 다른 음을 쌓아나"가며 너도 나도 없는 자아도 타자도 아닌, "매 순간 처음처럼 울리는 이 거대한 침묵"의 우주음을 찾아 목소리의 여행을 떠나는 것이다.

> 누군가 언덕 위에서 소리 없는 구슬을 던지고 있었다. 구슬은 낙하한다. 구슬은 추락을 용인한다. 구슬은 울지 않는 날들 속에서 태어난다. 울음의 입을 막고 있는 둥글고 불투명한. 그는 끊임없이 말한다. 그는 끊임없이 입을 다문다. 하나의 죽음을 갖기 위해 사십 년의 생이 필요했다. 이 생을 좀더 정성껏 망치기 위해 나는 몇 마리의 개를 기르고 몇 개의 무덤을 간직하였으며 몇 개의 털뭉치를 버렸다.
>
> 서서히 눈멀어가는 개의 고독
> 두려움이 모종의 소리로 흩어질 때
>
> 그는 어둠을 본다. 어떤 어둠. 소리 없는 구슬 속에 도사린 어둠. 구슬은 수천수만으로 분열되어 빛의 분수처럼 터져나가며 다시 최초의 어둠으로 태어난다. 그는 잿빛, 잿빛이라고 중얼거린다. 그는 죽기 직전의 감정으로 잿빛이라는 말을 고안해낸다.
>
> —이제니, 「나선의 감각—잿빛에서 잿빛까지」 부분

우주의 암흑물질도 암흑 빛깔이 아니라 잿빛일 수도 있다, 그런 생각을 들게 하는 시. 잿빛에서 잿빛으로 흐르는 시, 잿빛으로 순환하는 시.

가까이서 멀리서 들여다보면 암흑도 빛도 아닌 색깔, 죽음도 삶도 아닌 색깔, 어쩌면 우주 탄생이 암흑이 아니라 잿빛이었는지 모른다. 그 우주를 들여다보려는 욕망, 우주의 색깔을 보려는 인간의 욕망은, 숱한 만화경을 만들어냈고, 보르헤스 알렙을 만들어냈고, 급기야 이제니는 구슬을 만들어 낸다. "누군가 언덕 위에서 소리 없는 구슬을 던지고 있"다. 그런데 그 구슬은 붉은 별 초록 별 보라 별 노란 별 하얀 별 검은 별의 다채색이 아니라 잿빛이다. 왜인가, 그것은 개의 눈에서 나온(개가 된 사람의 눈에서 나온) 빛이기 때문이다. 그래서 "잿빛에서 잿빛"이다. 역진화도 아니고 축생도 아니지만 그와 나는 "하나의 죽음을 갖기 위해 사십 년의 생이 필요했"고 "몇 마리의 개를 기르고 몇 개의 무덤을 간직하였으며 몇 개의 털뭉치를 버렸다."

아무 의미가 안 되는 것들이 있다. 의미가 안 되기 때문에 의미가 되는 것들이 있다. 그것이 의미가 되려면 해방되어야 하는데 그것은 죽음이다. 죽어가며 죽음을 통해 잿빛을 본다. "서서히 눈멀어가는 개의 고독"의 눈알(구슬) 속에 "최초의 어둠"이 있고 우주 탄생의 "잿빛"으로 태어난다. 그런데 이어지는 시를 보면 알렙이나 만화경과 달리 그는 두 개의 구슬을 가지고 있다. 개의 눈이나 사람의 눈이나 동물의 눈이기 때문이다. "두 개의 동공은 서서히 멀어져간다. 서로가 서로를 경멸하면서. 서로가 서로를 간신히 의지한 채로. 가장 가까운 동시에 가장 멀리 있는 두 개의 구멍"이다. 흑백이 지워진 잿빛, 흑백이 태어나는 잿빛, 그것은 두 개의 은하와 은하의 눈이 가장 아름답게 빛나고 빛나다, 집어 삼키며 잿빛을 띠기도 하는 **우주눈**과 같다. 우주는 수소(H) 재에서 태어났기에 잿빛이고 "눈부신 잿빛 속에 놓여 있는 오래된 개의 고독"처럼 "불투명하고 둥근 구슬"을 만들어 놓았다. 환히 속이 비추는 구슬이 아니라 "불투명한 소리를 내며 구르는 동시에 사라지"는 우주를 만들어 놓았다. 어디로? 어디로 사라지는가, "자신의 무덤 곁으로" 다시 "소용돌이치며 둥글게 흔들리는 동공 속으로" 마치 세월호처럼, 우주 바다로 침몰하며 "잿빛 속으로. 잿빛을 향해. 울면서. 속으로 울면서."

그래서 이제니 시의 「나선의 감각—음」으로 다시 돌아가 물으면, 꼭 물어야 한다면 이제 이렇게 물어야 한다. 이제껏 지구인이 생각한 만화경 같은, 알렙 같은 눈부신 우주이냐고. 우주 세월호는 침몰하지 않았냐고. 왜냐하면, 우리는 왜냐하면 너무 직선과 곡선에 사로잡혀 우주의 지문 "나선의 감각"을 잃어버렸기 때문에. 그녀가 자신의 시에서 "그 무수한 목소리들을 받아 적는다. 이것이 바로 내 시다"라고 반복해서 제 시론을 알리는 것은 어떤 절박한 우주음을 들어서일 것이다. 시인은 단독자이지만 단독자가 아니고 더구나 우주 시인은 지구의 아픔을 자신의 아픔으로 받아들인다. 지구인의 잘못된 사유를 이제 내려놓고 우주인의 사유로 가야한다는 절박한 메시지를 담고 있는 것이다. 우주는 의미의 말로 할 수 없기에 온전한 우주음으로, 우주 가락을 받아들인 시음(악)으로 끝까지 간다. 4차원과 5차원에 접혀진 6차원의 우주처럼 "완전5도 혹은 완전7도음을 구성하고 있는 그 음들이 조화로운 협화음을 만들기 위해 어떤 식으로 파열과 균열을 감당하고 있는지" 그녀는 긴호흡의 우주음을 내쉰다. 이제니의 우주시는—우주문학론은—그 우주의 잡음을 모두 수렴하는 게 아니라 뱉어내고 걸러내어, 시공이 휘어져 별들(물고기들)을 그물에 담아 더 넓은 우주로 확장하는 **그물우주론**처럼, 서구의 어항—어항문학론—에 갇힌 낡고 찢겨진 그물시론은 깁고, 새로운 우주음을 받아들여 "부피를 갖고 질량을 갖"을 것이다. 그녀의 검은 매니큐어 손톱 밑 지문에 나선형으로 회오리치는 우주가 있고,

흑흑 우주음이 퍼진다. 우주 미인은 별빛의 화사함이 아니라 알 수 없는 잿빛의 암흑물질 흑별인지 모른다.

* 여기에 평론가 신형철 · 김수이 · 이장욱 · 유성호의 논지가 조금씩 배어 있다. 그들은 '문학의 세월호' '시의 세월호'라는 한배를 탄 동료인지 모른다. 신형철이 『몰락의 에티카』에서 밝힌 "문학은 몰락 이후의 첫 번째 표정이다"라고 한 것은 어쩌면 죽음의 역설로써 침몰하는 우주배에서 우주 생명의 첫 번째 표정을 찾아내려는 간절한 염원인지 모른다.

—『우주문학의 카오스모스』, 국학자료원, 2018.11.25.

# 한국 시인들에게 나타난 우주문학론의 징후

## 1. 우주의 중력파

2016년 혜성처럼 등장한 '중력파'라는 이름은 환상이 아닌 실재로서 우주를 호명하였다. "블랙홀이 생기거나 수명이 다한 별이 폭발하며 사라지는 등 우주에서 급작스런 중력변화가 일어날 때 발생하는 파동"[1]으로 설명되는 이 '중력파'는 마치 잔잔한 수면 위에 돌을 던지면 물결이 전파되어가는 것과 유사하게 시공간에 전파되는 파동인 것이다. 이 '우주적 사건'은 중력파의 "최초의 직접 증거가 발견"되었다는 점, 블랙홀 역시 "엑스선과 같은 방출 등에 의해서 간접적으로 추정한 것"을 중력파에 의한 직접적 "최초의 블랙홀"발견이란 점, "최초로 쌍성 블랙홀의 존재를 발견"한 점, "이것이 하나의 블랙홀로 병합"한다는 점에서 큰 의미를 가진다.[2] 우리는 우주의 피부가 공허한 마네킹의 피부처럼 느껴지던 것을 살아있는 사람의 피부처럼 느껴지게 하여 '육체의 우주'가 감지되는 시대를 살게 되었다.

1) 오정근, 『중력파』, 동아시아, 2016, 41~61쪽.
2) 위의 책, 215~216쪽.

아인슈타인(A. Einstein)이 예견한 중력파가 발견된 것이다. 1915년 일반상대성이론을 발표하면서 존재가 예상됐지만 100년이 되도록 증명되지 못하다가 비로소 실체가 드러났다. 여기서 '확인'이란 말보다 '발견'이란 용어를 사용한 이유는 가깝고도 먼 자연과학과 인문과학의 거리를 좁혀보려는 의도에서이다. 우주 은하 중심의 대부분에서 초중량블랙홀이 발견되고, 태양보다 97만 배 큰 거대블랙홀이 발견되었지만, 96%나 되는 암흑에너지 암흑물질처럼 아직 인류는 우주의 장님이다. 우주문학이 비단 현대 천체물리학에 국한된 것이 아님은 물론이거니와, 동서양 신화와 종교까지를 포괄한다 하더라도, 우주 영역은 미답이며 쉽게 답을 내놓지 않는다. '우주문학'이란 용어 자체가 생소하거니와 자칫 강대국의 우주쇼와 우주영토 전쟁에 휘말릴 소산이 크다. 따라서 우주문학론을 '우주의 모든 문학이다'라고 정의하는 것은 위험하다. "행성과 항성의 탐사가 계속될수록 인류 우월주의는 뿌리째 흔들리고 말 것이다."[3]라고 낙관한 천체우주론 만을 중심에 둘 수 없고, "우주의 중심 생명인 범(梵)과 개인 생명 중심인 아(我)의 궁극적인 일치"[4]를 보여준다는 동양사상에만 둘 수도 없다. 우주문학은 너무 포괄적이어서 점화조차 힘들다. 그렇다고 하더라도 한국 시인들은 우주에 대한 시의 염원을 버리지 않았다. 기계음과 또 다른 그 첫 말을 쏚아내기 시작한 것이다. 그 멈추지 않는 한국시의 중력파는 어디서 생겨나며, 어디로 전달되는가?

김기림이 "한 권의 미학이나 시학을 읽느니보다는 한 권의 <아인

---

3) 칼 세이건, 홍승수 역, 『코스모스』, 사이언스북스, 2006, 36쪽.
4) 프리초프 카프라, 이성범 · 김용정 역, 『현대물리학과 동양사상』, 범양사, 1979, 102~108쪽.

슈타인>"[5]을 읽으라고 한 말이나, 이상의 일반상대성이론에 관한 시,[6] 김수영이 "미래의 과학시대의 율리시즈를 생각해야 한다"[7]라고 한 말이 아직도 숙제처럼 들리는데, 문제는 요즘 유행하는 인공지능 알파고로도 풀 수 없는 현대 우주론이 계속 생겨나고 있다는 데 있다. 천체우주론을 들여다보지 않고서는 광의의 우주론을 사유하는 데 걸림돌이 되는 시대에 우리는 살고 있다. 138억 년의 빅뱅 우주론은 아직 이론물리학이지만, 133억 년 전의 원시우주 별들까지 천체망원경 컴퓨터 카메라에 잡히는 시대인 것이다. 이미 기계론적 우주론을 넘어 모든 인문학의 피부까지 영향을 미치고 있는 것이다. '우주 개울'을 건너려면 작은 징검다리라도 놓아야 한다. "시인이란, 그가 진정한 시인이라면/우주의 사업에 동참할 수 있어야 한다"[8]는 시가 가지는 다의적 우주의 전언을 염두에 두더라도, 천체우주론의 현실을 끌어안고 초월이 아니라 포월해야 하는 시대에 시인은 살고 있는 것이다.

---

5) 김기림, 「과학과 비평과 시」, 조선일보, 1937.2.22~2.23(『김기림 전집2』, 심설당, 1988, 29쪽).

6) 이상의 「3차각설계도－선에관한각서7」을 보면 "사람은 광선보다 빠르게 달아나는 속도를 조절하고 때때로 과거를 미래에 있어서 도태하라"는 구절이 나오는데, 현대 우주론의 '광속불변의원칙'에 의해 "광선보다 빠르게 달아나는 속도"는 없음으로 이 시는 아이러니하다. 이상이 근대과학기술문명을 시의 방법론만이 아니라, 시의 유희만이 아니라, "각서"라는 말을 통해 어떤 절박함을 드러내는 대목이라 여겨진다. 과학을 부정도 긍정도 할 수 없는 그 시대의 징후, 식민지 시대상과 또 다른, 우주론 시대상과 겹친 두 개의 얼굴을 들여다본 "사람"의 광기(빛)어린 얼굴이 보인다. 이상, 「선에 관한 각서7」, 『이상전집 2』, 가람기획, 2004, 56~58쪽 참조.

7) 김수영, 「反詩論」, 『김수영전집 2』, 민음사, 1981, 264쪽.

8) 이시영, 「내가 언제」, 『무늬』, 문학과지성사, 1994, 42쪽.

## 2. 우주의 빅뱅, 시의 빅뱅

우주가 팽창하고 있음을 허블이 발견한 이래 우주의 역사를 거슬러 올라가 우주의 시작이 있다고 제창한 사람은 가모(G. Gamow)였다. 그 설을 조롱하는 의미로 '정상우주론(The Steady State Theory)'자인, 호일(F. Hoyle)이 처음 '빅뱅(Big Bang)'이라 불렀는데 과학을 넘어 시적으로도 아이러니하다.[9] 인류의 우주관이 바뀔 때 큰 저항을 불러일으켜 '우주적 저항'이라 불릴만한 우주적 사건도 유머가 스며 있다. 절대적이고 정상적이고 완전한 것들을 추구한 인류는 상대적이고 비정상적이고 불완전한 것들에 자리를 내주면서 우주에는 고정된 좌표가 없음을 깨달아야 했다. 아인슈타인마저도 원래 일반상대성이론이 아니라 일반절대성이론이라 이름 붙이려 하고, 우주의 절대법칙으로 4개의 힘인 강한 핵력 · 전자기력 · 약한 핵력 · 중력을 통합하려 했다는 사실로 미루어 알 수 있다.[10] 시에도 우주처럼 중력과 척력이 작용해 서로 끌어당기고 어루만지고 찢고 멀리 달아나고 하는 것일까. 우주의 현상에 일상의 얼굴로 피부이식을 해온 김언의 「빅뱅」(『모두가 움직인다』)에는 우주도(宇宙圖)만이 아니라 우리의 민낯이 보인다.[11]

---

9) 가와고에 시오 외, 강금희 역, 『우주의 형상과 역사』, 뉴턴코리아, 2008, 42~45쪽.
10) 와다 스미오, 허만중 역, 『양자론』, 뉴턴코리아, 2008, 100~107쪽.
11) 이 글에 인용한 시인들의 텍스트는 다음과 같다. 김언, 『모두가 움직인다』(문학과지성사, 2013), 김경주, 『나는 이 세상에 없는 계절이다』(랜덤하우스, 2006), 김영산, 『하얀 별』(문학과지성사, 2013), 「중력 방정식」(≪미네르바≫2016. 여름호), 이제니, 『왜냐하면 우리는 우리를 모르고』(문학과지성사, 2014), 김행숙, 『이별의 능력』(문학과지성사, 2007), 김사인, 『가만히 좋아하는』(창비, 2006), 이하 인용할 때는 작품명만 밝히기로 한다.

시간이 차곡차곡 채워져서 폭탄에 이른다
일 초는 일만 년의 폭발
순간은 영원을 뇌관으로 타들어가는 심지
태아는 울고 태어나는 순간
거꾸로 매달린 세계를 고통스럽게 입에 담는다
보지 않는 세계의 보이지 않는 웅성거림과
차가운 열기를 내뿜으며 다가오는 대기
죽음으로 대변되는 이 검은 색조의
밝은 별을 눈에 담기 위하여
잔해 위에 잔해를 쌓아올리는 아이는 운다
출발은 멀었고

(…)

아이 혼자 담겨서 운다
무덤은 멀었고 이미 도착한 요람에서

—김언, 「빅뱅」 부분

김언은 얼굴은 피부이식을 했지만, "그는, 자궁 안에 두고 온/자신의 두 손을 그리고 있었던 것이다"[12]라고 말하는 김경주나 다른 젊은 시인의 시처럼 프랑켄슈타인의 얼굴은 아니다. 김경주의 얼굴이 자궁(외계)에 두고 온 손을 그리는 "화가(畵家)"의 토막 난 자화상이라면, 김언의 얼굴은 그 얼굴을 꿰매고 붙이는 것이 아니라 얼굴이 얼굴을 낳듯 "아이"를 낳는다. 아이를 낳는 「빅뱅」은 우주의 얼굴을 가진 일상의 얼굴들로 피부이식을 통째로 하는 방법으로, 아기를 낳는다. 두 얼굴의

---

12) 김경주, 「외계(外界)」, 『나는 이 세상에 없는 계절이다』, 랜덤하우스, 2006, 12쪽.

일치(우주의 얼굴=일상의 얼굴)를 보아야만, 역으로 우주의 얼굴을 들여다 볼 수 있다. 우주의 얼굴을 들여다보는 거울은 '빅뱅'이란 거울이다. 빅뱅의 거울은 우주에서 가장 커다란 거울이다. 보르헤스(J. L. Borges) 『알렙』의 만화경 같은 거울이 아니라,[13] 우주천체망원경에 포착된(포착되고 있는) 거울이다. 김언은 그 거울을 들고 있다. 그 거울이 없으면 「빅뱅」의 아이가 태어나는 걸 볼 수 없다. 이 아이는 우주 탄생의 비밀을 풀려는 인류의 열망으로 태어난 아이다. 138억 살의 이 아이는 "시간이 차곡차곡 채워져서 폭탄에 이른" 대폭발(빅뱅)의 아이다.

이 위험한 아이를 누가 낳은 것인지 거울에 나타나지 않는다. 아직도 실체가 다 보이지 않은 이 아이를 바라보는 거울이 사뭇 다르다. 거울을 버린 사람도 부정하는 사람도 나온다. 깨진 거울로 파편을 들여다 볼 수 있다. 이 아이의 심각성을 모르든 알든 김언은 병원의 산부인과에서 아이가 태어나듯 담담한 어조로, 차원을 거스르는 얘기를 내뱉는다. "아이 혼자 담겨서 운다/무덤은 멀었고 이미 도착한 요람에서" 138억 년 동안 아이는 운다. 세상에서 가장 긴 울음이다. 이 울음은 "요람"과 "무덤"에서 동시에 우는 울음이다. "요람"과 "무덤"은 하나이면서 다르고, 다르면서도 하나다. "요람=무덤"이란 공식이 성립되고, "대폭발=대붕괴"란 공식도 성립된다. 우주 대폭발은 이미 우주 대붕괴를 예견하고, 한 번 더 달리 말하면 "요람"은 '이미 도착한 무덤'이기도 하다. 그래서 아이는 "거꾸로 매달린 세계를 고통스럽게 입에 담"고 운다.

그런데 "죽음으로 대변되는 이 검은 색조"가 있다. "검은"이라고밖에 달리 표현할 수 없는 우리가 알 수 없는 색이다. 암흑물질(dark

---

13) 보르헤스, 황병하 역, 『보르헤스 전집 3 알렙』, 민음사, 1996, 230면. 또한 <보르헤스>, ≪현대시사상≫, 고려원, 1995. 여름호, 74쪽 참조.

matter) 암흑에너지(dark energy)의 색인 것이다. 용어자체에서도 알 수 있듯이 검은 물질을 말하는 것이 아니라, 마치 달걀 흰자위가 노른자위를 감싸듯이 은하를 감싸고 있는 물질이거나, 우주를 감싸고 있는 무채색의 색이어서 눈에 보이지 않는 색을 이름이다. 병아리가 알을 깨고 나오는 줄탁처럼, 세상 밖 우주는 "죽음으로 대변되는" 색들이 창궐하는 두려운 곳이지만, 언제까지 "요람(알)"에 있을 수만은 없다. 아이만 있고 어미는 없는데, 여기서 중요한 문제는 '아비 부재'가 아니라 '어미 부재'이다. 달리 말하면 아버지는 우주의 척력처럼 멀리 달아나 버렸고, 어머니는 우주의 중력처럼 가까이 있지만 보이지 않는다. 이 아이를 도와줄 부모는 없다. 이 '우주 아이'는 스스로, 울고 성장해야 한다. 얼굴 이식을 해서라도 어른 얼굴로 무장하고 싶겠지만, 우주에는 가면이 없기에, 수없이 알을 깨고 나갈 수밖에 없다. 아이가 우는 우주는 막막하고, 암흑이다. 이 보이지 않는 색들은 자신을 보호해주는 색일지 모르고, "밝은 별을 눈에 담기 위하여" 태어나는 '병아리 아이'를 도와주는 색일지 모른다. 하지만 모르기에 아이는 계속 울 것이고, 제 몸속에서 거듭되는 빅뱅을 겪어야 한다. 동시다발적으로 일어나는 빅뱅을, 아버지 빅뱅을 어머니 빅뱅을, 그 한 통속의 빅뱅인지도 모르는, 빅뱅을 거듭 겪으며, 앞의 김경주 「외계(外界)」에 나오는 손 없는 화가처럼 어머니 자궁(어머니 우주)에서 색을 찾아야 한다. 여기서 비정상아와 정상아는 하나이고, 결국 김언도 색을 찾는 일에 뛰어든 것이다. 서로 아이(시)를 낳는 방법이 달랐어도, 우주의 빅뱅과 시의 빅뱅은 닮아서 하나의 세계를 꿈꾼다. 이 색 아닌 색은 '죽음의 색조=생명의 색조'라는 공식을 다시 만들고, '검은 색조로 대변되는' 우주 은하와 은하가 흩어지지 않게 은하단을 하나로 묶는 무채색의 색조인 것이다.[14)]

## 3. 시의 중력파

우주의 별들이 흩어지지 않게 하는 일이 암흑물질 암흑에너지의 일이라면 우주 중력도 '그 보이지 않는 물질'에서 나온다 할 수 있다. 허블이 이후 앨런 구스(A. Guth) 등에 의해 '인플레이션 우주론'이 나오고,[15] 우주를 급격하게 팽창시키는 요인을 늘 궁금해 해온 과학자들이, 암흑물질에 주목하기 시작했다. 대우주 한 곳으로 마치 거품처럼 은하들이 몰려있어 '거품우주'라 이름 붙이고, '우주 마을'을 이루었는데 텅 빈 벌판 같은 암흑 우주에 엄청난 양의 암흑물질 매장량을 추측하지만 아직 미답의 벌판이다. 마치 끌어당겨주는 어머니 중력과 찢어발기려는 아버지 척력이 동시에 작용하는 대우주에서 우주의 미아가 된 별들처럼 우리는 지상의 일들을 겪어가며 살아간다. 그 생의 중력을 과학자들이건 탄광의 광부이건 광부의 딸이건 시인이건 살아가며 다 겪는다.

아무도 같은 중력으로 살지 않는다
탄광촌에 태어난 광부의 딸은
몇 번이나 연필돌리기하다
몽당연필을 잃어버렸다, 갈수록 날씬해지는
키 큰 연필은 키 큰 빌딩을 만나 결혼 했다

가끔 빌딩 창문에 앉아 글을 쓴다
그녀는 빌딩의 기자가 되어
노트북으로 타이핑 한다

---

14) 브라이언 그린, 박병철 역, 『우주의 구조』, 승산, 2005, 409~412쪽.
15) 앨런 구스 외, 김성훈 역, 「급팽창 우주」, 『우주의 통찰』, 와이즈베리, 2016, 43~55쪽.

옛날의 젊은 아빠가 생각나 연필로 기사를 쓴 적이 있다
무거운 중력이 가벼워지는 시간
광부 하나가 어두운 갱도를 지우며 솟구쳐 오른다
어둠이 태양을 밀어 올린다는
글을 본 적이 있지만 부러진
연필심처럼 믿지 않는다

연필이 쓰고 간 글들을 지우며 따라가면
연필이 글을 쓰는 게 아니라
종이가 길을 내주어 글이 써진다는 게 보인다

—김영산, 「중력 방정식」 부분

우리 생의 중력도 암흑물질의 우주에서 나온 것이라면, '아무도 모르는 생의 중력'을 우리는 각자 가지고 태어난 것이다. 그 중력(종이)마저도 변하는 것이어서 닳아지고 닳아지는 "연필"처럼 소진되고, 종국에는 사라질지 모른다. 그래도 우주가 지구에게 나누어주고, 지구가 우리에게 조금 나누어준 탄맥이 고갈될 때까지 끝없이 "갱도"를 파는 "광부"처럼 노동을 해야 한다. 어쩌면 노동이야말로 우리 생의 중력인지 모른다. 그 노동의 위험을 관장하는 '검은 죽음'이란 놈이 중력인지도 모르고, 우주의 중력은 '위험한 노동이다'라는 공식이 성립된다, 우리는 태어날 때 중력(흙)이 밀어주고 죽을 때 중력(흙)이 받아준다. 우리 삶은 노동이라는 중력을 갖고 있다. 노동이란 중력 없이는 살 수 없고, 지탱할 수도 없다. '우주는 중력이다' 이 말을 다른 말로 바꾸면 '우주는 노동이다'라고 할 수 있다. 노동과 우주는 다르지 않다. 우주는 노동을 한다. 우주가 존속되는 건 노동(중력) 때문이다. 노동의 중력이 생의 중

력이고 죽음의 중력이고 우주의 중력이다. 시인의 입장에서 보면 우주의 중력이 시의 중력이다. 김영산의 시 「중력 방정식」이 '우주 노동'으로 읽히는 까닭이다. 우주의 일과 사람의 일이 다르지 않다면, 우리 생은 각자의 중력을 갖고 있다. 그런데 문제는 중력이 너무 세지면 블랙홀을 만나 죽는다는 것이 아니라, 그 블랙홀(중력)이 없어도 생은 존속될 수 없다는 데 있다.

이 시의 화자는 "광부의 딸"이었고, 지금은 "기자"다. 그녀는 "노트북으로 타이핑"하다 "옛날의 젊은 아빠가 생각나 연필로 기사를 쓴"다. 여기서 "몽당연필"에서 "키 큰 연필"로 자란 딸이 "결혼"한 "빌딩"은 신문사다. 그런데 그녀는 "부러진/연필심처럼" 아무것도 "믿지 않는다". 그녀는 "아무도 같은 중력으로 살지 않"음을 알고, 눈에 보이는 "태양"만을 믿지 않는다. 아버지인 탄맥이 끊김을 알고, "연필이 쓰고 간 글들을 지우"기 시작한다. 지구를 둥근 연필이라 설정해 보면 그녀가 지우는 행위가 더 선명해진다. '지구의 탄맥이 쓴 글들은 지구가 쓴 게 아니다'라는 설정이 가능해진다. 지구의 연필은 아무것도 쓰지 않았다. "종이가 길을 내주어 글이 써진" 것이다. 종이는 시공간이지만, 우리가 아는 시공간만은 아니다. 아직 미답의 종이다. 그게 암흑물질 암흑에너지 종이고, 그녀가 전혀 상상할 수 없는 종이일 수 있다. 연필과 종이가 주객이 바뀐다. 바뀌면서 우주질서에 대한 의문이 생긴다. 과연 우리가 글을 썼는가? 종이가(길을 내주어) 글을 썼는가?

글을 쓰는 노동은 주체(연필)만이 아니라 객체(종이)가 더 한 것이다. 여기서 종이는 중력임을 알 수 있다. 아니면 시공이거나 암흑물질 암흑에너지를 모두를 포함한 종이일 수도 있다. 그래서 '연필의 글'이 아니라 '종이의 글'이 계속 써지고, "광부의 딸"인 기자가 쓴 글 역시 처음엔 자신이 쓴 글이었지만, 제가 쓴 글이 아니라 아버지가 쓴 글이고, 아버지만이 아니라 탄광의 탄맥이, 지구의 광맥이, 지구만이 아니라 우주의 종이가 길을 내주어 써진 글이다. 우주 시공이(종이가) 길을 내주어 별이 운행한다(글이 써진다)는 공식이 나온 지도 이미 오래고,16) 그 별이 운행하는 힘이 공간에서 나오고 있음이 분명해졌다. 중력은 별의 중력이 아니라 공간이 스스로 만든 중력이었던 것이다. 다시 시의 중력으로 돌아와 물어보자. 광산의 주인도, 광부도, 광부의 딸도 누구의 탄맥을 캐고 있었는가? 그 '누구'는 누구인가?

> 우리 사랑에도 보가 있나, 보를 터트려야 물이 흐르지―우주 여자에게 별의 씨가 뿌려지고 오랜 임신기간, 그 고통 우주 얼룩으로 남았다. 우주 태아 빛이 되기 전 어머니 중력과 하나였다, 중력에서 빛이 달아나느라 각축전 벌였다. 오 환한 빛보 터트려 우주가 생겼다, 오오 그 환한 기록이 우주의 비석이다!
>
> 이미 나는 죽은 자인 것이다, 상복 입은 여자는 내 여자인 것이다. 광녀여, 우주의 광녀여! 별이여 하얀 별이여 내 시즙(詩汁)을 받아 마셔라! 오 사람 여자 38주 임신기간―우주 여자 38만 년 임신기간 오오 사태(死胎)도 있다지―다행히 낙태(落胎)하지 않고 어머니가 되었군.
>
> ―김영산, 「詩魔―십우도(아홉)」 부분

김영산의 「詩魔―십우도(아홉)」(『하얀 별』)에는 임신과 출산을 하는

16) 아인슈타인의 중력장 방정식은 "질량이 공간을 휘어지게 하고, 그 휘어진 공간을 따라서 질량끼리 서로 상대적으로 운동"하는 것을 의미한다. 즉, "중력은 만유인력이 아니라 시공간 기하학이다." 사토 가쓰히코 외, 허만중 역, 『상대성이론』, 뉴턴코리아, 2008, 142~157쪽 참조.

어머니가 나온다. 김언의 앞의 시 「빅뱅」이 '아이는 울고 있는데 어머니가 없는' 어머니의 부재가 문제였다면(탄광 밖 탄광촌에 어머니가 있었더라도), 김영산의 시에서는 "씨"만 뿌리고 사라진 아버지의 부재가 문제로 부각된다. 그렇더라도(아버지가 살았는지 죽었는지 모르더라도), 그 아이를 어떻게 임신했고, 임신기간을 거쳐, 낳았는지가 중요하다. 현대 천체우주론이 '우주 내시경'처럼 뱃속을 들여다보기 시작했다. 우리가 그것을 믿고 안 믿고는 그리 중요하지가 않다. 단지 신화적 상상만이 아니라, 만화경의 일이 아니라 이렇게 사유가 단순해져 버렸다. 마치 중력파처럼, 처음에 이론물리학이었던 것이 위성에 잡히면서 우주에 대한 감각이 달라져 버렸다.[17] 100년 전 김기림이나 이상이 꿈꾸었던 것과는 또 다른 '우주문학'에 대한 열망이, 우주시대의 독자적 우리문학으로 가기 위한 징후로도 읽힌다. 그 증거로, 여기서 어머니(우주 여자)의 잉태는 비단 시즙(屍汁)만이 아니라, "시즙(詩汁)"의 잉태로도 읽히기 때문이다. 이제 인류는, 서로 다른 얼굴을 이식하지 않고서도 하나의 얼굴을 낳을 수 있는 시대를 맞이했다. 인류는 프랑켄슈타인의 얼굴을 만들고, 그 얼굴을 다시 꿰매고 피부이식하지 않아도 되는 우주를 본 것이다.

---

17) 2001 년에 발사된 WMAP 위성이 빅뱅 후 38만 년이 지난 초기우주에 관해 놀라울 정도로 정확한 데이터를 전송해온 것이다. 우주는 빅뱅을 일으킨 후 일정 기간 동안 상상할 수 없을 정도의 높은 온도에서 물질과 복사가 마치 수프처럼 한데 섞여 있었다(우주의 밀도가 높아 빛이 어둠 속에 잉태되어 있었다—필자). 38만 년이 지나 빛이 어둠에서 달아날 수 있었다. 그 흔적이 고스란히 우주에 남았는데, 바로 우주배경복사cosmic background radiation이다. 스티븐 호킹은 조지 스무트 교수가 30여 년만에 드디어 찾은, 이 발견을 일러 우주 탄생의 비밀을 여는 열쇠가 될 '시간의 주름', 곧 우주 기원의 '씨앗'이라 했다. 조지 스무트 · 키 데이비슨, 과학세대 역, 『우주의 역사』, 까치, 1994, 표사.

이 시에 나오는 숫자가 단순한 숫자가 아님이 자명해지면 시의 키워드 하나를 나눠 갖게 된다. 이곳에서는 모든 게 일치한다. 우주 여자 임신기간 38만 년과 사람 여자 임신기간 38주는 똑같이 38이라는 숫자에 키가 꽂혀져 있다. 성급히 문을 열 필요는 없다. 이게 우연히 꽂혀져 있는 키일지라도, 또한 쉽게 키를 빼버릴 필요는 없다. 여기서 누군가의 비밀의 방을 엿보려 한다면 기다려야 한다. 38주를 기다려야 하고, 어쩌면 38만 년을 기다려야 할지도 모른다. 이것이 과학과 시가 다른 점이다. 아니, 과학도 이제 기다려야 한다. 그 다중의 잠금장치가 된 다중의 방은 아무리 열어도 열리지 않을 것이기에 기다려야 한다. 그 다중의 우주를 열려면 평생을 기다려도 모자란다. 38이란 숫자도 열쇠집의 허수일 수 있다. 다만, 우주를 의인화할 수밖에 없는 절박함이 느껴지는 데 주목할 필요가 있다. "이미 나는 죽은 자(여기서 아버지는 죽은 걸로 나온다)"이고 "하얀 별"이란 여자는 "내 여자"인데, "내 시즙(詩汁)을 받아"들여 "38주(혹은 38만 년) 임신기간"을 거쳐 "어머니가 되었"기 때문이다. 그래서 하얀 별은 "상복 입은 여자"이다. 우리는 "우주의 비석"을 제대로 볼 수 없다. 우주의 생졸을 새길 수 없지만, 시인은 "우주 장례"를 감지한다. 과학자의 38의 숫자에서 비롯되었던, 허수가 실수가 되어, 중력의 피부를 시로 감지한다. "어머니 중력"은 그래서 시에서 생긴 것이고, 시의 중력파로 전달되어 우리 새로 생긴 태아(시)에게 감지된다.

## 4. 우주음을 들어라

이제니의 「나선의 감각-음」(『왜냐하면 우리는 우리를 모르고』)에서는 우주음이 감지된다. 그 소리는 귀로 듣는 소리가 아니라 손가락으로 '만져지는 소리'다. 지문처럼, 우주의 지문이 나선형으로 만져진다. 김경주의 「외계(外界)」가 '가장 가까운 어머니 자궁의 외계'를 그리고, 김언의 「빅뱅」이 '가장 긴 울음을 우는 아이의 요람'을 낳았다면, 이제니의 빅뱅은 '가장 긴 음악'이 낳은 우주이다. 더 나아가 음악이 낳은 손가락이고, 뼈마디 손가락(우주론)에 음악을 피부이식 한다. 당연히 음악은 피부이식 지문이므로, 직선과 곡선이 함께 달라붙는 나선형 음악이다. 음악의 우주는 나선형이다.

들려온다. 하나의 음이. 하나의 목소리가. 태초 이전부터 흘러왔던 어떤 소리들이. 이름을 붙여주기 전에는 침묵으로 존재했던 어떤 형상들이. 너는 입을 연다. 숨을 내뱉듯 음을 내뱉는다. 성대를 지나는 공기의 압력을 느낀다. 하나의 모음이 흘러나온다. 모음은 공간과 공간 사이로 퍼져나간다. 위로 아래로 오른쪽으로 왼쪽으로. 사방으로 퍼져나가며 진동한다. 음은 비로소 몸을 갖는다. 부피를 갖고 질량을 갖는다. 소리는 길게 길게 이어진다. 길게 길게 이어지다 끊어진다. 끊어지다 다시 이어진다. 어떤 높이를 가진다. 어떤 깊이를 가진다. 너는 허공을 바라본다. 높은 곳에서 쏟아져 내리는 빛을 보듯이. 구석구석 음들이 차오른다. 차오르는 음폭에 비례해 공간이 확장된다. 너는 귀를 기울인다. 저 높은 곳에서부터 내려오는 신의 목소리라도 듣듯이. 목소리는 말한다. 목소리는 목소리 그 자체로 말한다. 신의 목소리가 신의 말씀보다 앞서듯이. 소리의 질감이 소리의 의미를 압도하듯이. 너는 음의 세례를 받으며 빛의 세계로 나아간다.

—이제니, 「나선의 감각—음」 부분

이제니가 8쪽에 달하는 이 산문시 속에서 찾는 건 우주음이다. 우주 전파망원경으로나 보고 들어야 하는 기묘한 이 '우주시'는 음을 만지듯이 손으로 읽어야 하고, 손에서 전달되는 긴 우주 가락을 감지하려면 직접 시를 타이핑해야 한다. 이제껏 다른 시인들의 시와 음감이 다르다. 우주 탄생의 환희의 음이 감지된다. 「나선의 감각—음」을 넓게 펼쳐서 읽다보면 넓은 공간의 리듬이 감지된다. 우주적 확장이 감지된다. 너무 예민해서 우주의 소리는, 지구의 소음과 잘 구분이 안 된다. 너무 길어서, 138억 년 시공보다 넓고 길어서 인간의 귀로는 들을 수 없다. 가장 확실한 방법은 우주 전파망원경으로 듣는 것이고, 불확실하지만, 극소수 명상가들이 관음(觀音)의 방법으로 듣는다. 이제니는 다른 방법을 택한다. 태초에 소리가 있었다면, 시인이 '소리의 시'를 통해 보고 들을 수 있다. 이제껏 시인들이 써온 시는 의미가 섞인 소리이기 때문에, 그 지구의 소음을 제거하고(지구의 무의미조차도 우주에서는 소음인가), 온전히 우주의 무의미를 어루만지고, 우주음을 들으려 한다.

한편 "들려온다. 하나의 음(…)이름을 붙여주기 전에는 침묵으로 존재했던 어떤 형상"을 통해서 우주의 '소리에도 형상이 있음'을 선언한다. 그 소리들은 쉼표가 아니라 마침표로 끊기며, 마치 우주 곳곳에 블랙홀(죽음)이 있듯, 검은 구멍 속에 빠졌다가, 다시 블랙홀(생명)이 새 음악을 연주하며, 길고 긴 전편으로, 우주 교향곡으로 끈질기게 이어진다. 이어졌다가, 다시 태초로 되돌아가 손가락으로 피아노 연주를 하고, 손가락으로 현을 튕기며 우주의 손가락의 지문을 선명히 보여준다. "하나의 음" "하나의 목소리"가 다름 아닌 우리의 엄지손가락과 아홉 손가락에 새겨져 있고, 그 나선의 지문처럼 "태초"에서 "흘러왔"기 때문이다. 그래서 직선과 곡선을 아우르는 "나선의 감각"을 가졌고, 그것이 우주음이다. 우주론이 시가 되고, 시가 우주론이 된다. 이제니는 시에서 상대성과 절대성이 하나로 만나는 음을 찾는다. "신의 목소리가 신의 말씀보다 앞서듯"에서 알 수 있듯이 '시의 말씀'이 아니라 '시의 목소리의 여행'[18]일 뿐이다.

## 5. 우주 극장에서 영화를 상영하라, 생의 중력으로

> 우리 모두가 신을 죽인 살인자다! 하지만 어떻게 우리가 이런 일을 저질렀을까? 어떻게 우리가 대양을 마셔 말라버리게 할 수 있었을까? 누가 우리에게 지평선 전체를 지워버릴 수 있는 지우개를 주었을까? 지구를 태양으로부터 풀어놓았을 때 우리는 무슨 짓을 한 것일까? 이제 지구는 어디를 향해 가고 있는 것일까?

니체(F. W. Nietzsche)의 「즐거운 학문」[19]에는 '우주적 고뇌'가 나온다. 그 고뇌는 "세계에 존재한 가장 성스럽고 강력한 자가 지금 우리의 칼을 맞고 피를 흘리"는 데에 있는 것이 아니라, "우리 스스로가 신이 되어야 하는" 데에 있다. 왜냐하면 "우리 이후에 태어난 자는 이 행위 때문에 지금까지의 어떤 역사보다도 더 높은 역사에 속하게 될 것이"기 때문이다. 니체는 지금 태어난 한국의 시인들 중 누구의 손을 들어줄 것인가? 그(광인)의 말대로 "신의 시체가 부패하는 냄새가" 나는 "지

---

18) 조재룡은 『왜냐하면 우리는 우리를 모르고』의 해설에서 이제니의 시에 대해 "시라는 미지를 향한, 타자라는 미지를 향한, 미지의 목소리, 그 목소리의 여행이다."라고 규정한다. 이제니, 『왜냐하면 우리는 우리를 모르고』, 문학과지성사, 2014, 212~213쪽.

19) 니체, 안성찬 · 홍사현 역, 「즐거운 학문」, 『니체전집 12』, 책세상, 2005, 200쪽.

구"에서 시인들은 자신만의 시(신)를 모색한다. 앞의 이제니의 시가 "신의 목소리"를 듣고자(보고자)하는 열망으로 가득 찬 '바다같이 넓고 푸른 장대한 음악'이라면, 김행숙의 「호르몬그래피」(『이별의 능력』)에는 무엇도 나오지 않는다. 신의 죽음에 대한 애도도, 인간의 죽음에 대한 애도도 나오지 않는다. 그렇다고 신의 죽음을 알리는 "광인"도 나오지 않고, 오직 "호르몬"만 나올 뿐이다.

호르몬이여, 저를 아침처럼 환하게 밝혀주세요. 분노가 치밀어 오릅니다. 태풍의 눈같이 표현하고 싶습니다. 저 자가 제게 사기를 쳤습니다. 저 자를 끝까지 쫓겠습니다.

당신에게 젖줄을 대고 흘러온 저는 소양강 낙동강입니다. 노 없는 뱃사공입니다. 어느 곳에 닿아도 당신이 남자로서 부르면 저는 남자로서

(…)

제 꿈을 휘저으세요. 당신의 영화관이 되겠습니다. 검은 스크린이 될 때까지 호르몬이여, 저 높은 파도로 표정과 풍경을 섞으세요. 전쟁같이 무의미에 도달하도록

—김행숙, 「호르몬그래피」 부분

김행숙의 시는 미시세계의 우주관으로 들여다봐야 한다. "당신이 움직일 때 운동량이나 위치 둘을 동시에 알 수 없다"는 양자역학의 불확정성원리[20]처럼 "저 자"는 잡히지 않는 자이기 때문이다. 그가 "사기를" 친 건 분명한데 문제는 미시세계에서는 잡기가 힘들다는 것이다.

그래서 "저 자를 끝까지 쫒"으려면 잡기보다는 '아는 방법(앎)'을 택해야 한다. 그리고 '앎'이 '미지'에 도달할 때까지 밀고 가야 한다.[21] 그것이 잡을 수 없는 것을 잡을 수 있는 방법이다. 그러려면 역으로, "저 자"의 근원을 알 수 있는 자를 찾아야 한다. 그가 바로 "호르몬"이다.

그런데 그 세계에서 "호르몬"은 '누구'도 아니다. 절대자처럼 군림하며 "아침처럼 환하게 밝혀"줄 자이지만 '인간'은 아니다. 니체의 예언은 틀린 것이다. '신이 죽은 자리'에 인간이 신처럼 들어앉지 못하고, 그 왕좌에 "호르몬"이 앉았다. 여자 남자의 성정체성은 그리 중요하지 않다. 남성호르몬이 "남자로서 부르면 저는 남자로서" 살 수 있다. "당신에게 젖줄을 대고" 살려면 어쩔 수 없다. 그 호르몬왕은 유전자의 DNA나, 미토콘드리아의 다른 이름일 수도 있다. 모두 한통속의 왕들이니까, 그들이 죽음의 단백질을 흘려보내면 우리는 죽는다. 그런데 정작 그들의 세계에서는 죽음이란 없다. 우리만 폐기처분 된다. 왜냐하면 우리는 그들의 공장이기 때문이다. 마법같이 창발성[22]에 의해 진화한 인간이 해체되어도 '우주의 공장'은 한 번도 가동을 멈춘 적이 없다. '나'는 없고 미토콘드리아 공장만 가동된다. '나'라는 주체는 없고, 아예 인칭 자체

---

20) 리언 M. 레이먼 · 크리스토퍼 T. 힐, 전대호 역, 『시인을 위한 양자물리학』, 승산, 2013, 178~179쪽.

21) 김행숙이 창비 인터뷰에서 김수영의 말을 인용한 부분이 흥미롭다. "김수영은 시를 쓸 때 자기 정신의 첨단에 모호성이 있다고 말했어요. 정신을 끝까지 밀어붙이면 앎의 영역이 파열되면서 '미지'에 닿는다는 거죠.(…)김수영은 '문학적 자율성'의 반대편에서 참여시를 찾아낸 것이 아니라 '미적 자율성'을 끝까지 밀고 나감으로써 참여시와 조우했어요." ≪창작과 비평≫, 창비, 2016. 봄호, 20~21쪽.

22) 무생물에서 생물이 빚어지는 마법은 창발성에 있다. 창발성이란 '하위계층(구성요소)에는 없는 특성이나 행동이 상위계층(전체 구조)에서 자발적으로 돌연히 출현하는 현상'을 말한다. 이일하, 『이일하 교수의 생물학 산책』, 궁리, 2014, 60~63쪽.

가 없고, 모두 '미토콘드리아칭'이나 '호르몬칭'인 것이다.[23]

누가 사기를 쳤는지 모른다. 왜 이런 일이 벌어졌는지도 모른다. 무엇이 원인인지 결과인지 알 수 없지만, "저 자가 제게 사기를 쳤"기 때문이다. 저 자는 '분명한 누구'가 아니라, '불분명한 누구'이고, 유령이고, 그림자이고, 가면이고, 실체를 모르는 "사기를" 친 자이다. 실체를 알려는 순간, 전자(電子)처럼 도망가 버리는 '불확정성'의 "사기를" 친 자이다. 그래서 힘들다. 그가 적군인지 아군인지도 모르고 싸워야한다. "전쟁같이 무의미에 도달하도록" 호르몬의 "영화관" 속에서 "검은 스크린이 될 때까지" '호르몬 시인'은 외친다. 이미 호르몬 시대가 도래했다. 호르몬이여, 영화를 상영하라.

> 헌 신문지 같은 옷가지들 벗기고
> 눅눅한 요 위에 너를 날것으로 뉘고 내려다본다
> 생기 잃고 옹이진 손과 발이며
> 가는 팔다리 갈비뼈 자리들이 지쳐 보이는구나
> 미안하다
> 너를 부려 먹이를 얻고
> 여자를 안아 집을 이루었으나
> 남은 것은 진땀과 악몽의 길뿐이다
>
> (…)
>
> 차라리 이대로 너를 재워둔 채

---

23) 신형철은 김행숙의 시를 "비인칭적 개별성과 4인칭 단수의 목소리가 연합하여 만들어냈다"고 평했다. 신형철, 「시뮬라크르를 사랑해」, 『몰락의 에티카』, 문학동네, 2008, 347~368쪽.

가만히 떠날까도 싶어 묻는다
어떤가 몸이여

—김사인, 「노숙」 부분

우주 중력조차 미치지 않는 미시세계의 극장에서 상영되는 영화 같은 김행숙의 시와는 달리, 우주 중력을 생의 중력으로 받아들여 옷을 입듯 껴입고 사는 게 김사인의 「노숙」(『가만히 좋아하는』)이라 할 수 있다. "헌 신문지 같은"의 관찰을 통해 누더기가 된 현대 문명인을, "옷가지들 벗기"는 행위를 통해 거기서 벗어나려는 의지를 보여준다. 그러면서, 우리 모두를 꼼짝 없이 제 몸의 옷을 들여다보게 만들고, 제 육신의 옷이 흙(중력)에서 생겨나 흙(중력)으로 돌아간다는 사실을, 우리 몸은 중력에서 잠시 빌려 쓴 옷이고, 중력에게 반드시 되돌려주어야 할 속옷 같은 것이라는 점을 일깨운다. 우리 몸은 중력의 일부이면서 우주 중력 없이는 살 수 없지만, 너무 중력이 무거워지면 중력을 버리려(죽으려)한다.

그런데도 김사인의 「노숙」은 죽음의 중력에 대해 답을 내리지 않는다. 다만 제 자신의 몸에게, 우리 각자의 몸에게, 우주 전체의 몸에게 질문을 던질 뿐이다. 그래서 노숙만이 아니라 노숙(老熟)하기도 하다. 그러면서도 생생한 생이 느껴지는 것은, "갈비뼈 자리들이 지쳐 보이는"(창세기의 아담의 갈비뼈를 이브에게 심은 일과 또 다른) 곳을 바라보는 섬세한 시선에도 있지만, "어떤가 몸이여"의 타자화된 몸[24]의 '또

24) 김사인 「노숙」의 이 구절은 신형철이 말한 풍찬노숙이나 불교적 무아론으로 가기 위한 징검다리(몸)의 역할을 한다. 그런데 『활과 리라』에 나오는 "왜냐하면 아무것도 없고, 아무도 존재하지 않는 최후의 변방에서만 '타자'가 출현하며 '全人間'이 출현하기 때문이다."라는 구절을 보태는 순간, 또 다른 차원(우주적 타자로서)의 물

다른 차원의 물음' 때문일 것이다. "차라리 이대로 너를 재워둔 채/가만히 떠날까도 싶어 묻는" 몸은 이미 '나'의 몸만이 아니라, '너'의 몸만이 아니라, '우리' 몸만이 아니라 우주의 몸이다. '노동'의 몸만이 아니라, '자본'의 몸만이 아니라(나도 자본가가 되어 내 몸을 부려 먹었으므로), 지구의 몸이다. 내 몸이 내 몸이 아니란 걸 알고 "어떤가 몸이여"를 다시 묻는다면, 그 몸(옷)도 중력이 입히고, 벗기므로, 결국 중력 극장에서 우리는 또 상영되고, 중력이 극장을 꺼버리면 영화는 종영되는가?

생의 중력도 버거운 노숙의 시대를 사는 우리에게 우주의 중력을 말한다는 것은 참으로 지난한 일이다. 그래서 "미안하다"는 말이 '내 몸'에게 만이 아니라, 자본에 훼손당한 이 시대의 몸들에게 하는 절박한 반성으로 들린다. "너를 부려 먹이를 얻고/여자를 안아 집을 이루었으나"에서도 마찬가지로 "악몽의 길뿐이다". 여기서 길이 끊기는데, 아직 미답의 죽음의 중력이 관장하는 영역이어서 그런지 모른다.

이 끊긴 길 위 '악몽의 극장'에서 겁 없이 영화를 상영하는 게 김행숙의 시라면, "가만히" 관조하며 죽음에게 "묻는" 게 김사인의 시다. 이 죽음은 죽어가는 자신의 몸이면서, 점점 가벼워지는 중력이다. 여기서 「노숙」은 죽은 자가 아니라, 산 자가 행한다는 게 중요하다. 중력의 역설이 여기서 나타난다. 우리 몸은 생의 중력이 가벼워져야 춤을 추고, 다시 영화를 상영한다. 우리 시의 영화도 계속 상영 되고 축제를 벌이려면 시인 스스로 중력의 조율사가 되어야 한다. 김행숙의 '호르몬의 춤'이 중력에서 너무 떨어져 잘 감지되지 않듯 김사인의 「노숙」은 중력

---

음이 생겨난다. '인류는 하나다'라는 지구적 차원의 답이 아닌, 우주의 "全人間"에 대한 물음을 비로소 가능하게 한다. 옥타비오 파스, 김홍근 · 김은중 역, 『활과 리라』, 솔, 1998, 318~319쪽.

에 너무 가까워 답답한 감이 있는 것도 사실이다. 그래서 "너를 재워둔 채/(…)떠날까도 싶어 묻는" "어떤가"의 답이 없는, 자문자답을 통해 생의 중력을 죽음의 중력으로 호명하는 일은 계속된다. "중력의 힘을 거역하고 춤추는 신"에 대해 말한 니체가 아니더라도, 지금처럼 생의 중력이 무거운 시대에는 시인에게도 시의 중력을 극복하는 일이 쉽지 않을 것이다. 다만 풍찬노숙, 그 생의 블랙홀이 많은 곳에 우주 극장이 생기고, 중력을 극복한 춤이 상영되기에, 한국시의 앞날이 더욱 궁금해지는 이유가 바로 이 때문이다.

—『우주문학의 카오스모스』, 국학자료원, 2018.11.25.

# 우주의 장례를 치르는 세 가지 방법

## 한강과 이승우의 소설과 김영산 시에 나타난 장례식

### 1. 한국만가와 한강의 소설 『소년이 온다』

(상여를 들어 올리면서)
요 령: 땡그랑 땡그랑 땡그랑 땡그랑
앞소리: 관아 오호사(3번)
뒷소리: 관아 오호사(3번)

요 령: 땡그랑 땡그랑 땡그랑 땡그랑
앞소리: 허허 허허 허오 오호호 가네 가네 내가 가네 부름을 받어 내가 가네 마오살
뒷소리: 관아 오호사

요 령: 땡그랑 땡그랑 땡그랑 땡그랑
앞소리: 허허 허허 허오 오호호 웬수로구나 웬수로구나 세월 가는 것 웬수로구나 마오살
뒷소리: 관아 오호사

—「나주 송월동 상여소리」 부분[1]

한국의 만가집을 보면 "구비문학으로서의 만가는 민속 문학 중 인생의 최후를 장송하는 지고한 예술"이라고 나온다. "한 편의 서정시"이며 "죽은 이를 위해 애도와 비탄을 나타내는 노래이기에" "현대시와 만가는 공통성이 있다"라고도 말한다. 만가에 대해서는 유협(劉勰)의 『문심조룡』에서도 「악부(樂府)」 편에서 만가는 음악이요, 시임을 밝힌다.[2] 만가는 나라와 지역에 따라 달라서 그 지방의 역사와 지역성을 알아야 한다. 하지만 만가의 의미를 온전히 모르더라도 프로이트(S. Freud)가 말한 개인 무의식에 따르면 '죽음의 무의식'과 '죽음의 음악'에 의해 전달되는 것으로 보인다. 타나토스(Thanatos)로 대변되는 죽음의 본능도 인류 공통의 오랜 음악이 만가라는 사실을 입증한다.

한강의 장편소설 『소년이 온다』(창비, 2014) 전편에는 한국의 만가가 흘러넘친다.[3] 5 · 18의 도시 광주는 계속 장례중이고, 장례는 끝나지 않는다. 이 장례는 개인의 장례만이 아니라 '역사의 장례'이기에 더욱 그렇다. 역사의 장례는 역사가 아무리 바뀌더라도, 마치 살풀이춤을 추는 춤꾼처럼 멈출 듯 멈추지 않는 속성을 가지고 있다. 작가들 역시 '문자의 다비식'이나 '문자의 장례'를 치러서라도 역사의 장례식을 치르려는 속성을 지니고 있다. 역사의 한이 춤으로 표현되고, 글로 형상화되는 것에 그치지 않고 장례식으로까지 이어지는 저의는 분명 있을

1) 기노을, 『한국만가집』, 청림출판, 1990, 245~246쪽.

2) 유협, 성기옥 역, 『문심조룡』, 지식을만드는지식, 2012, 38~45쪽.

3) 이 글에 인용한 작가들의 텍스트는 다음과 같다. 한강, 『소년이 온다』(창비, 2014), 이승우, 『식물들의 사생활』(문학동네, 2014), 김영산, 『하얀 별』(문학과지성사, 2013), 이하 인용할 때는 소설은 쪽수로, 시는 작품명만 표시하지만, 시 구절을 인용할 때는 쪽수로 표시한다. 앞의 작품 중 『식물들의 사생활』은 『식물들의 사생활』(문학동네, 2000)의 재출간 개정판임.

것이다. 요즘처럼 장례문화가 바뀌어 화장이 늘고, 옛 상엿소리를 듣기 힘든 시대에 상여를 띄우고 상여놀이를 하는 작가가 있다. 그는 한 나라의 국장을 넘어 지구장을 치르려 한다. 지구장을 넘어 우주의 장례를 치르려 한다. 모든 장례는 우주의 장례라는 역설은 한강만이 아니라, 이 시대 작가들이 새롭게 느끼는 죽음의 화두인지 모른다.

1980년부터 삼십 년을 넘게 치르는 오랜 장례식은 마치 흑백영화를 칼라영화로 복원한 것처럼 선명하다. 더 나아가 단순 복원이 아니라 한 차원을 뛰어넘는다. 우주의 5차원을 다룬 영화 ≪인터스텔라≫를 보면 "차원을 극복할 수 있는 건 중력뿐"이라고 나오는데, '소년이 온다'는 것 역시 '어른이 온다'를 극복한 새로운 차원으로 읽힌다. 새로운 차원을 감지하려면 새로운 중력이 필요한데, '죽음도 다 같은 죽음이 아니어서' 소년의 죽음은 어른의 죽음보다도 죽음의 중력이 더 무겁게 느껴진다. 여기서 반전이 없다면 죽음의 중력은 블랙홀의 중력으로 마감되고 말 것이지만, '가장 무거운 중력이 가장 가벼운 중력으로 치환된다'는 논리가 가능해진다.

그런데 단순 치환이 아니라, 새로운 차원을 느끼고, 새 생명을 낳을 수 있는 공식이 성립하기는 쉽지 않다. '소년이 온다'는 것을 '역사적으로 온다'는 것만이 아니라 적어도 '소년이 태어나다'로까지 확장해서 읽을 필요가 있다. 5 · 18의 장례식을 역사적인 관점에서만 장례를 치를 때 새 시대 '소년이 온다'는 것은 불가능하기 때문이다. 역사의 장례와 함께 우주적으로 장례를 치르지 않으면 '죽은 소년'을 불러 올 수 없는 것이다.

더 이상 나는 학년에서 제일 작은 정대가 아니었어. 세상에서 누나

> 를 제일 좋아하고 무서워하는 박정대가 아니었어. 이상하고 격렬한 힘이 생겨나 있었는데, 그건 죽음 때문이 아니라 오직 멈추지 않는 생각들 때문에 생겨난 거였어. 누가 나를 죽였을까, 누가 누나를 죽였을까, 왜 죽였을까. 생각할수록 그 낯선 힘은 단단해졌어. 눈도 뺨도 없는 곳에서 끊임없이 흐르는 피를 진하고 끈적끈적하게 만들었어.(51쪽)

한강이 "열여섯 살 정대"를 '죽은 소년'에서 '살아있는 소설의 화자'로 불러낸 일은 일종의 역사의 장례를 치르는 행위로 볼 수 있다. 작가의 이러한 의도는 단순히 역사의 복원을 넘어, 한국 만가의 후렴구처럼 노랫가락이나 시적인 가락을 만들어낸다. 소설적 산문과 달리 시적인 연 구분과 행갈이를 하며, 글씨체조차 흘림체를 사용하여 장례식 분위기를 극대화한다.

> *당신이 죽은 뒤 장례식을 치르지 못해,*
> *내 삶이 장례식이 되었습니다.*(99쪽)

이 특별한 장례의식 구절은 한강 소설 전체를 관통하는 핵이다. 이 구절이 점층적으로 반복되며 한층 장례 분위기를 고조시킨다. 이 시적인 반복과 상엿소리의 후렴구의 반복으로 소설 전체는 만가풍의 음악성을 띤다. 시적 음악성 없이 소설적 기법만으론 불가능하다. 실제 한강이 시인으로 먼저 등단했다는 사실이 이를 입증한다.(1993년 『문학과사회』에 시를 발표) 김소월의 초혼의식을 염두에 둔 것으로 보이는 점도 이와 무관하지 않다. "어이, 돌아오소./ 어어이, 내가 이름을 부르니 지금 돌아오소./ 더 늦으면 안되오. 지금 돌아오소."(100쪽)에서 그걸 증명한다.

소설 속의 소설, 소설 속의 연극 무대는 장례식을 위해 만들어진 무대다. 무대와 객석으로 나누어진 공간은 이중구조를 지닌다. 독자를 관객이 되게 하고, 배우가 되게도 한다. 장례식의 관객이며 동시에 상주가 되게 하여 장례를 이끌게 한다. 그런데 장례를 이끄는 게 또 하나가 있다. 알고 보면 삼중구조의 장례가 치러지는 것이다. 바로 연극 대본이다. 퍼포먼스 같은 현실이 아니라 치밀한 현실의 대본이 필요하다. 국가권력이라는 대본에 연극의 대본이 필요하다. 검열관에게 검열을 받아야 하는 대본, "이 가제본의 도입부 열 페이지 정도는 절반 이상의 문장들에 먹줄이 그어져 있다. 그다음 삼십 페이지 가량은 거의 대부분의 문장들에 먹줄이 그어져 있다."(78~79쪽) 검게 먹줄이 그어진 문장들은 '죽임을 당한 문장들'이다. 다시는 글자들을 찾을 수 없게 만들어 버리는 글의 '암매장'으로도 읽힌다.

우주의 장례를 치러야 하는 이유는 암매장 현실에 있다. 장례를 치러도, 장례를 끝낼 수 없는 역설에서 기인한다. 암매장의 역사는 역사의 장례만으로는 역부족이다. 영혼결혼식만이 아니라 살아있는 육체의 옷을 입은 사제가 치르는 종교적 제의가 필요하다. 영원히 끝나지 않는 우주적인 장례가 설정되어야 한다. 그래서 "여전히 소리 없이 초혼(招魂)하며 걸어오는 남자"(100쪽)가 등장하는 행위는 계속된다. 만가를 부르고, 혼을 부르는 행위는 우주적이다. 우주 바깥에 대고 부른다는 점에서 우주 장례를 치르는 행위이지만 동시에 지상의 노래이기도 하다.

*당신이 죽은 뒤 장례를 치르지 못해,*
*당신을 보았던 내 눈이 사원이 되었습니다.*
*당신의 목소리를 들었던 내 귀가 사원이 되었습니다.*

*당신의 숨을 들이마신 허파가 사원이 되었습니다.(100쪽)*

무대와 객석은 온전히 장례를 치르는 공간으로 태어난다. 암전과 암매장이 하나로 연결되고, 초혼과 "눈부신 조명이"(101쪽) 하나로 연결되어 장례를 치른다. 전라도의 한 지방 도시였던 광주 시내를 불교적 "사원"의 성지, '빛고을'로 격상시킨다. 소설 속 화자의 신체기관인 "눈"과 "귀"와 "허파"를 통해 육체성을 획득하여 "당신"을 '죽은 자'가 아니라 '산 자'로 무대의 조명과 함께 클로즈업시킨다.

모든 무대 공간은 사원이 된다. 그 무대는 폐쇄된 공간이 아니라 광주 시내 온 전체로, 한반도 전체로, 지구로의 열린 공간이다. "누덕누덕 기운 삼베옷을 걸친 건장한 체격의 남자"(99쪽)의 남성성과 "여자가 입술을 움직이는 사이, 삼베옷의 남자가 무대에 올라" "두 팔을 허공에 휘저으며 여자의 어깨를 스쳐지나"(100쪽)는 여성성이 만나 모든 만물이 "사원"이 되는 거룩한 새 생명의 공간이다. 또한 그 공간은 작은 암전의 공간에서, 가장 폐쇄적인 무대가 가장 열린 무대가 되듯 마치 '빅뱅의 조명'처럼 우주적이다. 그래서 지구의 장례를 치르고, 우주의 장례를 치를 수 있는 무대가 가능해진다.

*봄에 피는 꽃들, 버드나무들, 빗방울과 눈송이들이 사원이 되었습니다.*
*날마다 찾아오는 아침, 날마다 찾아오는 저녁들이 사원이 되었습니다. (101쪽)*

한강에 의해 "꽃들"의 장례를 비로소 치를 수 있게 되었다. "버드나무들, 빗방울과 눈송이들"의 장례를 치를 수 있게 되었다. "아침"의 장례, "저녁"의 장례도 마찬가지일 것이다. 모든 자연의 장례는 혼례여서 자연의 "사원"이 되었다가, "봄에 피는 꽃들"로 순환한다. 모든 장례는 순환하며, 모든 혼례는 순환한다. 죽은 "동호"를 "그녀는 아랫입술 안쪽을 악"물고 부르며, "색색의 만장들이 일제히 무대 천장에서 내려오는 것을"(102쪽) 보며, "소년이 온다"는 것을 "고름 같은 눈물"(103쪽) 속에서 본다.

## 2. 이승우의 '우주나무'와 수목장

스테파노 만쿠소(S. Mancuso) · 알레산드라 비올라(A. Viola)는 『매혹하는 식물의 뇌』에서 인도 최초의 현대적 과학자 자가디시 찬드라 보즈(1858－1937)의 말을 빌려 "나무들에게도 우리와 같은 삶이 있다. 그들도 먹고 성장하며, 가난과 슬픔과 고통에 직면한다. 그들도 굶주리면 도둑질과 강도짓을 하지만, 서로 돕고 친구를 사귀며 자손을 위해 자신의 삶을 희생할 줄도 안다."[4]라고 하였다.

그런데 이승우의 『식물들의 사생활』(문학동네, 2014)도 이와 유사한 생물학적 사유와 신화적 사유가 동시에 공존하며 갈등하는 기법을 쓴 소설이라는 점에서 주목된다. 이 소설은 우주 진화론 속에서 중요하게 대두되는 '인간의 뇌'보다는 자크 브로스(J. Brosse)의 『나무의 신화』[5]에 나오는 '우주 신화론'에 더 가깝지만, 우주 신화만이 아니라, 그 신화를 현실의 일상적 사건으로 육화시킨다는 점에서 또한 진화론의 과학

4) 스테파노 만쿠소 · 알레산드라 비올라, 양병찬 역, 『매혹하는 식물의 뇌』, 행성B이오스, 2016, 232쪽.
5) 자크 브로스, 주향은 역, 『나무의 신화』, 이학사, 1998, 1~9장.

적 관점도 발견된다. 이미 신화 연구가들에 의해 고증학적 연구가 선행되었고,[6] 종교나 문학예술 전반에 뿌리가 내렸음을 이승우의 소설에서도 읽어낼 수 있는 것이다.

소설의 제목에서 암시하듯 "식물들"도 "사생활"이 있다. 그것은 단순한 의인화가 아니라, 실재 "식물들의 사생활"이고, '인간 = 식물'이란 공식을 낳는다. '인간 = 동물'이라는 공식을 폐기처분 하는 게 아니라, '식물 = 동물 = 인간'으로 승화시킨 것이다. 인간을 산소(O2)나 철(Fe)이라 해서 '기체의 사생활'이나 '광물성의 사생활'이라 해도 무방한 공식이 생겨난 것이다. 실제로 '인간 = 우주나무'라는 신화성에 자연과학적 현실의 공식을 촉매제로 해서 '우주 수목장'이라는 우주 장례식을 치른다. 앞서 말했듯이 우주 장례는 우주 혼례라는 것을 염두에 두면, 두 남녀 1(우현의 친아빠와 어머니)과 두 남녀 2(우현과 순미)의 우주 혼례식을 치르는 것이다.

> 그녀는 평상에서 몸을 일으키더니 야자나무 뒤로 돌아갔다. 야자나무가 그녀의 몸을 가렸다. 내 눈에는 그녀의 몸이 야자나무의 반듯하고 늘씬한 몸통 속으로 들어간 것처럼 보였다. 그러나 그녀는 오래 기다리게 하지 않았다. 그녀가 야자나무 뒤에서 모습을 드러냈을 때(내 눈에는 그녀의 몸이 야자나무 줄기 속에서 빠져나온 것처럼 보였다), 그녀는 아무것도 걸치지 않은 알몸이었다. 마치 야자나무에서 막 태어난 것 같은 알몸이었다. 에덴동산의 최초의 사람이 그랬던 것처럼 그녀의 몸을 가린 것은 아무것도 없었다.
>
> … 중략 …
>
> 그녀의 입술이 그의 입술 위에 놓였다. 그들의 몸은 대칭을 이루며

---

6) 조지프 캠벨, 이진구 역, 『원시 신화』, 까치, 2003, 35~66쪽.

한몸을 만들었다. 그들의 몸은 대칭을 이루며 한 그루의 나무가 되었다. 마치 이제야 완전한 한몸을 찾은 것처럼 그들의 몸은 자연스럽고 아름답고 신성해 보이기까지 했다. 하늘과 땅, 그리고 바다, 어쩌면 지하세계까지 관통하고 있을 한 그루의 야생의 나무가 감정과 감각의 체계를 헝클어놓았기 때문일까,(128~129쪽)

남천이 무대다. 바닷물은 쉼없이 벼랑을 핥았다. 벼랑 위에는 하늘을 떠받치고 있는, 하늘만 아니라 시간까지도 떠받치고 있는, 태초부터 그 자리에 서 있었던 것 같은 야자나무가 한 그루 있다. 야자나무 아래 한 여자가 서 있다. 여자는 옷을 입지 않았다. 옷을 벗은 순수, 그녀의 이름은 순미다. 그리고 형이 그 앞에 있다. 형은 내가 사준 사진기를 들고 있다. 내가 형에게 카메라를 사준 것은 형의 카메라를 팔아치운 사람이 나이기 때문이고, 형의 손에서 카메라를 빼앗은 사람이 나이기 때문이고, 형으로 하여금 다시는 카메라를 들지 않겠다고 결심하게 한 사람이 나이기 때문이다.(268~269쪽)

우현과 기현은 형제이고, 동생 기현은 이 소설을 끌어가는 유일한 화자이다. 그는 형의 카메라를 훔치고, 그 카메라를 전당포에 팔게 되는데 그로 인해 형은 군대에 끌려가 사고를 당해 두 다리를 잃는다. 카메라 속 필름 때문인데, 형이 수많은 시위 현장을 찍은 게 당시 보안당국에 의해 발각된 것이다. 동생 기현이 카메라를 훔친, 보다 근본적인 이유는 형의 애인 순미를 사랑해서이지만, 그렇더라도 그가 형의 비극을 다 만들었다고는 볼 수 없다.

가족의 비극은 두 세대에 걸쳐 있다. 어머니가 사랑한, 당시 정권의 실세인 사위(우현의 친아빠)와, 어머니의 이루지 못한 사랑의 비극이 그 뿌리인 것이다. 개인만의 비극이 아니라, 배후에 사회의 비극이 있는 이중, 삼중의 비극이다. 그중 하나가, 큰아들 우현의 비극이다. 큰아들이 "훈련 도중 터진 폭발물에 다리를 잃고 집으로 돌아"(38쪽)온다. 그런데 그가 "손으로 자위를 하고, 아무데나 정액을 묻혀놓고"(39쪽), 어머니가 그런 아들을 업고 사창가를 떠돌며 욕구를 해결해주는 장면을 작은아들에게 들키게 된다. "어머니는 며칠 전의 그 연꽃시장 일을 나에게 해명"(39쪽)하고, 대신 기현이 형을 데리고 모텔에 다니는 비극적 장면은 '나무가 되는 신성한 성행위의식'과는 반대편에서 이루어진다고 볼 수 있다. 그 장소는 성소가 아니라 세속의 연꽃시장 저잣거리의 장소이고, '사창가의 성소'이다. 왜냐하면, 기현의 입을 빌려 절정의 한 대목에서 나오는(해설의 한 대목에서도 나오는), 신성한 나무는 "그 숲속 어딘가에 심어져 있는 것이 아니라 사람의 마음에 심어져 있는 것이라는 생각"(285쪽) 때문이다.

"여기서 내 첫아이를 낳았다."(169쪽)고 어머니가 선언한 장소가 바로 남천이다. 평론가 신형철이 해설에서 언급한 대로 남천은 "성소(聖所)"이다.(271쪽) 남천에 야자나무를 심은 사람이 우현의 친아빠인데, 우현 엄마와 삼십 년간의 별리 속에서도 무럭무럭 자란다. 두 사람이 삼십 년 만에 해후 한 곳도 야자나무가 있는 남천이다. 위 인용문의 내용은 우현의 친아빠가 어머니와 만나 숨을 거두기 전에, 마지막 성행위를 하는 상황을 보여준다. 이 장면이 오히려 거룩하게 느껴지는 것은 "남천"은 '성소'이고, "야자나무"가 자라고 있기 때문이다. "야자나무에서 막 태어난 것 같은 알몸"의 어머니를 기현은 지켜보면서, "완전한 한 몸을 찾은 것처럼 그들의 몸은 자연스럽고 아름답고 신성해 보"인다고 생각한다. 그것은 "하늘과 땅, 그리고 바다, 어쩌면 지하세계까지 관통하고 있을 한 그루의 야생의 나무"를 보아서이다.

> 우주목(宇宙木)은 자연적인 동시에 초자연적이며, 물질적인 동시에 추상적인 우주를 지배하고 있는 축으로 세계의 중심 기둥이다. 일반적으로 알려져 있는 신화들을 보면 우리는 매우 오래된 하나의 사실을 발견할 수 있는데, 그것은 나무들이 삼세계, 즉 땅 속 깊은 곳과 땅의 표면과 하늘을 서로 연결하는 통로로서의 특권을 부여 받았고, 그래서 특히 신의 현존을 드러내는 존재로 여겨지고 있었다는 것이다.[7]

자크 브로스의 『나무의 신화』를 보면 우주목이 여러 대륙의 신화를 떠받치는 나무임을 알 수 있다. 즉 이 우주나무는 "북유럽의 경우에는 이그드라실 물푸레나무로, 북아시아의 경우는 전나무로, 시베리아 지방의 경우는 자작나무, 그리고 인도의 경우는 거꾸로 선 아슈밧타 나무로 각각 나타"난다. 천상과 지상과 지하를 관통하는 우주목, "이처럼 강력한 힘을 가진 우주목도 끊임없이 위협을 받"는데, "전 우주에 걸친 화재에도 불타지 않은 물푸레나무 숲에서 한 쌍의 남녀가 기적적으로 살아남았으니, 그들이 바로 리프와 리프트라지르이다. 이들은 아침에 핀 장미를 양식으로 하여 새로운 인류의 조상이 된다."[8]

이 신화에서 유추가 가능한 것이 우현의 물푸레나무에 대한 "혼잣말"이다. "저 속으로 들어가서 하늘만 아니라 시간까지도 떠받치고 있는 그 거대한 물푸레나무를 만져보고 싶다는 꿈을 꾸곤 해."(45면) 모든 사랑의 행위는 물푸레나무와 연관이 있다. 기현이 자신 때문에 불구가 된 우현에 대한 죄책감으로 형을 돕고, 이 소설에서 성자처럼 등장하는 아버지(기현의 친아빠, 우현의 의붓아빠)가 어머니의 옛 사랑을 돕고, 다시 기현이 자신 때문에 형과 헤어진 순미를 찾고, 형부에게서 성폭력

---

7) 앞의 책, 『나무의 신화』, 6쪽.
8) 위의 책, 16쪽, 20쪽, 371쪽.

과 "폭력"을 당하고도 "저항을 하지 않"(202면)는 순미를 탈출시킨다. 기현이나 기현이 친아빠가 옛 사랑을 돕는 장면은, 화재의 전쟁 속에서도 '우주의 사랑'을 살려내는 우주의 물푸레나무의 신화와 닮았다.

신화의 물푸레나무는 남천의 야자나무가 된다. 하지만 아직 꿈이다. "내 꿈은 다음날 있을 일에 대한 예고편과도 같은 것이다."(268쪽)라고 하지만, "어떤 경우에도 완전한 자유란 없다는 사실을 나는 또한 뼈저리게 절감하고 있다."(269쪽) 그래서 아직 꿈이지만 "야자나무 아래 한 여자가 서 있"고, "여자는 옷을 입지 않"고 있고, "옷을 벗은 순수, 그녀의 이름은 순미"로 늘 존재한다. 물론 형과 '나' 사이에서 우주나무로 존재하는 것이다. "순미의 몸이 형의 카메라 안에 담"기고, "형은 다시 카메라를 통해 세상을"(269쪽) 볼 때, 우주나무는 살아 있는 나무가 된다. 그것은 두 나무로 표상되는 '어머니 우주목'과 '아들의 우주목'이 하나일 때 가능하다. 그래서 어머니 우주목은 결국 정사를 치르고, '아비의 우주목'이 죽지만, '아들의 우주목'이 생겨난 것이다.

"하늘만 아니라 시간까지도 떠받치고 있는, 태초부터 그 자리에 서 있었던 것 같은 야자나무 한 그루"에게는 "삼십 년"이란 세월도 "형이 셔터를 누를 때마다 내 심장이 찰칵 소리를"(269쪽) 내는 짧은 순간일 뿐이다. 어머니와 아버지의 우주목 장례는 자연스레 우주 혼례로 우주목이 자라나는 데 역설이 있다. 기현의 친아빠 장례식에 "조문객"으로 온, "그때는 사정이 워낙 나빴"(172쪽)다고 변명하는 '가해자이면서 피해자'인 노인에게서 70-80년대 그 시대의 장례식을 읽을 수 있다. 그렇지만, 『식물들의 사생활』의 장례식은 자연의 장례인 수목장이고, '나무의 장례'로 우주의 장례로 확장된다. 당연히 장례식은 '나무의 혼례'로 이어져, 불구가 된 우현과 순미를 남천으로 데리고 가서, 살아있는 우주목인 '나무인간'으로, 야자나무의 혼례식을 치른다는 공식이 성립되는 것이다.

## 3. 김영산 시의 우주 장례식

> 지구의 장례가 치러지고 있다, 상여꾼은 운구 준비를 마쳤는가. 모든 별은 봉분 봉분의 별 그 환한 무덤 닮고 닮아 태기가 비쳤다. 아이는 자라기도 전에 방랑하는 목동이 되었다. 우주 십우도가 그려지고 있었다. 지구의 마지막 장례식 날 십우도를 볼지 모른다—어릴 적 상갓집 밝은 천막 안에 차려진 그 시신 음식 냄새 지금도 맡고 있는 것처럼 모든 풍경은 유전되는지 모른다.
>
> … 중략 …
>
> 고향의 장례는 시의 장례라고 그 시인은 말했다. 이미 여러 시인들이 시의 장례를 치렀지만 아직 장례는 끝나지 않았다고 했다. 고향의 장례가 끝나지 않으면 시의 장례는 계속된다. 시인은 임종을 보지 못했다. 시의 임종을 아무도 보지 못했다! 시인들의 방황은 계속될 것이다. 고향이 없으니 고향의 장례식에 참석하지 못할 것이다.
>
> —「詩魔—십우도(하나)」 부분

김영산의 『하얀 별』(문학과지성사 2013)은 「詩魔—십우도」 10편과 「詩魔—제7계」 1편으로 구성되어 있다. 그런데 시인은 첫 연 첫 구절부터 "지구의 장례가 치러지고 있다"라고 선언한다. 곧이어 두 번째 연에서 "지구는 너무 많은 장례 때문에 바쁘다."고 한다면, 지구는 장례의 주체이면서도 객체가 될 수밖에 없다. 지구는 자신을 장례 치르면서도 뭇 생명의 장례를 치러야 하는 것이다. 앞의 한강의 소설 『소년이 온다

』에서처럼 이 시집 전편에는 만가가 흐르면서 장례의식이 거행된다. "모든 풍경은 유전"된다면 장례의 풍경도 유전되고 상엿소리, 음악도, "어릴 적 상갓집 밝은 천막"도 유전된다는 논리가 성립된다.

이 유전병은 "공동묘지만 남긴 채 고향이 사라져"(8쪽)도 계속되고, "상갓집 고향은 뱉을 수도 삼킬 수도 없는 음식이라"(7쪽) '고향 음식'으로도 유전된다. "고향의 장례는 자신을 업고 키운 자신을 장례 치르는 것이"기에 "모든 애기보개는 염장이 아이"(9쪽)임을 자각한다. 여기서 '고향의 장례=지구의 장례'라는 공식에 "시의 장례"를 첨가하는 것은 당연한데, 『하얀 별』시집 전체를 끌고 가는 시적화자가 "그 시인"이기 때문이다. 그런데 눈여겨볼 대목은 "시의 장례를 치렀지만 아직 장례는 끝나지 않았다"는 것이고, "고향의 장례가 끝나지 않으면 시의 장례는 계속된다"는 것이며, "고향이 없으니 고향의 장례식에 참석하지 못할 것이다"라는 역설적 메타포이다.

그 시인의 고향은 광주(정확히는 광주변두리 죽음의 벌판)인데, "내가 돌상여라 부른 바윗돌 무심한 바윗돌 마을 사람들은 5 · 18 바위라 부르"(31면)는 바윗돌이 놓여있는 곳이다. "아직도, 옛 바윗돌 찬비 맞으며 산제에 놓여 있었다. 암매장 시절이었다."(32쪽)라고 하는 걸로 보아, 그곳 지명은 "산제"이고 "암매장" 벌판임이 자명해진다. 그곳에 또 다른 "그"가 왔는데 "그해 여름"이고, "대학 시절"이며 "폐결핵을 숨"기며 "홀로 죽음의 도시 노래하던 해쓱한 별"(15~16쪽)이다. 그 시인과 그는 "먼 지방 도시 벌판"으로 가서 "상여도 없이 암매장당한 벌판 펼쳐지는 그때 바윗돌"(16쪽)을 보고, "찬비 맞으며……"로 시작하는 "바윗돌"[9](16쪽) 노래를 부르지만, 정작 중요한 것은 그 노래가 아니다. "하지만 쓸쓸한 육체의/ 비문(碑文)을 누가 읽고 갈 것인가?"(15쪽)를 보면, 요령 소리에 맞춰 반복되는 한국만가의 가락이 느껴지고, 이 상엿소리 후렴구 같은 가락은 의미와 무의미를 오가는 '죽음의 반동(反動)'인 것이다.

> 그는 스물여덟 죽기 전까지 운동권 학생 시절부터 친구들 옥바라지했고, 성악을 전공한 애인이 있다
> … 중략 …
> 여전히! 장례 행렬 속에 곡을 하는 여인이 보였다. 그녀의 아름다운 목소리 목 놓아 울었다. 폐결핵으로 죽은 애인을 위해 울음을 펴다 날랐다. 강물을 끌어다 울진 않았지만 울음은 음악이었기에 그녀 **울음**은 마르지 않는다.
>
> ―「詩魔―십우도(둘)」 부분

그래서 앞의 한국만가와 한강의 만가, 김영산의 만가의 후렴구는 일치한다. **김영산의 시에도 한강의 소설에도 후렴구가 나타난다. 누가 먼저인가, 나중인가 후렴구의 문제는 어렵지 않게 알 수 있다. "고향의 장례가 끝나지 않으면 시의 장례는 계속된다"**(10~11쪽) **"고향이 없으니 고향의 장례식에 참석하지 못할 것이다"**(11쪽) **"아직 장례가 치러지지 않았다. 모든 장례는 한꺼번에 치러질 것이기에 낱낱은 리허설인지 모른다"**(25쪽) **등등 이미지 표절 구절 표절 플롯 표절 후렴구 표절**(!)은 그렇더라도, 만가의 사유는 동서양을 떠나, 개개인을 떠나 유전적으로 일치한

---

9) 1981년 MBC 대학가요제 대상곡, 당시 광주 5 · 18을 그렸다고 하여 금지곡이 됨. 그 노래를 만들고 부른 정오차의 고향 산제에는, 실제 노래에 나오는 '바윗돌'이 마을 어귀에 있다고 전해짐. 또한, 한 인터뷰에서 그가 "죽은 친구의 망월동 묘비가 바윗돌"이라고 했다는 설이 있음. ≪광주일보≫, 2008.5.30일자.

다. “모든 방문자는 죽은 자인 것이”고, “가장 빠른 늦은 방문이거나 가장 늦은 빠른 방문이”(14쪽)기에, 모든 노래와 함께 한국의 만가도 우리 몸속에서 순환한다고 해야 옳다. 인간의 삶 자체가 **표절**인지도 모른다!

“아직 장례 치르지 않았기에 누가 죽음의 벌판 떠메고 가랴.”(17쪽)

“아직 장례는 치러지지 않았다, 나는 장례를 치르지 않았다고 믿는다.”(18쪽)

“그의 장례를 기록한 책이 나왔지만 장례를 믿지 않는다.”(18쪽)

“그의 직장동료인 소설가 구효서가 (…) 썼기에 오히려 장례는 끝나지 않는다.”(18쪽)

“나는 아직 장례를 치르지 않았다고 믿는다, 영영 공무도하가 장례는 끝나지 않는다.”(19쪽)

“어허허 어허 허/ 어허허 어허 허”(45쪽)
“시의 장례를 치렀지만 아직 장례는 끝나지 않았다고 했다.”(10쪽)

이렇듯 연구분을 해보면 한국만가의 “어허허 어허 허/ 어허허 어허 허” 뒷소리 후렴구가 잇따르는 것을 알 수 있다. 또, 앞의 소설 『소년이 온다』에서 보이는 “당신이 죽은 뒤 장례식을 치르지 못해,/ 내 삶이 장례식이 되었습니다.”의 반복구와도 일맥상통한다. 더 나아가, 『하얀 별』의 후렴구는 상엿소리처럼, “우주의 광녀”(60면)의 입을 통해 수없이 반복되며 변주된다.(16번)

"광녀여 우주의 광녀여 별이여 하얀 별이여/ 내 시설(詩說)을 들어라!"(63쪽)[10]

"아름다운 무덤이여 하얀 별이여/ 내 시설을 들어라"(67쪽)

시집 전체를 관통하는 후렴구는 상엿소리의 후렴구이기도 하지만, "하얀 별은 자신을 다 태우고/ 중력으로 빛나는 별"이고, "그녀는 시의 혼례였고// 그녀는 시의 장례였고// 하얀 별은 자화장(自火葬)"(105면)을 하기에, 지구의 장례만이 아니라 우주의 장례를 치르는 것이다. 우주의 장례는 다름 아닌 별의 장례인데, 별이 "제가 제게 문상 가고/ 먼 장례식에 문상가"(107면)고, 작은 지방도시 '죽음의 벌판'에서 촉발된 장례식이 우주의 장례식으로 확장된 것이다. 왜 우주는 장례를 치르는가?

인생 백 년으로 우리 상처는 치유되지 않기에! 인류 일만 년의 문명을 이야기하며 인간이 치유될 것 같지 않다는 어느 천문학자의 말마따나 우리 나이 138억 살이라면 어떨까. 우리는 137억, 138억 살 우주적 나이, 이제 우주적 자부심이 필요할 때, 우주적 치유가 필요할 때이다.[11]

김영산은 우주 장례를 치를 수밖에 없는 이유를, 그의 산문집 『시의 장례가 치러지고 있다』에서 이와 같이 소상히 밝히고 있다. "인류 일만

10) 유협은 『문심조룡』의 「논설(論說)」 편에서 설(說)의 의미를 풀이해 놓았다. "'설(說)'은 '희열'이라는 뜻과 같다. '설'의 오른쪽 부분인 '태(兌)'는 ≪역경 · 설괘전≫에서 '열(悅)'로 해석하고 있다. '열'은 '기뻐하다'라는 뜻이므로 인체의 입[구(口)]과 혀[설(舌)]의 작용에 해당한다."라고 했다. 앞의 책, 『문심조룡』, 141쪽.
11) 김영산, 『시의 장례가 치러지고 있다』, 도서출판 b, 2015, 98쪽.

년의 문명"을 부정하는 것이 아니라 긍정하기 위해서 그가 택한 방법은 우주적 역설이다. 그 만가풍의 수많은 장례가 우주의 혼례를 치르는 데 쓰여진다. 그 혼례는 아직도 '암매장 벌판'이 생겨나는 지구의 장례이기에 '축제의 장례'가 되려면 "우주적 치유가 필요"한 것이다. 당연히 우주 장례를 관장하는 '축제의 에너지원'을 찾아야 하는데, "그 상복 입은 여자의 중력은 죽음인지 모른다. 모든 별의 중력은 죽음인지 모른다. 우주 어머니 중력에서 태어나 중력으로 돌아가는 별. 모든 사랑은 중력이어서 너를 붙드나."(53쪽)에서처럼, '중력'임을 알 수 있다.

그 "우주 어머니 중력"을 "사랑의 중력"이 붙들고 중력이 중력을 낳는다. 즉 "우주 여자에게" 뿌려진 "별의 씨"도 중력이고, "오랜 임신 기간, 그 고통 우주 얼룩으로 남"는데, 중력이 낳은 "우주 태아 빛"도 원래는 중력이었고, "중력에서 빛이 달아나느라 각축전 벌"(60쪽)이는 것도 중력 때문이다. 끝없이 우주의 중력이 붙들고, 혼례를 치르고, 장례를 치른다. 여기서는 이승우의 『식물들의 사생활』의 우주목도 중력으로 치환되고, 한강의 『소년이 온다』의 소년도 중력으로 치환된다. 그래야 우주목도 성장하고, 소년도 죽음의 중력을 극복하고, 중력이 낳은 빛처럼, 올 수 있는 것이다.

김영산은 더 나아가 혼례의 근거로 "사람 여자 38주 임신 기간 = 우주 여자 38만 년 임신기간 "(60쪽)이라는 '우주의 임신'[12] 사실을 메타

---

12) 김영산은 우주 빅뱅이 최소한 두 번 일어남을 감지한다. 최초의 빅뱅이 있었지만, 여전히 높은 밀도 때문에 빛과 어둠이 하나로 수프처럼 들끓고 있었던, 이른바 과학자들이 말하는 복사시대에 주목한다. 그 빅뱅 후의 38만 년 동안을 '우주 임신기간'으로 설정한다. 드디어 우주가 아기를 낳듯, 암흑에서 빛이 독립하는데 두 번째 빅뱅이 일어난 것이다. 그 아기를 낳고 남은 흔적을 남극에서 발견하는 오랜 과정이, 『우주 역사』의 표사에 스티븐 호킹의 말로 요약되어 있다. "조지 스무트 교수

포가 아니라, 직접적으로 공표한다. 그는 오히려 유추의 방법을 써서 사실을 검증하려 하고, 천체우주론을 빌리지만 실험보다는 우주적 물음을 찾으려 한다. 우주 장례와 혼례를 치르는 것도 같은 맥락일 것이다. 우주로의 공간 확장도 그에게는 판타지가 아니라 또 하나의 물음에 해당한다. 그것은 우주를 애도하고 환호하는 일만이 아니라 동시에 "모든 고백은 제가 제게 하는 것"이라는 '하얀 별'의 서언처럼 고요히 환희할 때 생길 것이다.

## 4. 우주의 장례는 하나이고, 장례의 우주는 하나이다

우주는 미답의 영역이다. 앞으로도 그럴 것이다. 우주도 사람처럼 생로병사를 할 것이라는 생각은 섣부른 판단일 수 있다. 우리의 죽음의 숙제는 생의 숙제이기에 끝없이 문제를 풀어야 하고, 끝없이 우주를 들여다볼 수밖에 없다. 이 시대 천체우주론의 발달이 잃어버린 예술의 아우라(Aura)를 다시 띠기 시작했다고 단정하기는 어렵다. 하지만 우주 자체가 새로운 예술의 영역으로 다가온 것은 사실이다. 태양조차 언젠가 하얀 별(백색 왜성)로 돌아가고, 에너지가 다하면 중력만으로 견디다 우주 속으로 사라진다는 사실을 분석한 것만으로도 알 수 있다. 그런 과학적 사실과 문학적 진실이 만나는 접점에서는, 앞에서 살펴본 세 작가의 우주 장례가 하나임을 알 수 있다.

---

가 30여 년 만에 드디어 찾은 우주 탄생의 비밀을 여는 열쇠가 될 '시간의 주름', 곧 우주 기원의 '씨앗'—그것은 '금세기의 과학적 발견'이다." 조지 스무트 · 키 데이비슨, 과학세대 역, 『우주의 역사』, 까치, 1994, 314쪽.

우주 장례를 치르는 우주문학은 '죽음의 유머'를 갖는다. 왜냐하면 우주적 유머는 죽음의 유머이기 때문이다. 옥타비오 파스(O. Paz Lozano)는 『활과 리라』에서 "낭만주의의 '아이러니'와 초현실주의의 '유머'는 서로 손을 잡았다"[13]고 했다. 그가 찾는 것도 우주적 유머인지 모르지만, 천체우주론과 한국의 만가에도 유머가 들어있다. 최상급의 유머는 우주 자체인지 모른다. 그런데 보다 절박한 유머가 개인마다 다르다는 데 문제가 있다. 모든 장례가 아이러니와 초월의 의지를 갖고 있는지 묻기 전에, 한 개인의 장례부터 치러야 한다. 그 이유는 당연하게도, 모든 개개인의 장례도 지구의 장례이고, 우주의 장례라는 엄숙함에서 비롯되기 때문이다.

다시 여기서 한강의 『소년이 온다』로 돌아가야 한다. '암전의 우주'보다 '조명의 우주'보다 더 큰 게 '중력의 우주'이다. 우주의 장례식을 수렴한 듯한, 한강이 마련한 연극무대에서 반복적으로 대두되는 게 '암흑과 빛' 둘 다를 아우르는 "사원의 불빛"(102면)이다. 그것은 "용서할 수 없는 물줄기가 번쩍이며 분수대에서 뿜어져나온 뒤에" 나온 빛이며, "다 쓴 음료수 병에 네가 꽂은 양초 불꽃들이"다. 다시 말해 그것은, 우주의 장례식을 치르는 불꽃이다. '암흑의 장례'와 '빛의 장례'를 치르며, '삶의 장례식=삶의 중력, 죽음의 장례식=죽음의 중력'을 동시에 치르며 타오르는 불꽃이다. 모든 장례는 순환한다는 전언 때문이 아니더라도, 지구의 문명이 갖고 있는 '전자기파 문명의 불꽃'은 바뀔 수 있는 것이다. 여기서 양초의 불꽃이 의미하는 것은, 80년대의 "유전자에 새겨진 듯 동일한 잔인성으로"(135면) 과잉된 불빛이 아니라, 자연의 장례

13) 옥타비오 파스, 김홍근 · 김은중 역, 『활과 리라』, 솔, 1998, 319쪽.

를 통해 타오르는 자연스런 불꽃일 터이다.

촛불로 순환하는 것이 과거의 장례로 회귀하는 게 아니냐는 오해를 낳을 수 있다. 전자기파 시대가 낳은 가장 대표적인 게 스마트폰이라면, 지구의 반대편을 넘어 우주 너머까지 닿을 수 있는 게 '중력폰'이다. 우주의 중력이 우주의 장례를 관장한다는 증거는 아직 없지만, 천체우주론 속에서 중력의 역할이 많이 발견됨을 볼 때,[14] 우주 장례문화에도 영향을 미치리라 본다. 오히려 역차별로 과학을 경시하지 않는다면, 우주 문학 속에 녹아 장례와 혼례를 치르는 데 일조할 수 있다.

자연장(自然葬)을 치르려는 것은 사람이 우주적이기 때문일 것이다. 이승우의 '우주목' 역시 우주의 장례와 우주의 혼례로 가는 염원에서 사람의 마음속에 솟구친 나무이다. 그 나무도 '중력의 나무'일 뿐이다. 중력에 뿌리내렸지만, 중력을 벗어나고픈 나무, 우주의 나무—모든 우주 장례는 폭압적이고 부조리한 현실을 저항의 동력으로 삼아 우주선처럼 점화하려는 데서 기인한다. 현대의 정신이 "중력 문명 시대"를 기다리는 정신과 맞닿아 있다면,[15] 사람이 태어나는 중력(땅)과 사람이 죽으면 돌아가는 땅(중력)이 하나라는 것이 감지된다. 어머니 중력(땅)이 장례를 주관하고, 다시 우주 어머니(중력)가 우주의 장례를 치르는지 모른다.[16]

한국의 장례문화는 호상인 경우에는 축제의 성격이 강해서 망자의 마지막 가는 길은 신분을 떠나 꽃상여로 화사하기조차 했다. 호상도 있

---

14) 아인슈타인이 100년 전에 예견한 중력파가 2016년 발견 되었다. "중력, 피할 수 없는 존재의 무거움"으로, 이젠 피부적으로 '육체의 우주'가 감지되기 시작한 것이다. 오정근, 『중력파』, 동아시아, 2016, 15~22쪽.

15) 위의 책, 53~61쪽.

16) 김영산, 『하얀 별』, 문학과지성사, 2013, 50~55쪽.

고 악상도 있는 개인의 죽음과 달리, 역사의 장례는 그 비극성으로 인해 충격적인 경우가 많다. 장례식조차 치르지 못한 경우에는 더욱 그럴 것이다. 장례는 못 치르더라도, 그때 부르는 노래들은 만가가 될 수 있다. 지금까지 한강과 이승우의 소설, 김영산의 시를 통해서 만가와 장례의식과의 긴밀한 관계를 짚어보고, 한국의 만가가 우주장을 치르는 노래임을 확인해보았다.

그러나 실제 치르는 장례와 달리 글의 장례에는 반전이 있다. "모든 별은 장례를 치르"고 "너는 네 몸으로 장례를 치"른다면,[17] 모든 장례식은 제 자신(작가)의 장례식이라는 공식이 성립된다. 옥타비오 파스가 『흙의 자식들』에서 "결국 책(장례)은 존재하지 않는다. 그것은 결코 씌어진(치러진) 일이 없다."[18]고 말한 것이 그 역설적 증거이다. 글(우주)의 장례식 이면의 어려움이 짐작된다. 우주 장례는 치러지지만, 글 속에서는 아직 완벽하게 치러진 적이 없는 것이다. 그래서 더 더욱 불가능한 우주의 장례를 치르려 한다. 작가는, 글의 장례를 치르고, 또 치를 수밖에 없는 것이다.

* 사족인지 모르지만, 이 글은 촛불 집회와 상관없이 그 사건이 있기 몇 달 전에 완성되었다.

—『우주문학의 카오스모스』, 국학자료원, 2018.11.25.

17) 위의 책, 109~110쪽.
18) 옥타비오 파스, 김은중 역, 『흙의 자식들』, 솔, 1999, 100면. 괄호 속 글은 필자.

# 우주문학은 가능한가
## 최승자론

### 1.

그녀의 젊은 몸은 폭격을 맞은 듯 당당했다.

그러니 알몸인들, 그녀는 맞서지 않는가?

인생, 전쟁 총알이 박히고, 폭격을 맞고

지옥의 환한 수술실에, 혀끝에 피를 묻히고, 웃고 떠들고, 의사들이 칼질을 해대도

누군들, 지구상에 없는, 전쟁이 없는

시를 쓰랴? 그녀가 스스로 깁고 또 기우는,

시인인 것이 다행이지만 그녀가 대지의 시인으로, 폐허보다 높은 건물은 없다,

스스로 알기까지, 8번의 대수술이 대지의 폐허를 증거 한다.

아아 도대체 누가 총알이 뚫고 지나간 폐에서 나는 쌕쌕거리는 소리에 운을 맞출 수 있겠는가?*
그녀의 땅은 목줄기부터, 배꼽 아래까지,

종횡무진, 좌우로 금이 가 있다.

그런데, 그녀는 폭격을 맞은 듯 당당했다, 누가

당당히 걸어가 대지의 건물이 될 것인가? 누가

장님이 되어 그녀를 바라본다면, 한 줄기 미를 더듬거릴지 모른다.

*보르헤르트(W. Borchert)의 소설
『5월에, 5월에 뻐꾸기가 울었다』에서 인용.

우주문학이 판타지 문학만 되어서는 안 되는 이유가 무엇인가? 또 판타지 문학이면 어떤가? 피부적으로 와닿는 우주문학은 가능한가? 리얼리즘과 모더니즘, 포스트모더니즘으로 우주문학은 가능한가? 광기와 이성의 싸움으로 우리 무의식의 영역은 어떻게 변해가는가? 중력문명시대가 오고 있다면, 지구의 영토처럼 우주의 영토도 가능한가? 우주문학은 '시'라는 장르에 가장 적합한가? 이런 궁금증이 나는 계속될 것 같다. 우주문학의 오해는 내가 내게 하는 오해이다. 누가 내게 묻지 않아도 내가 내게 물어야 하는 끝없는 물음이다.

보르헤르트의 소설 『5월에, 5월에 뻐꾸기가 울었다』(강)를 읽다가 '인생 자체가 제4차 세계전쟁'인 시대에 우리는 살고 있다는 생각이 들었다. 이미 핵전쟁인 제3차 세계전쟁의 시대를 우리는 살고 있고, 제2차 세계전쟁을 다룬 보르헤르트의 소설은 몸의 고통이 또 다른 전쟁임을 시적 운율로 보여준다. 우리는 전쟁상황에 항시 노출되어 있는 몸을 가졌다. 지구의 대지도 우리 몸과 같아서, 똑같이 폭탄에 상처를 입는다. 나는 도시에서도, 그녀와 그녀들에게서도 똑같이 상처를 본다. 나는 우연히 수술실 광경을 훔쳐본 적이 있는데, 의사들이 환한 불빛 아래서 그녀의 한 무더기 창자를 내게 보여준 일을 잊을 수 없다. 누군가에게 평생 가는 상처는 전쟁의 상처이다. 그녀도, 그녀들도, 대지도 수술 후에는 반드시 금이 간다. 피부마다 금이 간 그녀, 하지만 놀랍게도 살아난다. 대지는 나무로 다시 살아난다. 대지는 도시의 나무, 건물들로 다시 살아난다.

짧은 생을 살다간 보르헤르트이지만, 소설에서는 긴 상처를 남긴다. "아아 도대체 누가 총알이 뚫고 지나간 폐에서 나는 쌕쌕거리는 소리에 운을 맞출 수 있겠는가?" 이 문장은 전쟁의 상처를 쓴 문장이다. 이 상처의 음악이 내게 묻는 것 같았다. 평화 속에 숭고가 가능한 일인가? 전쟁 없는 숭고는 없다? 전쟁으로 만든 것이기에, 우리 인간이 만든 숭고는 완전하지 않다. 더 나아가 완전하지 않은 게 숭고인지 모른다. 그래서인지 전쟁은 묘하게도 '죽음의 유머'를 남긴다. 죽음의 음악이 꼭 장엄할 필요는 없지만, "폐"에서 나는 음악은 더욱 숭고하다. 이 전쟁소설의 몇 구절이 내가 본 병원 수술실 풍경과 오버랩된다. 수술이 끝나면 상처를 실로 꿰매듯 나는 「그녀의 몸은 폭격을 맞은 듯 당당했다」라는 시를 썼다.

우리 삶에 가장 현실감 있는 경험은 사랑의 경험과 함께 죽음의 경험일 것이다. 그것은 따로따로 치르는 것 같지만 동시에 겪게 된다. 그 폐허에서 시가 나온다. 전쟁을 치르며 시가 나온다. 전쟁은 대지의 모습을 바꾸어 놓는다. 전쟁은 도시 하나를 파괴하지만, 새로운 도시 하나를 만들어 낸다. "**폐허보다 높은 건물은 없다**"라는 것을 알게 되기까지 그녀는 도시의, 시의 전쟁을 치러야 한다.

## 2.

최승자가 이천의 병원에서 잠시 나왔을 때, 나는 우연히 출판사 일로 만난 적이 있다. 그녀에게서 시와 전쟁을 치르는 게 느껴졌다. 시와 바꿔버린 인생, 시인들에게 존경과 연민을 받지만, 그녀는 고독해 보였다. 견딜 수 없는 정신의 무거움이 시인을 폐허로 만든다. 예술적 광기에 대해 다시 한번 생각하게 했다. 광기 없는 예술은 예술이 아닌가? 광기 없는 시는 시가 아닌가? 모든 좋은 시는 광기가 있다. 존 홀 휠록이 『시란 무엇인가』에서 「시의 네 번째 음성」을 언급할 때, 에둘러서 말하더라도 시의 광기에 관한 것이다. "이것은 모든 시인들이 기다리고 있는 음성이다. 그 길고 외로운 시인의 노력과 자기수련은, 이 음성이 찾아올 때, 시인 자신의 능력과 통찰력의 범위를 넘어서는 언어와 지혜를 표현하는 도구로 삼아달라는 기도에 다름 아니다."[1] 시인이 기도한다는 것은 시에 대한 기도다. "시를 알면 세상을 다 알 수 있다"라고 한 김수영의 말도 있지만, 시의 무의식 세계는 아직도 알 수 없다. 그 세계는 기도와 광기 없이는 갈 수 없는 나라이다. 누가 거기를 건넜는지는 알 수 없다. 건너가다 죽은 시인, 건너가서 돌아오지 않는 시인, 아직도

---

1) 존 홀 휠록, 박병희 옮김, 『시란 무엇인가』, UUP, 2000, 40쪽.

문 앞에서 서성거리는 시인, 시의 절정은 죽음의 절정이다. 최승자도 그중 하나이다. 어디까지 갔다 왔는지는 모른다. 그녀는 시를, 시대와 자신과 전쟁을 치르며 임신하였다. 하지만 출산은 번번이 실패했다. 뱃속에 든 아기를 지우는 일이 반복되는 것이다. 그녀의 시는 죽은 태아처럼, 태어난 적이 없는 아기, 사태(死胎)이다.

> 어머니 나는 어둠이에요.
> 그 옛날 아담과 이브가
> 풀섶에서 일어난 어느 아침부터
> 긴 몸뚱어리의 슬픔이예요.
> ……
> 뱃속의 아이가 어머니의 사랑을 구하듯
> 하늘 향해 몰래몰래 울면서
> 나는 태양에의 사악한 꿈을 꾸고 있다.
>
> ―「자화상」, 『이 時代의 사랑』 부분

「자화상」의 '나'는 "잡초나 늪 속에서 나쁜 꿈을 꾸는/ 어둠의 자손, 암시에 걸린 육신"이고 "어머니 나는 어둠이에요"의 '어둠'과의 동족이다. "긴 몸뚱어리의 슬픔" 즉 뱀이다. 자신이 아브젝트[2]와 다름없다는 것을 발견한다. 아브젝트로부터 스스로를 보호할 수도, 분리될 수도 없다. 상상적 이질성인 동시에 현실의 위협인 아브젝트가 자신의 존재이

---

2) 아브젝트가 되는 것은, 부적절하거나 건강하지 않은 것이라기보다 동일성이나 체계와 질서를 교란하는 것에 더 가깝다. 그것 자체가 지정된 한계나 장소나 규칙들을 인정하지 않는 데다가 어중간하고 모호한 혼합물인 까닭이다. 줄리아 크리스테바, 서민원 옮김, 『공포의 권력』, 동문선, 2001, 25쪽.

다. “뱃속의 아이가 어머니의 사랑을 구하는”데, 한 눈으로 울고 한 눈으로 웃는다. 이 표정은 놀라운 게 아니다. 요즘 남자에게도 보이고, 미친 여자에게서 보이는 게 아니라, 정상적인 여자에게서 자주 보이기 때문이다. 문제는 다른 데 있다. 몰래몰래 울면서” “태양에의 사악한 꿈을 꾸고 있”는 “나는” 누구인가, 하고 스스로에게 구토한다는 것이다. 그런 걸 볼 때, 아직 ‘나=최승자’는 도덕적이며 신앙적이다. 최승자의 구토는 시대의 구토이다. 시의 구토는 아니다. 아니다, 그녀는 정신병원에서 시의 구토를 한다. 최승자의 과거의 시가 죽지 않고 생환하는 곳은 병원이다.

> 어머니 어두운 뱃속에서 꿈꾸는
> 먼 나라의 햇빛 투명한 비명
> 그러나 짓밟기 잘 하는 아버지의 두 발이
> 들어와 내 몸에 말뚝 뿌리로 박히고
> 나는 감긴 철사줄 같은 잠에서 깨어나려 꿈틀거렸다
> 아버지의 두 발바닥은 운명처럼 견고했다
> 나는 내 피의 튀어오르는 용수철로 싸웠다
> 잠의 잠 속에서도 싸우고 꿈의 꿈 속에서도 싸웠다
> 손이 호미가 되고 팔뚝이 낫이 되었다

> 자신이왜사는지도모르면서 육체는아침마다배고픈시계얼굴을하고 꺼내줘어머니세상의어머니 안되면개복수술이라도해줘 말의창자속 같은미로를 나는걸어가고 너를부르면푸른이끼들이 고요히떨어져내리며 너는이미떠났다고대답했다 좁고캄캄한길을 나는 기차화통처럼달렸다 기차보다앞서가는 기적처럼달렸다. 어떻게하면 너를 만날 수있을까 어떻게달려야 항구가있는 바다가보일까 어디까지가야 푸

른하늘베고누운 바다가 있을까

—「다시 태어나기 위하여」, 『이 時代의 사랑』 부분

「다시 태어나기 위하여」의 구토는, '아기=딸=어머니'의 다중화자의 구토다. "너"라는 남자에 대한, 이 시대에 대한 구토다. 이 시에서 화자는 자궁 속에서 '개복수술'이라도 바란다. '아기 화자'는 어머니 뱃속에서 이미 더럽혀진 자궁임을 안다. 이 다중화자들은 두 개의 장소에서 구토를 한다. 제1의 장소는 뱃속이다. 어머니가 먼저 구토를 시작한다. 그와 동시에 미완성 태아의 구토로 이어진다. 제2의 장소는 배 밖인데 딸들의 구토로 이어진다. 모든 여성의 구토로 이어진다(젠더로 이어진다). 자궁 안팎 세상은 남성 중심적 폭력을 행사하는 "아버지"의 발에 짓밟힌 곳이며 그로 인하여 말뚝 박힌 곳이다. '어머니=아기' 화자는 이런 자궁을 찢고, 새로운 출산을 꿈꾼다. 주체는 유아기에 동일시했던 어머니와의 관계를 추방하려 하지만 그것은 모성에 대한 끊임없는 향수로 인해 방해된다.[3] 화자가 어머니를 향해 손을 내미는(모체와의 결합 충동) 동시에 "사악한 꿈을 꾸"는 행위로 볼 때, 주체는 어머니라는 아브젝트를 완전히 제거할 수 없다. 또한 4의 "꺼내줘어머니세상의어머니 안되면개복수술이라도해줘"에서 보이는 "모체와의 분리 충동"은 주체가 상징질서에 편입하기 위해서는 반드시 자기 어머니와의 동일시를 포기하고, 원초적인 어머니에의 분리가 주는 상실감의 극복이 필요한데, 어찌 보면 처음이자 마지막은 자기 자신에 대한 구토다.

---

3) 문제는 이 아브젝시옹이 충분히 강하지 않다는 점, 즉 주체가 모체를 완전히 추방할 수 없다는 사실에 놓여 있다. 아브젝시옹은 모체와의 분리 충동과 결합 충동이라는 이중적인 양상을 지닌다.

일찌기 절망의 골수분자였던
그녀의 뇌세포가 방바닥에
홍건하게 쏟아져 나와
구더기처럼 꿈틀거린다.

—「어느 여인의 종말」, 『이 時代의 사랑』 부분

최승자의 시는 상징질서 안에서 자신에게 부여된 위치에 대한 파괴적인 전복성을 계기로 출발한다. 이는 바로 크리스테바가 말하는 아브젝시옹으로 "어둡고 끔찍하고 더러우며 비천한 것들은 명증하고 초월적인 로고스 중심주의에서 추방된 것들로 인간이 자기 주체성을 세우기 위해 언어체계와 더불어 상징계로 진입할 때 반드시 추방해 버려야 하는 것들이다."[4] 「어느 여인의 종말」은 자살인지 타살인지 모르는 이야기이다. "독신자 아파트 방에" "여자의 시체가 누워 있다." 이 '시체'는 삶 속에서 내가 존재하기 위해 멀리해야 할 것 중 하나이며 죽음을 들끓게 하는 아브젝시옹의 절정이다. "식은 몸뚱어리", "희푸른 연기가 피어오르는 산발한 머리카락", "구더기처럼 꿈틀거리는 뇌 세포" 등의 그로테스크한 광경의 묘사는 시체의 구토다. 즉, 산 자에 대한 죽은 자의 구토다. 생사의 경계에서 전선이 형성되고, 전선이 엉키면 상징질서가 교란된다.

그러므로, 썩지 않으려면
다르게 기도하는 법을 배워야 했다.
다르게 사랑하는 법

4) 김승희, 「상징질서에 도전하는 여성시의 목소리, 그 전복의 전략들」, 『여성문학연구』 제2호, 한국여성문학학회, 1999, 151쪽.

감추는 법 건너뛰는 법 부정하는 법.
그러면서 모든 사물의 배후를
손가락으로 후벼 팔 것
절대로 달관하지 말 것
절대로 도통하지 말 것
언제나 아이처럼 울 것
아이처럼 배고파 울 것
그리고 가능한 한 아이처럼 웃을 것
한 아이와 재미있게 노는 다른 한 아이처럼 웃을 것.

—「올 여름의 인생 공부」, 『이 時代의 사랑』 부분

「올 여름의 인생 공부」에서는 자신의 결핍을 가장 심각하게 느낀 자아(혹은 타자)들이 보인다. 그것은 라캉이 말한 이상적 자아의 모습이다.[5] 전체를 인식하고 무의식적 욕구를 통제하는 시인 욕망이 한 단계 성숙하는 진입로임을 알 수 있다. 자아들은 타인의 시선을 의식하지 않는 어린아이처럼 되기를 소망한다. 어린아이는 자신만의 놀이를 만든다.[6] 하위징아는 놀이를 '인간의 문화적 현상'이라고 정의한 바 있으며,[7] 나흐마노비치도 위대한 예술적 창조는 잘 훈련 받은 성인 예술가

---

5) 라캉에 따르면 '거울의 단계'로 들어선 아이는 대상체(the Thing)의 부재 사실을 인정하고 '그것'에 닿을 수 없다는 사실도 인정한다. 하지만 그 사실은 오히려 욕망을 포기하지 못하고 '매혹'적으로 여겨진다. 영원히 차지할 수 없는 '환상'인 동시에 '베일에 가려진' 금기의 대상은 사라지지 않고 아이의 가슴 깊숙이 들어있는 것이다. 베르트랑 오질비, 김석 옮김, 『라캉, 주체 개념의 형성』, 동문선, 2002, 111~129쪽.

6) 니체는 인간은 어린아이의 단계에서 그동안 익숙했던 과거와 신의 그림자에서 벗어나 비로소 초인을 향해 나아간다고 말한다. 고병권, 『니체의 위험한 책, 차라투스트라는 이렇게 말했다』, 그린비, 2003, 285~293쪽.

7) 하위징아는 놀이의 특징으로는 놀이가 우리에게 '매혹의 그물'을 던짐으로써 황홀

가 어린아이의 순수한 놀이 의식으로 돌아갈 때 얻어진다고 말한다.[8] 우리 안의 아이 같은 모습이란 바로 '꾸미지 않고 단순하게 말하고 행동하는 것'을 뜻한다. 그러나 현대 사회에서 늘어나는 병원은 어른들 병원만이 아니다. 세상의 병원에서 '어린이 광기'를 배제할 위험이 있다. 태아의 구토가 어머니의 구토로 이어지듯, 어머니의 광기는 태아의 광기로 순환한다.

시의 물음이 어렵듯 시의 대답은 단순하지 않다. 최승자 뿐만 아니라 많은 시인들이 "인생 공부"를 해도 어렵다. 그러다 시의 병원에 가기도 한다. 예배당이나 절간에 가거나 건물의 바람벽 앞에 서 있기도 한다. 선악이 모호해진다. 분별할 수도 안 할 수도 없는 자기모순에 빠진다. 초월하거나 정신착란에 빠질 수밖에 없는 전혀 다른 길로 들어서게 된다. 그게 도시를 벗어난 높은 설산이거나, 정신병원이거나 시에 대한 아슬아슬한 대답이 될 수 없다. 시인은 저잣거리 현실에 존재하는 현실을 끌어안고 포복해 가면서도 시의 또 다른 영역이 있는지 물어야 하는가. 그게 진정한 시의 **포월**인가. 존 홀 휠록이 말한 "시의 네 번째 음성"은 아무 시인이나 들을 수 없을 것이다.[9] 시는 아픈데, 시의 병원에서

---

감과 함께 깊이 빠져들게 하는 마력을 지니고 있으며, 놀이에는 사물을 지각하는 가장 고상한 특질인 리듬과 하모니가 부여되어 있음을 들고 있다. 요한 하위징아, 이종인 옮김, 『호모 루덴스』, 연암서가, 2010, 46~47쪽.

8) 즉흥 작업은 우리 안에서 어린아이의 마음, 원시의 심성을 다시 회복하게 한다. 스티븐 나흐마노비치, 이상원 옮김, 『놀이, 마르지 않는 창조의 샘』, 에코의서재, 2008, 70~71쪽.

9) 존 홀 휠록은 시의 네 번째 음성을 인류의 음성과 동일시 한다. "우리가 제4의 음성이라 명명한 이 음성—시에서 나타나는 빈도가 가장 적고 가장 멀리까지 울려 퍼지며, 많은 사람들이 가장 잘 들을 수 있고 가장 오래 기억에 남는 이 음성—은 누구의 음성일까? 그것이 우리들 각자의 내면에 존재하는 무의식의 목소리라 한다면, 혹은

멀어질수록 그 음성은 멀어질 것이다. 지금껏 인류가 정신적 포복을 해왔더라도 아직, 그 무의식의 영역의 문 앞에나 있는지도 모른다. 보들레르와 랭보와 이상과 최승자가 어디까지 문을 열고 들어갔는지 모른다. 환희에 차거나 착란을 일으키거나 죽기도 한다. 그래서 인류의 이성과 광기의 싸움은 계속되는지 모른다.

## 3.

여성에게 있어 잉태와 해산은 가장 근원적인 욕망이며, 생태이다. 따라서 바다를 인류적 모성에서 발원한 것으로 보는 것도 무리가 아니다. J. 크리스테바의 정신분석이론은 침묵하는 어머니를 복원하여 모성애에 대한 새로운 해석을 시도하고 있다. 크리스테바의 주된 관심은 프로이드와 라캉이 간과한 어머니의 위상과 의미, 주체가 상징질서에 진입하기 이전 어머니의 몸과 이후 어머니의 몸에 관한 논의에 놓여 있다.

최승자는 모성성의 고향이자 대표적인 상징물로서 물의 심상, 특히 '바다'를 상정하고 있다. 물—죽음과 탄생의 순환구조로서의 '바다'는 모성원리를 지닌 원형 심상에 접근하는 것이 타당하다. 그런데 최승자의 '바다'는 생명을 잉태하고 키우는 곳이 아니라 죽음이 만연된 장소

---

그것이 인류의 목소리라 한다면, 우리는 거의 정확한 해답을 한 셈이다. 융(Jung)이 말한 바와 같이 무의식은 대양(大洋)에 비유될 수 있고, 모든 개인의 의식은 강어귀에 비유될 수 있다. 바다처럼 무의식은 그 자체의 비밀을 드러내는 것을 경계한다. 무의식은 대부분의 시간 동안 침묵한다. 무의식이 말을 할 때는 우리 모두가 우리 모두에게 말하는 것과 같다. 포우가 말한 바와 같이, 장시이건 단시이건 작품 내에서 시의 본질은 이러한 무의식의 힘이 작용하고 있는 구절, 시인이 보기에 거의 저절로 씌어 지는 것 같은 구절에 있다." 존 홀 휠록, 앞의 책, 39쪽.

이다. 그녀의 시에는 근원에 대한 상실감을 여성의 신체, 낙태와 사산의 자궁을 통해 드러내 보이는데, 그녀 자신의 몸이 "한 여자의 시체가" 되어 둥둥 떠도는 것처럼 느껴진다.

> 겨울에 바다에 갔었다.
> 갈매기들이 끼룩거리며 흰 똥을 갈기고
> 죽어 삼일간을 떠돌던 한 여자의 시체가
> 해양 경비대 경비정에 걸렸다.
> 여자의 자궁은 바다를 향해 열려 있었다.
> (오염된 바다)
> 열려진 자궁으로부터 병약하고 창백한 아이들이
> 바다의 햇빛이 눈이 부셔 비틀거리며 쏟아져 나왔다.
>
> —「겨울에 바다에 갔었다」, 『즐거운 日記』 부분

죽은 여인의 자궁을 "오염된 바다"에 비유하고 있는 「겨울에 바다에 갔었다」라는 '지상'의 혐오 시와는 다르다. "겨울 바다"와 죽은 여자의 "자궁" 모두를 포괄함으로써, 생명 모태로서 우주 자연과 바다, 여성이 황폐해졌음을 세 겹으로 보여준다. 오염된 시의 자궁은 "병약하고 창백한 아이들"보다 무서운 거대한 암흑 덩어리 세계를 낳는다. 이것은 부조리가 부조리를 부르는 **지구 바다**에서의 악순환의 세계이다. 최승자의 바다는, 남성 바다 여성 바다 중성 바다 중에서 여성 바다이다. **남성우주 여성우주 중성우주** 중에서 여성우주를 그리고 있다. 그녀는 라캉의 말처럼, 이미 태생적으로 이 세계가 병든 바다임을 알아버린 것이다. 아니 시를 쓰며 경험한 것이다. 자기가 쓴 시가 자기 삶을 쓴 것만이 아니라, 시가 자신을 쓰고 있다는 것을 안 것이다. 병든 여성 우주는 다름 아닌, 시의 우주, 시의 자궁인 것이다. 그러면 그녀에게 건강한 시의 자궁은 없는가, **우주바다**는 그녀에게 없는가. 그녀는 너무 오래 병원에서 우주바다를 그린다. 그녀는 오래, 아픈 후에야 우주바다를 본다.

먼 세계 이 세계
삼천갑자동방삭이 살던 세계
먼 데 갔다 이리 오는 세계
짬이 나면 다시 가보는 세계
삼천갑자동방삭이 살던 세계
그 세계 속에서 노자가 살았고
장자가 살았고 예수가 살았고
오늘도 비 내리고 눈 내리고
먼 세계

(저기 기독교가 지나가고
불교가 지나가고
道家가 지나간다)

쓸쓸해서 머나먼 이야기올시다

—「쓸쓸해서 머나먼」, 『쓸쓸해서 머나먼』 전문

존 홀릭의 글을 먼저 언급해 보자. 최승자의 비밀 하나를 알 수 있을지 모를 테니까. 하지만 그의 글을 모두 옳다고 볼 필요는 없다. 과학에 대한 시인들의 편견은 어쩔 수 없지만, 과학도 시가 될 수 있다는 것을 훨씬 벗어나 영적인 도움을 줄 수도 있는, 천체우주론의 중력문명 시대를 살고 있는지도 우리는 모르니까.

오늘날 많은 경우에 있어서 단어 자체에 함축된 연상적(聯想的) 의미—즉 단어 주위에 어리는 영기(靈氣)—가 상실되어 버렸다. 시에서 연상적 의미는 너무나 중요하다. 연상에 의한 부가적 의미 또는 영기로 성화되지 않은 언어인 자연과학 용어로 시를 쓰기는 참으로 어려울 것이다. 이를테면 어떤 시인이 "물질 구성의 관점에서 본 우주의 역사"라는 제목으로 시를 지으려 한다면 그는 불필요할 정도로 어렵고도 보람없는 일을 스스로 떠맡으려 하고 있는 것이다. "나는 당신과 이야기 할 때 언어를 사용해야 한다"라는 엘리엇의 시행이 시인의 표현 수단에 관하여 언급한 말이라 할 때, 시인에게는 단지 과학의 언어같은 정밀 도구만 있으면 족하다는 어리석은 생각을 해서는 안 된다.[10]

존 홀릭의 지나친 영매주의(靈媒主義)와 과거 시로의 회귀에 빠지는 걸 경계하면서 이 글을 본다면—많은 언어가 시의 영기를 되살리는 촉매제가 될 수 있다는 사실을 안다면—엄숙하게 받아들여야 할 점이 있다. 시인에게 세상에 버릴 언어는 없다. 그게 과학 언어든 시적 언어든 지나치게 경도될 때 문제다. 시인에게 시적 언어가 독이 될지 과학 언어가 독이 될지 알 수 없다. 독이 약이 될 수도 있다. 시인에게 언어가 철학이고 숭고라면, 누구를 솎아내고 버릴지는 배추를 심은, 농부의 마음이다. 무엇이 병균인지 해충인지 모른다. 푸른 배추밭을 보여주라, 하지만 값을 생각하지 않은 농부는 없을 것이다. 텃밭에 제가 먹을 배추가 아닌 이상, 배춧잎 무름병을 보고만 있을 수 없다. 누가 배춧잎을 정성스레 묶어 멋진 배추폭을 만들지 모른다. 그 배추머리 모양은 상복(喪服) 입은 모양이다.

---

10) 위의 책, 44쪽.

최승자는 상복 입은 여자이다. 그녀는 평상복을 상복으로 삼는다. 그녀는 죽음 없이는 "쓸쓸해서 머나먼" 곳에 갈 수 없음을 안다. "삼천갑자동방삭이 살던 세계"는 남성 우주 여성 우주 중성 우주가 하나인 우주바다이다. 그러면서도, 배추 텃밭처럼 자그마한 우주이다. "짬이 나면 다시 가보는 세계"이다. "노자가 살았고 장자가 살았고 예수가 살았"던 세계이다. 그녀가 있는 세상의 병원 정원에는 텃밭이 있고, 바로 곁에 장례식장도 있다. 그녀는 텃밭을 가꾸며, 상복을 입은 채 장례식장을 오간다. 그녀는 시인 영매이다. 존 홀 휠록이 말한 영매를 받아들인 시인이다. 죽은 동자들을 영매로 받아들인 시인이다. 그녀는 지금의 병원에 입원하기 오래전부터, 시의 환자였고, 시의 영매였다.

> 지금이라도 들어오고 싶다면 들어오렴.
> 그러면 나 죽는 날 함께 흙으로 돌아갈 수 있을 테니.
> 하지만 내 몸은 늙어 젖도 안 나올 텐데
> 그때까지 어떻게 널 먹여 키워야 할까?
> 동자 보살, 동자 보살,
> 네 엄마가 누구니?
>
> 혹시 내가 네 엄마였었니?
>
> —「애기 童子를 위하여」,『내 무덤 푸르고』 부분

『쓸쓸해서 머나먼』보다 17년 전에 나온『내 무덤, 푸르고』가 오히려 영매적이다. 그 정신병원 긴 간극은 시의 굿을 할 힘마저 빼어갔겠지? 애기 동자는 누구인가? 그녀에게 가해자였던 남성, 시의 아버지는 힘없이 늙은 아버지, 아장거리는 아기, 애기 동자 등으로 변주된다. 가부

장적 권력을 상실한 아버지인 '애기 동자'는 몸 없이 공중을 떠도는 넋이며, 여자의 자궁으로 돌아가 다시 몸을 받아 신생의 삶을 얻어야 할 죽은 아버지다. "나"는 안식을 얻지 못하고 떠도는 아버지에 대한 연민 때문에 그 아버지의 엄마 노릇을 하려고 한다.(『즐거운 日記』는 '머나먼'보다 26년 전에 나왔다). 최승자가 우주적일 수밖에 없는 이유를 알겠다. 아니 모르겠다, 추측건대 인간의 무의식과 대우주는 맞닿아 있을 것이다. 그렇지 않고는, 이 우주시를 쓴 여자는, 오늘날 시의 '주체' 논쟁에서 자유로울 수도 없다. 대우주=대무의식에서는 시적 '자아'도 '주체'도 무색해지고, 기표 기의도 무색해지고, 은유 환유도 축이 붕괴되고, 설명도 묘사도 상징도 다리가 끊기고, 고전도 현대도 건축이 대붕괴되고, 대폭발 되고 다만 암흑물질만이 돌아온다. 그분들을 그냥 모시고 오는 이는 어머니 중력, 아버지 척력이다.

> 어머니는 걸어가신다, 내 머릿속에서.
> 세상 한 켠을 고즈너기 울리며
> 어머니는 걸어가신다, 자꾸만 지구 반대편으로.
> 오래 걷고 오래 수고하며
> 해왕성을 지나 명왕성을 지나
> 쉬임 없이 내 꿈속을 걸어
> 마침내 어느 아침, 어머니는
> 내 문간에 당도하시리라.
>
> —「無題2」, 『즐거운 日記』 부분

> 이제 곧 그가 다리를 절룩이며
> 예언 속의 길을 찾아오고

붉은 달 아래 소리 없이 땀 흘리며
나는 거듭 낳을 것이다,
이 세계를
거대한 암흑덩어리를.

그리하여 내 태초의 남편아 받아라,
이 세계
이 거대한 핏덩어리를.

이것은 시초에 네가 꾸었던 꿈,
그러나 내가 완성한 꿈이다.

—「昏睡」,『즐거운 日記』 부분

「무제」에서 어머니는 시인의 생각 속에서 "자꾸만 지구 반대편으로./ 오래 걷고 오래 수고하며" 걸어간다. 어머니는 '나'를 향해 곧장 오지 아니하고 무슨 영문인지 모르게 "지구 반대편으로 에돌아 가장 먼 걸음으로 오신다. "해왕성을 지나 명왕성을 지나/ 쉬임 없이 내 꿈속을 걸어" 아침이 되어 당도하신 곳은 결국 "내 문간"이다. 우주 여정 속 부단한 수고로움으로 "세상 한 켠을 고즈너기 울리"는 존재가 바로 어머니이다. 어머니는 떠들썩하지 않으면서도 묵직한 힘을 지닌 모성성, 바로 그 자체임을 말해주고 있다. 달인가? 달도 아닌 것 같다. 그럼 무엇인가? **우주 여자**인가? 무엇을 임신한 여자인가?

「昏睡」의 경우, 최승자는 다른 분위기를 낳는다. 이 시는 우주에 장소성을 부여할 뿐만 아니라 시인 자신이 **우주탄생**의 주역이 된다. "나는 거듭 낳을 것이다,/ 이 세계를/ 거대한 암흑덩어리를." 우주의 탄생처럼 해산이 일회성에 그치지 않고 거듭될 것임을 명시한다. 혼수상태

(Coma)에서 꾸는 꿈은 우주적 모성에서 비롯된 것으로 "이것은 시초에 네가 꾸었던 꿈" 즉, "내 태초의 남편"의 꿈이자, "내가 완성한 꿈"이다. 여기서 "받아라"는 혼수에서 혼수품(婚需品)으로 변하는 극적인 변주이다. 최승자 시인은 시의 영매가 되길 바랐고, **우주영매**가 된다. 그래서 "쓸쓸해서 머나먼" 삶을 산다. 우주는 고독하다, 침묵이 말씀을 낳고 말씀이 침묵을 낳는다. 우리는 그 밑바닥을 본 적이 없다. 언어의 밑바닥은 하얀지 까만지 모른다. 우리는 언어의 암흑물질을 모른다. 시의 암흑에너지를 모른다. 모든 암흑이 별인지 모른다. 시의 별은 암흑을 밝히기 위해 사투하고, 사산한다. 시 뇌수의 피가 흥건하다. 어쩌자고 우주는 이 시인에게 시의 우주를 완성하라고 허락했는가? 시의 우주를 잉태한 이상 출산의 밑바닥을 보아야 한다. "붉은 달 아래" 시의 출산은 계속된다. 최승자는 그래서 아직 아프다. 존 홀 휠록의 말을 다시 빌리면, "시의 네 번째 음성은 때로는 감정의 뿌리까지 드러내 놓는 것처럼, 인간 정서가 살고 있는 지각(知覺)의 밑바닥에서 울려 나오기도 한다."[11] 그녀는 우주의 밑바닥에서 아기를 낳듯 시를 낳고 있다. "이 거대한 핏덩어리를" 누가 받을 것인가. 이 우주시는 누구의 자식인가. 우주탄생의 역할자인 그녀는 우리에게, 묻는다, **우주문학은 가능한가.**

개인이든 국가든, 전쟁을 우리가 피하고 싶다고 해서 피할 수 있는 게 아니다. 이제 인간의 무의식도 소우주보다는 대우주로 봐야 옳다. 평화세력과 전쟁세력이 존재하는 대우주는 전쟁을 치르며 급속히 팽창하고 있고, 우리가 우주 중력과 우주 척력 암흑물질을 다 알 수는 없지만, 인간의 마음보다 더 알 수 없는 것은 없기 때문이다. 언제든 적이

11) 위의 책, 37쪽.

동지가 되고 동지가 적이 될 수 있는 건 국가든 개인이든 마찬가지다. 인간의 욕망이 곧 대우주이다. 자신의 이익보다 남을 생각하더라도 '선의 욕망'과 '선의 폭력'을 동반하는 경우가 많다. 천체망원경이 대우주를 내시경처럼 훑고 지나갈 때, 욕망의 심리학자들은 인간 무의식의 영역을 내시경처럼 훑고 지나간다.

우리는 무의식의 병동에서 살고 있다. 의사가 누구인지도 모른다. 신인지 자기 자신인지 모른다. 인간신 우주신을 만들기도 하고, 공포의 필요에 따라 신을 처형하거나 폐기한다. 과거 우주론이 판타지였다면, 현대 우주론은 우리가 믿었던 현실보다 더 현실적이다. 우리가 믿었던 현실이 지구의 대지였다면 실재하는 **우주대지**가 생겨났다. 하늘이라고만 믿었던 게 땅이었다니, 부동산이 생겨났다. 우리 예감은 슬프다. 우리 질문은 답을 알고 있다. 우리 숙제는 다시 계속된다. ―**우주제국주의는 가능한가.** 미국 대통령 트럼프는 자신의 SNS에 2020년까지 미국이 **우주군**을 창설한다고 한다. ―2018년 8월 10일 오늘 최승자를 다시 읽으며 우주 빅뱅 138억 년 전쟁이 끝나지 않을 것을 예감한다.

―『우주문학의 카오스모스』, 국학자료원, 2018.11.25.

# 3부

# 시설론(詩說論)

# 시설론(詩說論)

나는 며칠 전 인사동에서 귀가 길에 횡단보도에서 택시에 칠 뻔한 적이 있다. 그녀와 전화 통화를 하며—그녀는 벌레 먹은 사과 얘기를 하고 있었다 — 화요일에만 있는 강의 준비에 골몰하다 그만, 빨간 신호등을 푸른 신호등으로 오인하고 걸어들어 갔다. 보이지 않는, 무선 이어폰을 귀에 끼고 중얼거리며 횡단보도로 걸어 들어갔기에, 그때 행인들은 자살하려 일부러 뛰어드는 사내로 보았을지 모른다. 차 한 대가 쌩하고 지나가고, 어두운 횡단보도의 폭은 너무 넓었고, 나는 겁도 없이 천천히 중앙에 섰다. 내가 오히려 급히 피했다면 죽었을지도 모를, 반쯤 넋이 나가 걸었던 길, 죽음의 길, 순간 신호가 바뀌고, 차들이 급정거 했다. 나는 그때 시설론(詩說論) 강의를 생각 중이었고, 혼돈의 길을 헤매고 있었고, 그러다 퍼뜩, 정신이 들었다.

나는 집에 돌아와서야 몸을 떨었다. 지난 10년간 혼신의 힘으로 썼던, 아직 시집으로 묶이지 못한 시들을 보았다. 아직은 때가 아니다, 때가 아니라고 여긴 시들이 아우성 치고 있었다. 『시마(詩魔)』 1권을 썼고, 2권을 썼고, 3권을 썼지만 나는 모른다. 아무도 모르기에 편안하다. 아무것도 모르는 나는 천치 같은 시를 썼고, 백치같이 아무도 모르는 백지의 고백을 하기에 흰 종이만 남을지도 모른다. 흰 종이의 고백만 되어도 좋은데, 시인은 검은 고백을 하려 한다. 한국시의 바윗돌을, 자갈을 치워야만 압사당하지 않고 푸른 싹들이 올라온다. 바야흐로 지금은 시의 봄이고, 곪아터진 시와 더불어, 그러기에 시의 창자가 썩는 냄새를 맡아야 한다. 나는 시의 배를 가르고 상처 난 창자를 자르고, 잇고 하는 외과수술을 할 의사가 아니다. 다만 시의 마취제가 되거나 시를 깁는 바늘이 되거나 실이 되거나 수술도구가 되거나 시의 아픈 배를 친친 감는 붕대라면 좋겠다. 하지만 한국시의 돌파구는 다른 데 있는지 모른다. 나는 진정한 민족문학을 바란다. 오히려 민족문학에 갇히면 민족문학이 되지 못한다. 세계문학을 넘어 우주문학까지 나가야한다. 보르헤스는 『알렙』에서 무슨 우주를 보았는가.—보르헤스는 치밀하다, 알렙의 부정과 긍정으로 그것을 <사이>에 동시에 두고 있다—인류는 아직 우주의 발꿈치 정도밖에 못 만졌는지 모른다. 암흑물질 · 암흑에너지를 들여다봐도 다중우주론을 들여다봐도 우주 도서관은 없다. 거시세계만이 아니라 미시세계도 마찬가지다. 미시세계의 양자역학과 거시세계의 일반 상대성이론이 하나의 접점에서 끈이론 초끈이론을 낳고, 그 수많은 우주까지도 모형에 불과하다는 모형우주론까지 나왔지만 우주는 영원히 미답이고, 그래서 김수영도 시는 영원히 미답이라 하지 않았는가. 이제 시의 장편소설 시의 대하소설이 필요한지도 모른다. 시에도 소설이나 희곡처럼 주인공과 여러 인물들과 사건이 있어야 한다. 모든 것이 있어야 하고 없어야 한다. 시로도 암송되고, 『햄릿』『토지』『오페라의 유령』처럼 영화 드라마 뮤지컬로도 만들어져야 한다.

시이면서 시 아닌 시, 시 아니면서 시인 시! 시, 연작 장시, 산문시, 장시만이 아니라, 신화나 역사 영웅을 다룬 서사시만이 아니라 현대 시의 가락과 현대 소설을 하나로 통합하는 시가 필요한지도 모른다. 은하가 은하를 집어삼키듯 무슨 장르나 삼키고, 뱉어내는 시가 필요한지도 모른다.

내가 쓴 시이지만 내 것이 아닌 시, 내가 한 말이지만 내 것이 아닌 말, 내가 들었지만 내가 듣지 못한 말, 모두가 말했지만 모두가 모르는 말, 인류가 수도 없이 중얼거렸으나 여전히 침묵인 말, 죽음의 말, 삶의 말, 시도 아니고 소설도 아닌 말, 음악도 아니고 미술도 아니고 오페라도 아니고 희곡도 아니고 영화도 아닌 말, 그러나 모든 장르의 말, 우주 탄생의 말이고 우주 종말의 말이고 우주가 없는 말, 내가 죽으면 아무것도 아닌 말, 시인도 평론가도 모르는 말, 철학자도 과학자도 모르는 말, 겁 없이 꿈꾸었던, 시의 미궁을 순산은커녕 제왕절개라도 해보려 했던 어리석은 말, 시가 우주가 돼버린 광기의 시인의 말, 시마(詩魔)에 걸린 시인의 말, 내 죽음 앞에서 쓰는 말, 내 죽음을 쓰는 말, 언제나 미루고 미루던 말 시설(詩說)이라는 말, 말, 말, 말.

시설(詩說)이란 무엇인가? 시소설인가. 시와 소설이 아닌 **시소설**인가. '와'라는 조사가 없는 시소설인가.—시에는 **우주적 서정**이 있고, 소설에는 **우주적 서사**가 있다—시 가락과 소설 서사가 한 몸인 시소설인가. 나는 죽기 살기로 여기에 골몰해 있었다고 해도 틀리지 않다. 나는 솔직히 그녀의 벌레 먹은 사과보다도, 달콤한 사과보다도 '와'라는 과일하나를 삼키는 죽음의 구멍, 혹은 입을 보고 싶었는지 모른다. '와'에 나는 미쳐가고 있었는지 모른다. 사과에서 과일 꼭지까지 집어삼키듯 나는 우적우적 씹어 먹고 싶었는지 모른다. 그것이 벌레 먹은 사과여서, 누군가 이미 먹었는지 모르지만, 아니 분명, 그녀는 세 개에 오천 원 하는 커다란 사과를, 벌레 먹었기에 더 맛있는 사과를 이만 원 어치 사 놓았다고 했다. 인류는 어디까지 시를 썼는가, 호메로스의 서사시보다 훨씬 앞선 오천 년 전의 『길가메시 서사시』부터 단테 『신곡』, 괴테 『파우스트』, 보들레르 『파리의 우울』에 이르기까지, 그리고 우리 민족의 이천 년 시사의 꽃인 고려가요에 이르기까지,—고려가요의 후렴구는 아주 중요하다, 시설의 후렴구도 중요하다!—잃어버린 왕국, 가사에 이어 현대시에 이르기까지, 지구상에 시의 꽃이 시들었는데 유독 한국에만 망국을 면하고 있으니 무슨 시의 과업이 주어졌는가. 이 끝나지 않는 노래는 시설의 후렴구로 이어진다.

> 광녀여 우주의 광녀여 별이여 하얀 별이여
> 내 시설(詩說)을 들어라

그녀가 내게 사과를 주었고, 그녀는 시이고, 하얀 별이고, 사람 여자이고, 우주 여자이다. 우주 여자는 아기를 배고 38만 년을 견디었다. 암흑에서 빛이 독립하기 전, 암흑과 빛이 하나인 시간, 우주 임신기간, 우주 여자가 아기를 낳으며 겪은 산고의 고통, 사람 여자 뱃살이 트듯 '우주 주름'이란 이름으로 남았다. 우주 과학자들의 천체망원경에 잡힌 지도 이미 오래 되었건만, 아이러니하게도 우주 사업에서 시인은 스스로 추방된 자이다. 우주 장례는 시의 장례 우주 혼례는 시의 혼례, 혼례, 혼례, 혼례, 모든 혼례는 시의 혼례이다, 봄 혼례, 가을 혼례! 모든 장례는 시의 장례이다, 고향의 장례, 지구 장례, 우주 장례! 이 우주의 가을에, 이 지구의 봄에 나는 그녀에게서 사과를 받았다. 벌레 먹은 지구, 노을

빛이 물든 사과, 내가 죽음의 통화를 하며 아슬아슬하게 본 사과, 주름 잡힌 사과, 썩은 사과, 탱탱한 싱싱한 사과, 나는 그것을 지구 사과, 우주 사과라 부른다! 우주 사랑이라 부른다!

> 별이여 하얀 별이여! 그녀는 하얀 별인 것이다,
> 죽지도 못하고 우주에 떠 있는 미이라 같은 별.
> 그녀는 우주에서 **자신을 다 태우고 떠 있는 하얀 별**
> 그녀의 사랑은 하얀 별.

하지만 나는 시설의 정의조차 내리지 못했다. 나는 과연 소월처럼 시혼을 태워 보았느냐. 나는 과연 백석처럼 애인을 위해 시의 순결한 눈밭을 걸어보았느냐. 나는 과연 김수영처럼 자유를 위해 목을 빼어 보았느냐. 나는 과연 미당처럼 시의 요술을 부려 보았느냐.—보들레르의 마법과 비슷하지만 다르다—그는 생전에 법화경을 보고 하늘에서 꽃이 떨어진다고 했다—그러나, 시도 알고 보면 시의 구더기까지 보이는데, 시의 구더기까지 사랑할 수 있는가? 시설은 시의 구더기까지 사랑해야 하는지 모른다, 소설의 구더기까지 사랑해야 하는지 모른다. 모든 시는 방법을 모른다, 모든 시설은 방법을 모른다. 대가리보다 꼬리가 필요하다, 시설은 대가리보다 꼬리가 필요하다, 고려가요의 후렴구처럼, 산문이면서 운문인 가사처럼, 아니 현대판 가사는 불가능하기에 '대하시'가 아니면 불가능하다. 시는 불가능이다, 이미 망국이기에 식민지이기에 아직 분단이기에 꼬리도 필요 없다, 아아 꼬리가 꼬리가 필요 없다, 현대시는 여전히 불모지다! 시인이여, 젊은 시인이여, 늙는 시인이여. 내 안에 시추 봉을 꽂아라, 콸콸 시가 쏟아진다! 헤르만 헷세가 『싯타르타』

의 입을 빌려 시간이 없다고 한 것도 이와 같은 이치, 나는 존재하지도 않는 시간을 붙들고 세월을 거스르며, 시의 구도를 게을리하고 있지 않은가. 내 안의 대우주는 예술이요, 시다!

시설의 꼬리가 먼저냐 머리가 문제냐는 형식의 문제가 아니라 내용의 문제일 수 있다. 어디에서 시설의 머리가 튀어나왔냐는 대단히 중요하다, 왜냐하면 막연히 산문시인 줄 알았던 독자들이—나도 그랬으니까!—그 지점에서 시설인 줄 짐작하기 때문이다. 시설이란 이름을 보고 낯설 것이 뻔하기 때문에 더 많은 시설 가락이 필요했는지 모른다. 반복에서 반복 우주는 반복인지 모른다. 아니다, 더 자세히 보면 반복이 아니라 반전이다. 반전에서 반전이다. 우주는 반전이다! 반전에 반전에 반전이 우주이니까, 반전에 반전은 끝이 없다. 시는 반전을 가져온다, 시설은 반전을 가져온다. 반전이 내용이고, 형식이고 가락이다. 모두 한 정신이요, 한 몸뚱이다. 처음부터 시설의 구성을 짜지 않았기에 우주의 생로병사를 그리려던 게 아니다. 시의 생로병사를 그리려는 게 아니다. 이미 우주 음악은 우리 몸속에 흐르는지 모르기에 5시간이 5분 같은 몰입만이 울고 웃는 광기의 가락인지 모른다. 그게 읽히는 운율 고전 소설인지 판소리의 밀고 당기는 가락이 주는 장단인지 제가 제 진혼곡을 쓰며 죽은 어느 작곡가의 **음악유서**인지 모른다. 『시마(詩魔)』 1권(詩魔) 부분은 원래 우주 탄생의 과정을 그리려 했는데 과욕이었는지 모른다. 아아 우주의 율격은 하나가 아닌지 모른다! 2권(하얀 별)에서야 간신히 시설의 후렴구가 나왔지만 3권(검은 별)의 바탕이 필요했는지도 모른다. 모른다, 모른다, 나는 아무것도 모르고, 낱낱이 한 편이며 동시에 하나로 이어지는 시설을 쓴 것인가, 아무것도 아닌 시를 쓴 것인가. 모르는, 나는, 당신은, 우리는 우주의 장례식의 상주, 우주의 혼례식의 혼주, 별처럼 빛나게 문상 왔거나 별처럼 하얗게 사라질 하객인가.

**그녀는 그녀 별에게 문상 간다**
**그녀는 제가 제게 문상가고**

나는 너무 큰 시만을 질투하는지 모른다. 나는 여전히 시에 인색하고, 급기야 시가 어려워 시에 갇히고 만다. 시의 감옥에서 들린다. 삶을 두려워 마라, 죽음을 두려워 마라, 시를 두려워 마라! 시가 너의 손을 잡아줄 것이다, 더 큰 시로, 더 큰 시로, 시의 감옥을 넓히는 일이라면 더 큰 시로! 시의 영토는 무한히 확장된다! 그러니 시의 매장량은 무한하다, 시설의 매장량은 무한하다. 우주의 가락이 시설이다. 아직 시가 미답이듯 시설도 미답이다. 별 하나가 생기려면 엄청난 양의 수소가 필요하듯—우주는 공간에 비해 수소가 희박하다—그녀를 끌어당기는 우주 공간의 시련, 아름다운 집착이 성운(星雲)을 만든다. 시는 모든 장르를 끌어다 쓴다! 몇조 도의 온도에서 우주가 생기고, 몇백만 도에서 별이 생기고, 그것이 시설이다.

그러나 다시 묻는다, 시설이란 무엇인가? 어쩌면 아무 분별이 없던 말의 고향으로 돌아가는 게 시설 아닌가. 원래 문학은 분별이 없고, 산문과 운문의 분별이 없고, 소설적 서사와 시적 서사가 하나 됨을 꿈꾼다. 모든 이야기는 시를 꿈꾼다. 거대한 하나의 문학나무에서 여러 줄기에서 실핏줄처럼 뻗어가는 게 있다. 놀랍게도, 잎을 피우는 건 수많은 여린 잔가지들이다. 문학나무 뿌리는 여린 잎을 통해 무수한 말을 한다. 여러 가지들은 여러 장르이지만 하나의 장르이다. 우듬지부터 뿌리까지, 뿌리에서 우듬지까지 문학나무는, 오천 년 수령의 문학나무는 잎만이 아니라 이제 온몸으로 말을 한다. 그러나 알아들을 수 없다, 문학나무는 침묵이다. 아무리 물어도 대답 없는 말이 시설이다. 말을 많이 한 것 같으나 하나도 말하지 않고, 대답한 것 같으나 대답이 없고, 제가 제게 묻고 제가 제게 대답, 우리는 우리에게 끝없이 이야기하였지만 결국 제가 제 자신에게 이야기 한 것이다.

—『시의 장례가 치러지고 있다』, 도서출판 b, 2015.2.25.

# 시설의 탄생

시설이 태어났다 하면 어떨까. 장시가 아니라 산문시가 아니라 시설이 태어났다 하면 어떨까. 시설문학이 생겼다 하면 어떨까! 새로운 장르는 비단 형식의 문제가 아니기에—그게 오랜 강박관념이 아니라면—절실한 내용의 문제로써 형식이기에 감히 묻고자 한다. 한국시가, 한국문학이 한번이라도 세계문학에 시조(始祖)가 된 적이 있는가? 먼 훗날 **내일의 시조**라도 될 수 있는가! 나는 등단 무렵 기형도의 "입 속의 검은 잎"의 구절에서 '나'와 '세계'의 죽음 사이가 너무 멀고도 가까워 언어(혀)로밖에 죽을 수 없는—그는 썩지 않는 영원히 방부제의 죽음이기에—시에 전율 했고, 요즘 황병승의 『육체쇼 전집』의 「내일은 프로」라는 시에서 "실패할 수밖에 없는 육체"로써 시의 육체를 본다. 미래파의 '실패의 승리'를 보지만 여전히 시의 당뇨병처럼, 소갈증처럼 물을 찾고 당분을 찾는 것은 내 시의 육체가—시의 토막 난 시체는 되지 않고!—아직 젊은 혈기로 '형식의 문제'를 찾는 육체파인 까닭이다. 문태준이나 장석남 위에 미당이 있고 미당 위에 향가가 있고, 황병승 위에 이상이 있고 이상 위에 또 무엇이 있는가. 기형도의 '검은 잎'은 어디 있는가. 전통과 서구라는 오랜 도식은 보들레르와 랭보, 향가 이전 한자문화권에서 숨이 막힌다. 호메로스의 서사시보다 1천 5백년 앞섰다는『길가메시 서사시』에는 이르지 못하고, 단테의『신곡』이나 괴테의『파우스트』로 내려와서도 세계문학의 문턱에 걸린다. 조선시대 한글은 인류 언어와 살을 섞은 이래 제 자식다운 자식을 낳았는가. 고은의『만인보』는 과연 서구와 동방(중국 · 일본)을 극복하고 유럽 독일 릴케의『두이노의 비가』를 넘어 미당의「상가수의 소리」처럼 "이승과 저승에 두루 뻗쳤"는가.

이제 지구문학을 넘어 우주문학이라 하면 어떨까, 인생 백 년으로 우리 상처는 치유되지 않기에! 인류 일만 년의 문명을 이야기하며 인간이 치유될 것 같지 않다는 어느 천문학자의 말마따나 우리 나이 138억 살이라면 어떨까. 우리는 137억, 138억 살 우주적 나이, 이제 **우주적 자부심**이 필요할 때, 우주적 치유가 필요할 때이다.

우리 사랑에도 보가 있나, 보를 터트려야 물이 흐르지—우주 여자에게 별의 씨가 뿌려지고 오랜 임신기간, 그 고통 우주 얼룩으로 남았다. 우주 태아 빛이 되기 전 어머니 중력과 하나였다, 중력에서 빛이 달아나느라 각축전 벌였다. 오 환한 빛보 터트려 우주가 생겼다, 오오 그 환한 기록이 우주의 비석이다!

이미 나는 죽은 자인 것이다, 상복 입은 여자는 내 여자인 것이다. 광녀여, 우주의 광녀여! 별이여 하얀 별이여 내 시즙(詩汁)을 받아 마셔라! 오 사람 여자 38주 임신기간—우주 여자 **38만 년 임신기간** 오오 사태(死胎)도 있다지—다행히 낙태(落胎)하지 않고 어머니가 되었군.

모든 고백은 제 자신에게 하는 것이기에—제 앞에 죽은 그를 앉혀 놓고—그녀는 그 시인에게 얘기를 들려주는 것이다. 아무도 없는 데 홀로 상복 입은 그녀는 끝없이 중얼거린다. 내 입을 빌려 숱한 입을 빌려 모든 고백은 제 자신에게 하는 것이기에 이미 죽은 자의 입을 빌렸군.

그녀의 독백은 해쓱하게 지쳐 간다, 모든 장례와 함께! 모든 별은 그녀 자신이 그린 것이다. 모든 무덤은 그녀 자신이 그린 것이다—내 마음이 별을 그려낸다. 상복 입은 그녀는 내 여자인 것이다. 그녀는 별의 공동묘지 묘지기 하얀 별, 그녀는 시의 공동묘지 묘지기인 것이다.

내 졸시 「하얀 별」의 일부인데 어찌하여 나는 이런 시를 쓰게 되었을까, 처음부터 의도하지 않았기에 나도 모르지만 우리 무의식 속에—우주 무의식 속에—흐르는 무엇이 있지 않았을까, 그러면서 또 그 천문학자의 말을 떠올려보는 것이다. 이른바 빅 히스토리라는, 우주적 도도한 흐름 말이다. 그 우주적 흐름과 일치하는 우리 인생의, 우주생의 도도한 흐름까지를! 오히려 혼돈의 질서로 빛나는 이 도도한 별의 흐름들, 별의 시를!

간절한 의지가 우주를 관통한다, 도도한 흐름의 관점에서 봤을 때, 간절한 대상이 뭔가 가치가 있어야 한다는 천문학자의 말을 시에게 되돌려주고 싶진 않다. 시는 과학보다 의심이 많기에 역설과 광기가 동시에 필요한지도 모른다. 제 자신도 모르는 도도한 예술적 광기! 그것 역시 우주의 일인지 모르지만 나도 미쳐서 『하얀 별』을 썼던가? 사나흘이든 석 삼 년이든 삼십 년이든 시간이 중요한 게 아니라 단 몇 초도 아닌 순간에 시는 써지는 것이다! 아니 시에 의해 시인이 **쓰여지는** 것이다!

우주는 사람과 똑같고, 사람은 우주와 똑같다는 말은 누구나 할 수 있는 것이다. 그러나 문제는 어느 과학자도 인문학자도 예술가도 종교가도 우주적 사유—통합적 사유라는 말을 하지만—를 못하고 있다. 조지 스무트와 키 데이비슨이 쓴『우주의 역사』를 보면 스티븐 호킹의 찬사로부터 시작된다. "조지 스무트 교수가 30여년 만에 드디어 찾은 우주 탄생의 비밀을 여는 열쇠가 될 '시간의 주름', 곧 우주 기원의 '씨앗'—그것은 **금세기의 과학적 발견**이다."

우주 탄생의 비밀에 한 발 더 다가선 '우주론의 성배'라 불리는 우주 형성 과정에 대한 의문에 한 발 더 다가선, 진즉 과학계에는 알려진 사무치는 이 말을 인문학계 예술계에선 아무도 주목하지 않고 있다. 우주 빅뱅 이후 어둠과 빛이 한 몸으로 뒹굴고 있었다—수프처럼 반죽처럼 끓고 있었다—는 사실을 모르고, **38만 년**이 지나 비로소 어둠에서 빛이 탈출하여 독립한 사실을 모르고, 그 흔적을 발견하기 위해 수십 년을 스무트란 과학자가 극지에서 고생한 사실을 모르고, 그 위대한 발견으로 과학계가 기립 박수를 치며 "시간의 주름"이라 명명한 사실을 우리는 모른다. 나는 그 **우주 주름**에 대해 말하려는 게 아니다. 나도 우주론은 문외한이어서—삼십 년 동안 들여다봐도—별로 할 말이 없지만, 전혀 의도하지 않았는데 어느 날 스치듯 이런 시가 써진 것이다.

"사람 여자 38주 임신기간" "우주 여자 38만 년 임신기간"의 일치를 나는 모른다. 나도 모르게 쓴 시를 알 리 없기에 독자들에게 강요할 생각은 없다. 우주의 도도한 흐름이 인간의 도도한 흐름과 일치하지 않을까, 어느 중요한 데서는 정확히 일치하지 않을까, 하는 우연히 스치는 질문이 제가 제 자신에게 하는 고백의 형식으로 나타났을 뿐이다. 우주 여자는 38만 년을 빛이라는 자식을 배고 견디었다. "그 고통 우주 얼룩으로 남았"기에 스무트라는 과학자가 발견한 것이다. 나 같은 어리석은 시인이 보기에 그것은 어머니가 아기를 낳는 것과 별반 다르지가 않았다. 우주 어머니 중력—우주 어머니 암흑—은 빛의 자식을 낳느라 끙끙 거렸고, 배가 불러 아기를 낳고, 여자들에게 생기는 튼 배와 튼 다리, 튼 몸을 가져 우주 주름을 남긴 것이다. 우리 인류는 놀랍게도 137억 살이 되어 우리를 낳은 우주 어머니 튼 배를 발견한 것이다.

> 우주는 빅뱅을 일으킨 후 일정 기간 동안 상상할 수 없을 정도의 높은 온도에서 물질과 복사가 마치 수프처럼 한데 섞여 있었다. 약 30만 년이 지나자 우주의 팽창으로 점차 온도가 떨어졌고, 우주 공간을 자유롭게 날아다니던 전자는 에너지를 잃고 원자핵과 결합하여 원자를 형성하게 되었다. 따라서 그때까지 플라스마 상태를 이루고 있던 원자핵과 전자구름에 가려 불투명한 상태였던 우주는 화창한 봄날처럼 개게 되었다. 이때 투명해진 우주에서 비로소 복사가 빠져나올 수 있게 되었다. 이 복사는 저자의 표현을 빌리면, 당시(우주 탄생 30만 년 후)의 물질의 상태를 우리에게 알려주는 "스냅 사진"이다. 스무트 교수는 우주 탄생 30만 년 후에 나온 복사에서 미세하지만 분명한 온도 편차를 발견했던 것이다. 그 온도 편차는 당시 밀도 차이에 의해서 나타난 공간의 비틀림이 우주 배경 복사에 각인된 것이다. 그 밀도 차이가 오늘날 우리가 살고 있는 우주의 항성, 은하 등이 만들어질 수 있었던 작은 씨앗이었다.

그는—위의 표4 부분에서도 알 수 있듯이—이론 물리학자가 아니라 실험 물리학자이다. 나는 인문학자가 아니라 시인이다. 그는 온갖 실험을 통해 우주의 스냅 사진을 찍었고, 나는 온갖 실험을 통해 시를 썼다.

나는 우주 여자 임산부 아기를 밴 초음파 사진을 찍었다. 나는 너무 무모 했는지 모른다. 내 시는 너무 무모했는지 모른다. 나는 모르겠다, 모르겠다, 모르겠다는 마음으로 시를 썼다. 아무것도 모르는 내가 **우주생과 인생이 무에 다르랴**는 마음이 우주의 시설(詩說)을 쓰게 했는지 모른다.

이젠 시에 있어서 이미지 혁명이 필요하다. 이미지만으로 이야기가 가능한가, 이미지만으로 이야기가 가능하다, 이미지는 이야기다! 우주 저 너머까지 들여다보는 눈, 우주눈이여! 우주의 시, **우주의 시설(詩說) 이여**!

우주의 시설은 향가에도 있고, 고려 가요에도 있고, 가사에도 있다. 제망매가의 생사의 우주관이나 가시리의 이별의 정한이나 청산별곡 관동별곡의 서로 다르며 같은—자연의 설움과 찬송이 하나인—자연관 속에 스며들어 내용과 형식을 이룬 것이다. 이제 그 내용도 내용이려니와 형식도 중요하다. 우리 바뀌지 않는 요즘의 서정시 내용 중심주의로 볼 때 형식이 중요하다. 우리 전통이 언제 형식을 중요하게 여기지 않았던가. 형식이 바뀌어야 내용이 바뀐다, 형식은 내용이다! "얄리얄리 얄랴셩 얄라리 얄라"나 "아으 동동다리" 등의 후렴구가 왜 필요한지 알아야 한다. 요즘에 맞는 후렴구가 왜 필요한지 알아야 한다. 그 무의미의 소리가 얼마나 중요한지를 알아야 한다. 가사를 잇되 더 깊고 넓은 우주적 **시설(시소설)**이 왜 필요한지 알아야 한다. 그래서 청산별곡이 구전되어 왔듯이 누구나 쉽게 노래할 수 있는 시설이 나와야 한다. 그것은 짧고 긴 길이에도 상관없다. 시나 시조를 쓰는 사람도 수필이나 희곡을 쓰는 사람도 소설이나 시나리오를 쓰는 사람도 쓸 수 있는 시설이어야 한다. 시소설은 시와 소설의 일치를 꿈꾸면서도 전혀 다른 형식이어야 한다. 과거에도 없고 미래에도 없고, 중국의 한시에도 없고, 일본의 하이쿠에도 없고, 서양의 시에도 서사시에도 소설에도 없는—해체주의자인 데리다 역시 해탈을 꿈꾸지 않았는가—우리의 내용 형식이어야 한다. 새로운 형식이며 새로운 우주적 장르여야 한다.

얼마 전 미국 뉴욕으로 전시하기 위해 간, 반가사유상을 용산 국립박물관에서 본 적이 있다. 턱을 괴고 그는 무엇을 생각하는가. 시인이여, 한국의 시인이여 턱을 괴고 우리는 무슨 생각을 하는가. 서양의 로댕의 조각은 힘겹고 불행해 보인다고 하는데 반가사유는 행복해 보이는가. 시의 반가사유는 무엇인가. 행불이 하나로 녹아내려 별이 된 우주인가. 우주생과 인생이 다르지 않다면, 우주 여자와 사람 여자 우주 임신기간과 사람 여자 임신 기간이 다르지 않다면, 저 도저한 우주의 흐름과—너무 거대해 흐름조차 없거나 느낄 수 없는—우리 삶의 흐름이 다르지 않다면 우주는 사람과 똑같고 사람은 우주와 똑같다. 그래서 우주의 반가사유는 여전히 진행형이다. 알 수 없고, 보이지 않고, 변화무쌍한 사람 우주의 마음이 시인지 모른다. 우리 시의 반가사유로, 우주적 사유로, 우주적 미소로, 알 수 없는 시의 미소로………

—『시의 장례가 치러지고 있다』, 도서출판 b, 2015.2.25.

# 시설의 탄생 2

나는 내 시설부터 반성해야한다. 무모하게, 시도 모르면서 시설을 썼으니 말이다. 모르긴 몰라도, 아무도 봐 주지 않을 것이기에 이 글마저 무의미 할 것이다. 서정시가 죽어가는 이때, 시의 불사조 그 무엇을 찾겠다고. 서정시도 서사시도 극시도 아닌 이상한 시를 쓰고 있으니 누가 있어 시설을 알아보랴, 누가 이 시를 알아보랴.

나는 그러나, 아직도, 근질근질하다. 내 온 몸이, 손가락 끝에서, 내 시가, 한국시가, 근질근질하다. 내 육체는 오롯이 시로 근질근질하다! 울컥, 울음이 근질근질하다! 왜인지 모르지만, 민족문학을 포기하라는 말도 들리지만, "인간은 노력하는 한 방황한다"는 진술도 수없이 몸에 새기지만, 어디 파우스트의 사유가 인류의 사유가 될 수 있는가?

현대 우주론에서 우주 문학은 민족문학과 세계문학을, 그것을 뛰어 넘는다. 그것을 뛰어 넘는 데 있다. 아니 뛰어 넘어야 한다! 내가 아니더라도, 네가 아니더라도, 우리가 아니더라도, 누군가가! 우주문학의 텃밭을 일구어야 한다. 왜냐 하면, 지옥의 문 앞에서 희망을 버린 단테도,

천상의 베아트리체도, 파우스트와 마르가레테도 보지 못한 우주의 영역이 지금 펼쳐지고 있기 때문이다.

다시 말하지만 그것은, 민족의 문제만이 아니라 인류의 문제만이 아니라 우주의 문제이다. 지구에서 우주를 바라볼 게 아니라 우주에서 지구를 바라봐야 한다. 모든 걸 역으로, 피라밋을 거꾸로, 거꾸로! 그러려면 반드시 지구적 사유를 내려놓아야 한다. 인간적 사유를 내려놓아야 한다. 우주적 사유가, 우주 과학, 우주 종교의 사유가 필요할지 모른다. 인간의 악마성이 진화하는 건, 꼭 독단적 선 때문일까? 선도 악도 인간 신이 만든, 지구인의 신발 같은 것 아닐까? 너무 신고 다녀 너덜너덜 해진, 그러나 버리지 못한 지구인의 유산! 아무리 고전이라 해도, 괴테도, 단테도 갈아 신어야 할 신발 아닌가? 그것은 무엇일까? 우주적 숙제?

나는 평생 숙제를 해야 한다. 그러다 광인이 될지도 모른다. **광녀여, 광녀여, 우주의 광녀여!** 광인이여, 광인이여, 우주의 광인이여! 나는 우주를 모르기에 숙제를 한다, 우주 가락을 받아 쓰려 **죽음의 악보**를 훔치려 했다. 나는 시인이 되어, 광인 과학자를 만나고, 광인 음악가를 만나고, 숱한 묘지기들을 만났다. 하지만 어디에도 우주 탄생의 악보는 없었다.

우주 게임을 하다가, 게임 시를 쓰다가, 우주 과학의 시를 쓰다가, 우주의 긴 이야기를 시로 쓰다가, 우주 여자의 사랑 이야기를 쓰다가, 사람 여자의 사랑 이야기를 쓰다가, 우연히 사람 여자 임신 기간과 우주 여자 임신 기간이 일치하는, 나도 모르게, 일치하는 시를 쓰다가, 하얀 별이란 여자를 만나 사랑한 이야기를 쓰다가, 검은 별이란 여자를 만나 이별한 이야기를 쓰다가, 어언 십년 세월, 우주 백 년 세월이 흘렀다. 다시 꿈에서 깨어나 보니, 어느 청년이 여태 무슨 글을 쓰고 있다.

아름다운 무덤이여 봄날의 혼례여
내 시설(詩說)을 들어라

하얀 웨딩드레스 입은 그녀 어디 갔는가
내 무덤 앞에 상복을 벗어던지고
황사의 사내가 오는 날
그와 혼례를 치르느라 면사포로 얼굴 가리는가
도시의 빌딩은 묘비처럼 뿌옇고
봄 혼례여 천지사방이 먼지의 꽃이 피어
먼지의 잔치 사흘 밤낮
치러져도 하얀 웨딩드레스 입은 그녀, 목련 같은 옷을 입고 무덤가
에 진달래 같은 신을 신은 **봄 혼례여 혼례여**

우리는 무덤에 대고 맹세한다
우리는 무덤에 엎드려 맹세한다

모든 맹세는 무덤인 것을.

그 청년은 누구인가, 여태 시를 쓰고 있느냐, 봄이 지나 가을이 오도록! 우주 가을 지나 우주 겨울이 오느냐. 하얀 별을 기다리느냐, 청년아, 청년아! 하얀 별이 가면 검은 별이 오느냐. 검은 별을 기다리느냐, 왜 자꾸 기다리느냐, 왜 자꾸 우느냐, 눈동자도 없는데!

게임은 게임을 신으로 삼는다; 묘비에서 울음이 들리는 게 아니라 빗돌 밖에서 울음을 져 나르는 흰 눈동자(雪瞳子)가 있다. 악마에게 동공을 빼앗겨 그 흰 동굴은 세상에서 가장 깊다. 찬바람 불면 흰 눈 내리고 눈보라 속에서 돌아오는 악마가 보인다. 깃털의 가장 부드러운 눈송이

가 눈을 찌르는 무기이다, 눈은 무기의 창이다.

그 청년은 하얀 별을 탐한 죄로 눈을 잃었다. 아름다움과 착함을 탐한 죄로 악마를 보았다. 하얀 별 앞에서는 모든 게 타버리므로, 재마저도 없다. 내 묘비도 타버렸구나, 내 시도 타버렸구나! 청년은 하얀 별을 기다린다. 청년이 깨어보니 노인이 앉아있다. 여태 시를 쓰고 있느냐, 노인아, 노인아, 누굴 기다리느냐. 왜 우느냐, 하얀 별을 기다리느냐.

> 아름다운 무덤이여 가을날의 혼례여
> 내 시설(詩說)을 들어라

가을 혼례는 장례와 함께 치러진다. 내가 병이 깊어 장례와 혼례는 치러진다. 그녀가 그 사내와 내 묫자리를 보러 다닌 걸 나는 죽어서야 알았다. 그해 가을 혼례를 위해 공동묘지는 억새 무덤을 이루었고, 그 무덤들은 내가 며칠 후 오리란 걸 알고 있었다. 그녀와 그 사내는 묫자리를 둘러보기 시작했다, 내 묫자리를 둘러보던 그들이 묫자리 위에서 정사(情事)를! 묘지 위의 정사(情事)를!

가을 혼례는 그녀의 장례였다, 그녀는 상복 입고 날마다 제 장례를 치른다. 내 묫자리를 위로하던 그 사내의 손이 그녀 묫자리를 만들었다, 그녀는 제 무덤을 그리며 산다! 가을 장례는 국화의 혼례 국화를 보러 사람들이 거리를 흘러 다닌다. 모두 노랗게 핀 얼굴을 하고 하얗게 핀 얼굴을 하고 한 곳으로만 몰려다닌다. 그녀를 위해 내가 쓴 시, 그녀에게 바친 화환이 모두 장례식장에 모여 있다.

그 청년은 하얀 별의 애인이었다. 시를 쓰는 시인이었고, 시설을 쓰기 시작했다. 하얀 별과 사랑 이야기를 소설로 쓸 수 없어, 긴긴 시로 썼다. 하얀 별은 어쩌면 아득히 고대 해가의 수로부인이거나, 향가의 제망매이거나, 바리데기이거나, 태양이거나, 천수천안이거나, 십일면관음이거나, 더 더욱 아득히 우주 탄생의 암흑물질이거나, 무엇이거나, 마음 속 우주를 그리려 했다. **마음은 뵈지 않아 좋더라**던 하얀 별의 고백을 듣고. 하지만 그 청년의 시설은 완성되지 않을 것이다. 그는 죽은 자이기에 산 자는 모를 것이므로. 아무 것도 말하지 않는, 아무것도 새기지 못한 백비의 이야기이므로. 흑비의 이야기이므로, 검은 별아, 검은 별아, 내 몸에 시를 새겨다오!

아름다운 무덤이여 하얀 별이여
내 비설(碑說)을 들어라

그녀 이야기는 모두 묘비에서 비롯되었다, 그 오래된 비석 희미해지고 희미해져서 검은 비석이 하얀 비석 되어갔다. 그녀 사랑 묘비를 남겼지만 단 한 줄의 아무 고백도 하지 않았다. 그녀 사랑 붉게 부풀어 오르다 하얘져가는 태양의 고백이다 **하얘져 가는 백비여**

나는 내가 아직도 그 청년이라 착각하는가, 하얀 별의 애인이었던 그 청년, 죽은 그 청년, 나와 눈동자가 닮은 청년, 평행 우주는, **평행 사랑**도 가능한가. 언젠가 그 청년은 하얀 별이란 긴 시설집을 낼지 모르지만, 우주는 영원히 미답이어서 먼지 하나의 이야기도 아니란 걸 안다. 먼지 하나가 우주의 임계점에 도달하면 빅뱅이 될지 모르지만, 이 청년이 쓰려던 것은 보르헤스처럼 인간만의 시각은 아닐 것이다. 단지 문학의 과학이 아니라, 과학의 문학이 어느 때보다 절실한 것은 여전히 '인간신'의 문제로 고통받고 있는 지구의 임계점이 아슬아슬해서 일 것이다. 라캉의 "모든 욕망은 타자의 욕망이다"라는 말 역시 '인간 욕망'만의 인간의 맥락에서 사유일 뿐이다. 우리가 모르는 우주의 기운이 인간을 살린다! 우주 탄생 과정이 인간 탄생 과정과 너무도 일치하며 물질 반물질 모든 생명체와도 일치하는 까닭에 인간이 사유한 모든 책과 경전은 인간 생각의 과정일 뿐, 모르지 않는가. 검은 별은 과연 무엇인가. 우리도 모르는 또 다른 암흑물질인가. 아니면 인간이 암흑물질인가. 아직 우리는 몰라서, 겸허히 시를 쓰지 않는가. 시인이여, 젊은 시인이여, 우주가, 그것도 지구가 장례를 치러서라도 다른 생명체를 살리려 한다면! 모를 일이다. 시인은 직관으로 상상할 뿐 우주 과학을 모른다, 나는 그래서 참혹히 외친다! 암흑아, 암흑아, 깨어있는 암흑아, 하얀 별을 위해 우주 벌판이 된 검은 별아, 검은 별아!

**지구의 장례가 치러지고 있다,**
**상여꾼은 운구 준비를 마쳤느냐.**

—『시의 장례가 치러지고 있다』, 도서출판 b, 2015.2.25.

# 시설의 탄생 3

내가 일 년의 강의를 마치고 꽃 피는 봄날에 다시 여러분과 만나 시 얘기를 하고, 향가를 얘기하고, 고려가요를 얘기하고, 가사를 얘기하는 것은 모두 시설문학(詩說文學)을 위해서이다.－그러나 시설에도 갇히지 마라!－모두 시의 유전자를 갖고 태어난 자식이다! 모두 시라고 해도 되겠지만 형식이 필요한 것뿐이다. 그렇다, 형식이 필요하다. 형식이 바뀌어야 내용이 바뀐다! 한국시가 너무 내용에 치우쳐 있다는 것은 모두가 알고 있는 사실이다. 내용으로 묻고 형식으로 답하라－시는 답이 아니라 물음이라지만 그건 내용의 문제에서 그렇다. 시의 형식은 침묵의 대답이기 때문이다!－내용과 형식의 밸런스를 맞춰라! 그리고 내용에도 갇히지 마라. 형식에도 갇히지 마라. 반복하지만 거꾸로, **형식으로 질문하고 내용으로 답하라!**

나는 단순히 고답적인 게 아니다. 형식의 자유를 말하려할 때 단순히 서구나 유럽문학만을 말할 게 아니라, 향가나 고려가요나 가사를 말하면 어떻겠는가. 오히려 옛 글이 더 형식에 심혈을 기울였고, 그 형식에 내용을 담은 게 아닌가. 모든 내용은 형식을 찾아 꿈틀거린다! 어떤 간절함이 없이 향찰문자가, 고려가요 후렴구가, 가사가, 시의 산문시가, 더 나아가 한글창제가 이루어지지 않는다. 한자에 대한 반동 없이, 계층에 대한 충돌 없이 언어 혁명은 이루어지지 않는다.

모든 향가에는 배경설화가 있다. 그래서 향가는 드라마틱하다! 제망매가만 보더라도 이야기가 있다. 망자를 위해 제문을 짓고, 지전을 태우니 바람이 불지 않는데도, 재가 서쪽 방향으로 날아갔다는 이야기가 있다. 하늘의 응답을 들은 게 제망매가이다! 이 드라마틱한 주술성 있는 **이야기가 시설의 이야기**가 되었다. 짧은 노래는 향가라는 형식의 시가 되어 우리 서정시에 영향을 주었다. 가시리 청산별곡 등 고려가요의 **후렴구는 시설의 후렴구**가 되었고, 가사의 **형식이 시설의 형식**이 되었다. 그러면서 시설은 근대 서사문학의 최고봉인 장편소설 대하소설의 형식과 내용을 받아들였다. 이 시설이란 장르는 주인공과 주변 인물들이 있고, 사건, 배경, 구성 등이 치밀해야 한다. 우리 민족은 산문과 운문이 하나이고, 오랜 인류의 꿈도 거기에 맞는 형식을 찾는 데 있다. **거기에 맞는 이름을 찾는 데 있다.** 그 형식이 시설이란 형식만이 있는 건 아니지만, 이 시설(시소설)이란 이름을 얻는 데는 많은 시간이 필요했고, 시설문학이 뿌리내리려면 많은 세월이 필요한 것이다.

나는 지난여름 가사문학관을 다녀왔다. 살인적인 무더위에도 붉은 배롱나무 꽃들이 길을 수놓고 있었다.—내 마음속 수백 년 된 배롱나무들도 지금쯤 거대한 근육질의 몸을 뒤틀어서 하늘로 솟구쳐 올라 수억만 송이 붉은 꽃을 피우리라.—나는 젊은 시절의 나를 불러낸다. 나는 걸어가며 햇살이 칼처럼 찔러오자 붉은 배롱나무 끝에 엉뚱하게도 '이방인'이여, 뫼르소여 낮게 중얼거렸다. 이상하게도 여름의 태양만이 죽음을 관장한다는 눈부신 역설의 이야기가 아닌가. 흰 빛과 검은 빛은 하나다! 무더위에 아스팔트가 녹아내리고, 머리는 어지럽고, 숨이 가빠올 때 그는 태양 때문에 살해를 하고, 나는 태양 때문에 시를 살해 하고, 그런 생각을 하는 것이다. 부처를 만나면 부처를 죽이고, 시를 만나면 시를 죽여라! 오 그러니, 시에도 갇히지 마라! 오 시설에도 갇히지 마라! **너의 영롱한 영혼이여, 무엇에도 갇히지 마라!**

나는 가사문학관을 지나 개울을 지나 송강 정철의 성산별곡 시비를 지나 환벽당에 이르렀다. 푸른빛이 사방을 휘돌지 않으랴! 너무 푸르면 흰빛이 쏟아진다. 그러니 한 폭의 그림 같은 자연을 보기엔 남도의 여름이 너무 무더웠고 길들이 타올라 백색의 길로 하얗게 지워지고 있었다. 모든 길이 이어진다는 건 착각이다, 끊어진 길이 많다. 목이 잘린 길보다 지워진 길이 더 많다. 잃어버린 가사왕국, 죽어버린 가사백성들이 길바닥에 뒹굴고 있다. 모든 왕족은 멸하려고 나라를 세운다. 모두 태양의 짓이다, 눈부심을 탐한 죄이다! 그러나 눈부시지 않고는 살 수 없는 게 사람이다. 아무리 어두워도 눈부신 자유를 꿈꾼다, 아무리 무더워도 눈부신 탈주를 꿈꾼다! 나는 도망자다, 시로부터 달아난 도망자다! 평생 도망을 다녔다. 붙들려 감옥에 갇히고, 감옥에 갇혀도 탈출한다.

나는 다시 길을 걷는다. 시의 죽음 시의 장례 행렬이 떠오른다. 모두 지쳐서 길을 걷고 있다. 해는 중천에 있고 장례식은 끝날 것 같지 않다. 우리는 견디어야 한다. 장례를 견디어야 한다, 시의 장례를 견디어야 한다. 누군가 픽, 쓰러진다. 얼굴, 얼굴들 태양처럼 벌겋게 달아오르다 땀을 줄줄 흘린다. 모든 입은 시들어 말하지 않는다. 영구차는 더디게 나아가고 관 속의 시체는 소다를 풀어 논 빵처럼 부풀어 올라 구역질나게, 구역질나게 길바닥으로 흘러넘친다. 어머니, 한때 어머니였던 내 시여! 이젠 죽었는가. 나는 정신이 혼미하여 주위를 둘러본다. 아무도 없다, 내 주위에는 장례 행렬이 아무도 없다. 내 장례를 내가 치러야 한다.

나는 그날 버스를 타고 광주에 올라 왔다. 담양의 망월동을 지나 수많은 장례 행렬을 보며 내가 다니던, 그곳에! 거기서 지금은 헤어진 그 사람도 만났지만, 이젠 나 혼자 돌아왔다. 우리는 담배를 피워 향불처럼 제단에 놓곤 했었다, 옛 친구여, 시의 친구들이여! 묘하게도 25년이면 한 바퀴를 돈다. 지구를 한 바퀴 도는데 걸리는 시간, 우주를 한 바퀴 도는데 걸리는 시간, 인생을 한 바퀴 도는데 걸리는 시간, 산 자와 죽은 자가 비로소 만나는 시간이다! 그 시간이 휘어져 광주공원 작은 언덕 위 영랑 시비와 용아 시비가 있다. 내가 문청 시절로 돌아왔구나. 내가 5·18을 겪은 곳, 수많은 장례 행렬을 겪은 곳, 시의 장례 행렬이 붐비고 붐벼 차들이 밀리더라도 우리는 끝없이 장례를 치러야 한다.

**이미 지구의 장례는 치러지고 있다**고 여러분께 내가 말한 적이 있는데—그 죽음이—우리가 시를 쓰는 까닭인지 모르겠다. 우리가 시설을 쓰는 까닭인지 모르겠다. 왜 다시 시설인가, 그것은 시설이 시이기 때문이다. 말하자면 시설이 시의 촉매제가 될 수 있다는 생각이 들어서이다. 내가 향가를 생각하고, 고려가요를 생각하고, 가사를 생각하며 가사문학관을 다녀온 것은, 그곳이 단순히 시의 박물관식의 죽어 있는 옛시가 아니라 우리시의 촉매제라 여겨졌기 때문이다. 죽은 혹은 죽어가는 시의 촉매제! 나는 여기서 세계적이란 말보다 차라리 우주적이라 말하고 싶은데, 이미 인류는 우주예술 우주문학에 들어섰기 때문이다. 우주과학이든 동서양 인문학이든 우리 옛 시든 과거파든 미래파든 모든 것들을 받아들여 융합시키는데 반드시 시의 촉매제가 필요한 것이다.

어떤 시설은 향가에 가깝고, 또 어떤 시설은 가요에 가깝고, 또 어떤 시설은 가사에 가깝고, 또 어떤 시설은 모두에 가깝고, 더 나아가 모든 장르에 가까울지 모른다. 가장 괴로운 것은 이것도 저것도 아닌 것이 되는 것인데, 그것 역시 촉매제가 필요한 까닭이다. 어느 융합에도 촉매제는 필요한 것이다. 어느 시에도 촉매제는 필요한 것이다. 어느 사랑에도 촉매제는 필요한 것이다. 어느 삶에도 촉매제는 필요한 것이다. 어느 죽음에도 촉매제는 필요한 것이다. **어느 삶에도 죽음의 촉매제는 필요한 것이다.** 어느 시에도 우울의 촉매제가 필요한 것이다. 발터 벤야민처럼 세련된 잿빛 색으로 그린 도시의 우울이 촉매제가 될 수 있고, 모든 **환희의 우울** 태양도 촉매제가 될 수 있고, 그 황금빛 색도 은빛 색도 촉매제가 될 수 있고, 모든 검은 피의 음악도 촉매제가 될 수 있고, 우리 옛 시의 상처나 환희 몰락한 가사의 왕조 비참한 가사의 백성이 뒹구는 폭염의 길바닥이 촉매제가 될 수 있다.

그러니 시는 일부 왕조의 전유물이 아니다. 시는 쉬어도 좋고 어려워도 좋다. 앞으로의 시설도 도회지적인 시설이든 시골적인 시설이든 다 좋다. 우주적 질서는 넓기에 자연에 가까우면 좋다. 우리가 공동묘지를 만들고 거대한 비석을 세운 도회지! 이 우울과 환희를 태양처럼 섬길 미래를 낙관이든 비관이든 시로 그리고 노래하지 않으면 안 되는 게 시인인지 모른다.

긴 시설만이 아니라 짧은 시설도 좋다. 어려운 시설만이 아니라 쉬운 시설도 좋다. 모든 백성들의 사연이나 노래가 시설이 되어야 한다. 더 나아가 동방 서방이 하나 된 우주문학이 되어야 한다. 일찍이 글을 창제한, 우주 기운을 받든 어느—미래의—시의 대왕의 바람처럼 누구나 쉽게, 익혀, 널리 널리…….

―『시의 장례가 치러지고 있다』, 도서출판 b, 2015.2.25.

# 우주문학을 위한 첫 번째 발걸음

## 보르헤스의 우주, 우주도서관은 없다!

누구도 눈물이나 비난쯤으로 깎아 내리지 말기를.
책과 밤을 동시에 주신
신의 경이로운 아이러니, 그 오묘함에 대한
나의 허심탄회한 심경을.

신은 빛을 여읜 눈을
이 장서 도시의 주인으로 만들었다.
여명마저 열정으로 굴복시키는 몰상식한 구절구절을
내 눈은 꿈속의 도서관에서 읽을 수 있을 뿐.

낮은 무한한 장서를 헛되이
눈에 선사하네.
알렉산드리아에서 소멸한 원고들같이
까다로운 책들을.

(그리스 신화에서) 샘물과 정원 사이에서

어느 한 왕이 굶주림과 갈증으로 죽어갔네.
높고도 깊은 눈먼 도서관 구석구석을
나도 정처 없이 헤매이네.

백과사전, 아틀라스, 동방
서구, 세기, 왕조,
상징, 우주, 우주론,
벽들이 하릴없이 선사하네.

도서관에서 으레
낙원을 연상했던 내가,
천천히 나의 그림자에 싸여, 더듬거리는 지팡이로
텅 빈 어스름을 탐문하네.

우연이라는 말로는 형용할 수 없는
무엇인가가 필시 이를 지배하리니.
어떤 이가 또 다른 희뿌연 오후에
이미 수많은 책과 어둠을 얻었지.

느릿한 복도를 헤매일 때
막연하고 성스런 공포로 나는,
똑같은 나날, 똑같은 걸음걸음을 옮겼을
이미 죽고 없는 그라고 느낀다.

여럿인 나, 하나의 그림자인 나,
둘 중 누가 이 시를 쓰는 것일까?
저주가 같을지면
나를 부르는 이름이 무엇이 중요하랴?

그루삭이든 보르헤스이든,
나는 이 정겨운 세상이
꿈과 망각을 닮아 모호하고 창백한 재로
일그러져 꺼져가는 것을 바라본다.

—보르헤스, 「축복의 시」 전문, 우석균 옮김

우주에는 도서관이 없기에, 보르헤스는 **지구도서관에**서 장님이 되었다. 지구의 도서관에서 장님이 된 그는 길을 잃었다. 우주의 비밀을 본 자는 눈이 먼다. 우주문학을 이루려면 30년을 어둔 허공만 바라봐야 한다면, 당신은 어느 쪽을 택하겠는가? 역설적이게도 눈부신 별들의 우주를 보기 위해 별 하나 없는 검은 우주를 바라봐야 한다면, 반평생 장님의 대가를 당신은 치르겠는가? 보르헤스는 우리 나이로 환갑이 다 된 나이에 소설 『알렙』—나는 그의 소설을 복사할 수 없지만 그림으로 그릴 수 있을 것 같다. 유화나 수묵화가 아니라 컴퓨터 그래픽의 영상미를 담아 "직경 2 또는 3센티미터"의 광채 나는 우주구를! 그것은 "모든 각도에서 본 지구의 모든 지점들이 있는 곳"이다. 다시 말해 지금껏 지구의 모든 장면과 이야기가 겹치지 않고도 5차원의 몇 센티 둥근 칩 하나에 들어있어 동시에 볼 수 있는 것과 같은 것! 그 알렙이 우주신이라면 신이 인간을 보는 게 아니라 인간이 신을 보는 것과 같은 것!—을 쓰고 세계적 명성을 얻었지만 장님이 되었다. 픽션과 논픽션을 넘나들며, 환상적 리얼리즘과 추리소설 기법, 반복 회귀 등등 평론가들의 상찬 뒤에 그들이 보지 못한 보르헤스의 검은 그림자가 제 옷을 끌고 가고 있다. 그 그림자는 지구라는 도서관을 빠져나오지 못하고 배회하는 자가 끌고 가는 책골목의 그림자이다. 수백만, 수억만 권의 책들을 수평 수직으로 쌓은 지구도서관은 책장과 책장 사이를 아무리 걸어도 빠져나올 수 없는 책골목 길이다. 새 책이 태어나고, 헌 책이 죽어가며 책의 공동묘지를 만들어도 결코 넘쳐나지 않는 도서관은, 우주 드라마 <닥터 후>의 우주 박스처럼, 문을 열고 들어가면 끝없이 넓어졌다 좁아졌다 한다. 둥근 칩 하나에 지구도서관을 담고, 풀어 헤친 세상이 왔지만 장님이 된 늙은 보르헤스는 여전히 옛 도서관 골목을 정처 없이 헤매고 있다.

젊은 보르헤스가 보았던—나이와 상관없이 장님이 되기 전과 그 후가 젊음과 늙음으로 나뉜다고 본다—빛나는 우주구, 알렙을 보던 눈으로 늙은 보르헤스는 다시 무엇을 보려는가. 신을 보아버린 대가로 장님이 된 거라 자책하며 도서관 **책벽**을 더듬는가. 제 자신이 본 알렙이 가짜일지도 모른다고, 그래도 진짜 알렙은 어딘가 있을 거라며 소설『알렙』에서 우주적 변호사까지 하면서 완벽을 추구한 그가 기댈 때는 책장밖에 없는가. 어차피 알렙은 도서관 안에 있고, 우주의 보석조차도 도서관 안에서 생산 되고, 인류의 오랜 소망도 절망도 집단적 무의식도 생산되고 유전되고, 신도 죽었다 살아나 또 도서관에서 죽고, 모든 책은 한 통속인지 모른다고, 검은 책 흰 책은 한 통속인지 모른다고, 희뭄하게 시야를 가리는 책길에서 길을 잃었는지 모른다. 그의 시「축복의 시」에서처럼 "누구도 눈물이나 비난쯤으로 생각하지 말기를" 나도 바라지만, 우리는 보르헤스라는 장님 거장을 풀어야 할 우주적 숙제를 해야 할 장님들이기에 벽을 더듬는다. "책과 밤을 동시에 주신/ 신의 경이로운 아이러니, 그 오묘함에 대한/ 나의 허심탄회한 심경을" 바라는 그와 함께 이 우주론 시대에, 책벽을 더듬는다. 허공 벽을 더듬는다. 또 시공의 벽을 더듬는다.

보르헤스는『알렙』에서 다양한 방법으로 알렙을 보여준다. "아무르

회교 사원을 찾는 신도들은 중앙광장을 둘러싸고 있는 돌기둥들 중 하나의 내부에 우주가 들어 있다는 것을 아주 잘 알고 있다……. 명백한 사실이지만 아무도 그것을 볼 수는 없다."며 우주를 본 자가 이렇게 글을 끝맺는다. "돌기둥 내부에 그 <알렙>이라는 게 존재하는 걸까? 내가 모든 것들을 보았을 때 나는 알렙을 보았다가 그러고 나서 그것에 대해 잊어버린 것일까? 우리들의 정신에는 망각으로 뚫려 있는 수많은 구멍들이 있다. 나 자신 또한 세월이라는 슬픈 풍화 작용 속에서 베아뜨리스의 모습을 변질시키고, 상실해 가고 있다."고 사뭇 우울하게! 우주는 변하는 것이니까, 보는 순간 변하고 사라지는 것이니 한때 우주의 모든 것이었던 연인도 변하고, 변질해가고 그럴 것이다.

어쩌면 알렙조차도 영원하지 않고 변해가는 것이라면, 어쩌면 알렙은 존재하지도 않는 신비주의 종교의 그것이라면, 또 어쩌면 알렙은 우리 마음속 노스탤지어일 뿐이라면, 아름다운 우주 영화 컴퓨터그래픽에서나 그려지는 환상이라며, 거품이라면! 또 거품이라면, 또 거품조차 사실이라면, 또 사실조차 거품이라면, 우주 거품이 알렙으로 가는 다리라면, 우주 벽이라면, 마을이라면, 최근의 거품 우주론은 시사하는 바가 클 것이다. 과학자들이 발견한 천체망원경 컴퓨터 속에 잡힌 거품 우주는, 이름 하나에 갇혀 목숨을 거는, 언어 하나에 집착하는 작가나 어리석은 시인이 볼 때는, 또다시 우주 장님이 되어 우주 벽을 더듬더듬 더듬어도 좋을 것이기에.

거품 우주는 이름만으로도 매혹적이다. 이제 막 이름을 얻은 아기의 옹알거림 같은 이 말은 우주 첫 조상이 우주 자손인 우리에게 주는 배내옷의 선물인 셈이다. 그것은 은하와 은하를 잇는 거대 은하단들의 축제로써 우주를 들여다보기 시작했기 때문이다. 수천억 개의 별이 모여 이룬 은하, 수천억 개의 은하가 모여 이룬 은하단, 왜 거품처럼 은하들이 한곳에 모여 있는 것일까, 우주 마을일까.

저 은하들이 수천억 개가 모여 이룬 것이 은하단이니, 그 수천억 은하단이 모여 이룬 것이 대우주이니, 그 수천억 대우주가 모여 이룬 것이 다중우주이니, 보르헤스는 한곳에 몰려있는 우주를 보았으니, 눈이 멀 만도 하다.—누가 이런 말을 해도, 거품 우주를 본 우주 과학자나, 보르헤스나 서로 장님처럼 우주를 더듬을 것이다. 나도 내 말을 더듬거리며 더듬을 것이기에 과학이 종교가 문학이 시가 우주적 물음을 물을 수 밖에. 거품처럼 몰려 있는 은하의 은하단, 텅 빈 초승달 같은 거대한 옆구리에 태양의 수억만 배만한 크기의 암흑물질이 있을 거라 추측할 뿐—언제부턴가 우리 시는 보이지 않는 것을 보려 않는다. 우주는 재활용이 아니다! 어쩌면 상대성과 절대성이란 말에도 얽매이지 말고 융합해서 새로 잉태해야 할 우주적 융합리얼리즘의 이름이 가능한데 그것을 포기한 채, 이미 보르헤스 등 세계적 거장들이 우주문을 연 그곳으로 한 발짝도 못 나가고 장님이 되어버렸다. 그래 어쩌면 우리 인간이 암흑물질인지 모르고, 나도 장님이기에 더듬거리며 더듬는 시인 장님이다. 시의 장님이다!

나도, 나의 나도, 당신의 당신도, 여러분의 여러분도, 우리 모두 보르헤스처럼 "높고도 깊은 눈먼 도서관 구석을" "정처 없이 헤매이"는 것이다. 우리는 우주 장님이기에, 우주에는 도서관이 없기에, 지구도서관은 있지만, 그 도서관이 "우주, 우주론을/ 벽들이 하릴없이/ 선사하"더라도 지구의 "더듬거리는 지팡이"가 어디로 향할지 모르는 것이다. 왜냐하면 아직, 어쩌면 영원히 우리는 우주 장님이기에, 보르헤스가 걸었던 도서관 길을 따라 걸으며 책들의 육신이 흘린 것 중에 가장 빛나던 알렙의—우주—그림자를 더듬어야 한다. 그것은 제가 제 그림자를 더듬는 것이기에 우주 장님은 계속 태어난다. 지구도서관 복사기에서 우주 장님은 계속 재생산된다. 그래서 보르헤스의 도서관 "그림자"는 지금도 복사기에서 복사가 되는 그림자들로 수없이 걷고 있는지 모른다. 눈먼 눈으로 "이 정겨운 세상이/ 꿈과 망각을 닮아 모호하고 창백한 재로/ 일그러져 꺼져가는 것을 바라"보며.

지구도서관에서 복사되는 그림자 우주가 알렙인가. 알렙 역시 지구인의 집단 무의식에 그려진 우주의 초상인가. 보르헤스가 흑백시대에 보았던 칼라시대의 복사인가. 더 나아가 홀로그램의 복사인가. 소설 『알렙』에서 주인공의 연인 "베아뜨리스의 거대한 초상이 미소를 짓고 있"는 것 같은, 유태의 "신비주의자들의 소우주" 같은, "서로 겹치거나 투명해져버리는 법 없이 모든 것들이 같은 지점 속에 위치해 있"는 "작은 구체"여. 진짜인지 가짜인지 모르는 "광채"여. 그러나 어딘가 꼭 있을 거라 확신하는 알렙이여.

그러나, 그러나 아무리 우주를 들여다봐도 결국 제가 보고 싶은 것만 보는 알렙이여. 누군가 보르헤스를 말했던가. "그의 손엔, 항상 그렇듯이, 지팡이가 들려있다"고! "눈먼 보르헤스. 장님에게 우주는 좁다"고! 그렇다면 그는 장님이 되기 전에 장님이 된 제 자신을 미리 본 것인가. 젊은 보르헤스가 늙은 보르헤스를 보는 건 우주에서 가능한 일. 망각의 연인이 된 베아뜨리스처럼 아프지만 모두 알렙에서 일어난 일이기에 우주적 위로가 된다. 알렙에서 다시 볼 것이고, 우주생들이 떠돌다 알렙을 찾으면 모두 만날 것인가. 그러나 장님의 눈으로만, 장님이 되어야만 볼 수 있는 알렙이여. 알렙은 마음속에나 있는가.

우주과학영화에나 있는가. 우주 중력의 본질은 시공간의 뒤틀림이라는데, 그 중력장 방정식은 우주를 흔들어 놓았다. 시간이 엿가락처럼 늘어났다 줄어들었다 할 수 있어 시간 여행이 가능한 것이다. 옛 공상과학영화에서나 가능한 일이 최신 우주론 과학영화 <인터스텔라>에서는 실험을 통해 실제 가능한 것이다. 거기서 말한 블랙홀, 웜홀, 시간 지연 등은 이미 과학적으로 증명된 것이기에 옛날 우주영화와는 사뭇 다르다. 물론 다 증명된 건 아니지만 4차원은 물론 5차원 서재 장면을 보여주며 이미 우주론 시대에 접어들었음을 증명하는 것이다. 그 5차원 서재에서는 늙은 보르헤스와 젊은 보르헤스가 실제 만날 수 있는 것이다. 서재의 책들이나 도서관의 책들이나 먼지가 될 운명이지만, 어째든 장님이 된 늙은 보르헤스는 그 먼눈으로도 알렙처럼, 젊은 보르헤스의 광채 나는 눈을 들여다 볼 것이다.

그러나 우리는 **보르헤스의 도서관에서 보르헤스를 복사할 수 없다!** 보르헤스를 아무리 복사해도 그는 복사가 되지 않을 것이다. 그것은 보르헤스가 본 알렙은 보르헤스 알렙일 뿐이고, 나의 알렙은 나의 알렙일 뿐이고, 당신의 알렙은 당신의 알렙일 뿐이기에! 우주의 도서관은 없기에 지구도서관에서 먼저 장님이 되어야 할지 모른다. 그 도서관에서 그가 보았던 철학, 신학, 문학, 논리학, 신화 등의 방대한 책들을 봐야 하겠지만 그것만은 아닐 것이다. 책들 속에 다른 책들이 수없이 겹쳐지는 열린 구조주의나 해체를 보아야 하겠지만 그것만은 아닐 것이다. 또 보르헤스 추종자들이 하나의 깃발에 염증을 느끼고, 깃발을 찢어버리고 다원화시킨 사실을 알아야 하겠지만 그것만은 아닐 것이다. 다시 말하지만 우주도서관은 없기에 우주 장님이 되어야 한다. 우리는 알렙이 없다는 사실을 알게 될지도 모르고, 그걸 알게 되더라도 아름다운 우주 그림으로 남을지도 모른다.

그것은 이상한 모순이 우주이기 때문이다. 아, 방법이 다를 뿐 한 뿌리가 아닌가, 의심되는 일이 우주에서는 종종 일어나고, 지구도서관은 먼지가 될 두려움으로, 영화 <인터스텔라>처럼 사막이 될 두려움으로, 책을 읽지 않으면 안 된다. 보르헤스나 보르헤스 추종자들은 그들이 해체하거나, 해체하려한 지구도서관이 만들어낸 진리의 '우상'을 여전히 붙들고 있기 때문이다. 그 역시 신과 동일어로 알렙을 만들어 버렸다, 안 그런가! 아무리 서구에서 이슬람을 연구하고—보르헤스 역시—불교를 받아들여도 기독교나 신화의 미로의 사유에서 자유로울 수 없다. 알고 보면 보르헤스 추종자인 데리다가 진리와 허구의 이분법을 해체하려 했지만 지구도서관은 밤과 낮처럼 정확히 나누어져 있다. 여기서 어느 우주론 과학자가 말한 게 생각나는데, 우주는 시간의 미로 같지만 너무 단순해서 길이 정해져 있다, 그것은 시간과 공간이 하나인 우주에서 길이 정해져 있는 우주 중력장 방정식인데 정확히 그 길을 따라 별들이 운행한다, 나는 과학 숭배자도 아니지만, 알렙을 보던 젊은 보르헤스보다 늙은 장님 보르헤스에게 더 연민이 가는 건 사실이다. 그는 그의 시간의 미로 같은 소설에서 수많은 다원적 사상의 패러디를 통해 신의 개념을 파괴하려 했고, 절대적인 책이 없음을 책을 정리하는 사서들이 나오는 소설에서 보여준다. 그런 반면에 그는 해체주의자들을 아랑곳 않고, 어두운 도서관에서 신을 말하고 있지 않은가.

그러니 우주는 진리 없는 진리인지 모르지만, 보르헤스를 잡는 방법은 과학밖에 없다! 내가 여기서 따라 잡는다고 말하지 않은 것은 더 이상 우주 연민만으로 우주를 볼 수 없다는 생각에서이다. 보르헤스 우주를 제대로 볼 수 있는 것은 과학적 우주론밖에 없다. 이 말은 종교 우주론인 법화경 등을 포함한 말이지만 꼭 그것만을 말하는 건 아니다. 모형우주론처럼 그의 소설이—틀뢴의 백과사전처럼—허구를 말하는 허구이고, 이 세상 이야기가 모두 허구로 꾸며낸 이야기라면 앞으로 무슨 이야기가 가능한가. 속절없이 되풀이하고, 되풀이하다 도서관 장님들은 도서관에서 살고 도서관에서 죽는가. 보르헤스 공동묘지에 세워진 후기구조주의와 포스트모더니즘의 무덤들, 무덤을 파묘하고, 또 파묘해서, 화장하고, 또 화장해서 허공에 뿌려도 보르헤스의 묘지들은 끝없이 생겨나기에 이미 **우주 무덤**이 되어 버렸다. 보르헤스의 공동묘지마저 허구라면 장님의 늙은 보르헤스는 도서관에 지금 없는 것이다.

보르헤스의 도서관은 너무 방대하여 책장과 책장 사이, 책과 책 사이, 종이와 종이 사이, 글자와 글자 사이, 낱말과 낱말 사이 무수히 길이 나 있다.—"끝없이 두 갈래로 갈라지는 길"이 나있다—그 길에는 또 무수히 구멍이 나 있다. 블랙홀의 구멍, 화이트홀의 구멍, 웜홀의 구멍, 구멍, 구멍, 어쩌면 우주 탄생의 구멍, 우주 중력의 구멍, 우주 척력의 구멍, 인간 암흑물질의 구멍, 구멍, 구멍들이. 우주 마을을 이루어 거품처럼 은하들이 모여 있을지도 모른다. 은하군들이 또 모여 거품우주를 만들고, 그것이 천체 망원경에 발견되어 거품우주론이 나온 우주론 시대에도 보르헤스는 여전히 숙제이다. 우리는 보르헤스 도서관에서 숙제를 풀어야 한다. 장님 보르헤스는 구멍 난 눈으로, 그 어둠을 담았는가, 광채 나는 제 눈을 담았는가.

보르헤스 문학은 위험한 문학이다, 여전히! 그가 역사의 다원성을 통해 공식 역사관의 허구성을 보여주었다지만 자칫 지구 정치 현실을 외면했다는 비판을 받을 수 있다. 그것은 장님이 도서관 책벽을 두드려도 아무 일도 일어나지 않고 먼지만 쌓이는 것과는 다르다. 현실과 허구를 무너뜨린 해체의 대가는 해탈에 이르지는 못하고, 재활용되지 못하는 우주 쓰레기가 될 수도 있다. 눈이 멀어 떠도는 장님별! 진정한 우주문학이 되려면 우리는 보르헤스보다 더 눈먼 별이 되어야 할지 모른다. 우주의 참여문학은 환상을 넘어 별밭에 이르는 과학적이고도 우주의 종교성을 동시에 갖는 먼 도정일지 모른다.

보르헤스가 본 **우주도서관**은 없는지 모른다. 그가 본 알렙도 지구도서관의 먼지책에서 빌려왔고, 그 형태도 중세 마술사들이 쓰던 우주경에서 빌려왔고, 『화엄경』의 우주적 망인 진주로 된 그물코 하나에 모든 그물코의 진주가 비추는 이야기나, 선재동자의 우주의 탑 안에 수백수천의 탑들이 하나로 보이는 이야기에서 빌려 왔더라도 오히려 지구의 먼지 지식인지 모른다. 왜냐하면 그가 온갖 종류의 이단을 좋아해서, 이단이야말로 보르헤스에게 우주론의 차원을 열었는지 모르지만, 현대 우주론에서 다중우주론은 단순하게 우주를 들여다보는 백지우주의 시대를 열고 있다. 그 백지우주에 새로 그려진 그림만 하더라도, 수억만 개의 은하 중심에 거의 모두 초중량 블랙홀이 있어서 우주 전체에 영향을 미치고 있음이 관측되고 있다. 어떤 놈은 태양의 백만 배나 되는 것도 있는데 그 거대한 검은 책을 펼치려면 우리는 은하 상여를 타야 할지 모른다, 우주 상여를 타야 할지 모른다! 우주도서관은 없기에 장님 시인 보르헤스는 도서관에서 길을 잃어 더듬더듬 「축복의 시」를 쓰는데…….

그러고 보니 정말 내가 아는 시인 장님이 있다. 그는 불의의 교통사고로 뇌수술을 두 번 받고 장님이 되었다. 벌써 이십년 째, 눈이 멀어 시를 쓰고 있다. 우리는 시마(詩魔)에 걸려 대학 시절을 함께 보냈지만 너무 다른 길을 와버렸다. 그는 점자책을 두드리며 종이 위의 도드라진 점을 어루만지고, 나는 컴퓨터 좌판 위의 딱딱한 글자들을 두드린다.

그는 보르헤스이고 나는 보르헤스가 아니다. 그러나 도서관 책더미 속에서 길을 잃었다는 점에서 그도, 나도, 당신도 장님 보르헤스이다. 어느 날 더듬더듬 그가 내게 말했다. "세상이 그냥 검어, 아니 하얘, 아니 아니 실은 조금 보여. 큰 덩어린 보이는데 자세히 안 보여. 책은 보이는데 글씨는 안 보여. 백지 책! 흰 책! 아니 검은 책!"

—『우주문학의 카오스모스』, 국학자료원, 2018.11.25.

# 우주문학을 위한 세 번째 발걸음

## 아 우주의 가면! 착한 가면도 있고 악한 맨 얼굴도 있다

그 집은 가면들의 병기창이었다.

—발터 벤야민

이렇듯 꼭두새벽에 일어나 희붐하게 밝아오는 창문을 바라보며 타이핑 한다. 우주는 어김없이 밝아온다. 어제 한 수업을 떠올린다. 2015년『현대문학』1월호에 실린 신형철의 글「2000년대 한국시의 세 흐름」을 읽고 수업을 했다. 아무리 열강을 해도 솔직히 맥이 빠졌다. 시를 복제하고 시의 지도를 만들어도 소용없다. 가면을 써야 했다, 내 우주 가면! 나만의 가면을 쓰자! 이제 가면을 쓰자! 일찍이 보들레르와 랭보가 썼던 가면, 일찍이 이상이 썼던 가면, 우주 장례와 동시에 우주 혼례를 치르려면 가면을 쓰자! 이장욱처럼 동사무소에 가서 사망신고를 하거나 출생신고를 하지 말고 가면을 쓰자! 나는 칠판에다 이렇게 썼다. 똑똑히 썼다! 우주의 가면! 착한 퍼스나(persona), 즉 **착한 가면도 악한 맨 얼굴도 있다, 이것이 현대시다!** 불현듯 무엇이 떠올라 가면을 썼다.

먼저 내가 쓴 가면은 우주문학론의 가면이다. 한국문학에서 세계문학을, 세계문학에서 다시 한국문학을 하려면 우주문학론의 가면이 필요하다. 우주문학은 통째로 하는 것이다. **우주는 부분이 아니다, 통째로 해야 한다,** 통째로 우주의 가면을 써야 한다! 고전 음악을 하듯 신성하고 거룩하게, 재즈 음악을 하듯 흥겹게 어깨를 들썩이며, 우리 판소리 완창을 하듯 한스런 마음에 몇 날 며칠을 자지 않고도 신명나게 해야 한다. 우주문학은 통째로 해야 한다, 우주 과학과 우주 종교와 우주 음악과 우주 미술과 우주 건축이 하나 되어 통째로 해야 한다. 저 팔만대장경보다 큰 불교의 우주론 묘법연화경처럼 통째로, 기독교의 천지창조도 통째로, 우주의 빅뱅도 통째로 해야 한다. 우주 종교 우주 문학은 통째로 사유해야 한다, 통째로 받아 적어야 한다, 광인 작가는 통째로 노래해야 한다.

며칠 전 본 재즈 영화가 생각난다. <위플래시>라는 재즈 영화인데 광기의 드러머가 나온다. 그와 밴드가 연주한 곡의 제목이 위플래시(whiplash) '채찍질'이란 뜻이듯 제자인 그와 광인 스승의 두 광기가 만나 폭발하는 내용이다. 그 드러머의 드럼통에 피가 떨어져도 계속 몰아치는 스승, 스승은 외친다. "세상에서 가장 쓸데없는 말이 '그만하면 잘했어'야". 그 드러머는 다른 드러머 와는 달리 악보 없이도 통째로 연주한다. 그와 스승은 동시에 지휘와 연주를 한다. '통째로'를 외치며, 통째로 연주한다. 나는 그때 어둠 속에서 내 가방을 뒤져 책 한 권과 볼펜을 꺼내 들었다. 책들이 많고 신문이 들어 있어 부스럭거렸다. 나는 숨을 죽이며 무엇에 홀린 듯 무슨 책인가를 펼쳐 쓰기 시작했다. 너무 꾹꾹 눌러 써 내 머리에, 가슴에 입력된 내용은 이런 것이었다. **우주 음악은 악보 없이 통째로 알아야 한다, 통째로 외워야 한다, 통째로 완창해야**

**한다, 우주문학은, 판소리 완창처럼 몇 날 며칠을 해도, 목에 피가 나도록, 손목에 피가 나도록, 완창해야 한다, 완창! 통째로! 통째로! 우주에는 부분이 없기에, 통째로 완창! 우주 드러머여, 드러머여! 우주적 시는, 시설은 통째로, 악보 없이도, 통째로 완창해야 한다! 우주의 광인이여 통째로 완창해야 한다!** 나중에 보니 묘하게도, 가방에 든 숱한 책들과 문지스펙트럼 3권—샤를 보들레르 『벌거벗은 내 마음』, 폴 발레리 『말라르메를 만나다』, 오규원 『날이미지와 시』—중에 하필 오규원의 시론이었다. 나는 암흑 속에서 무슨 내용인지도 모르고 백지 같은 글을 쓴 것이다. 암흑의 가면 속에서 나도 가면을 쓰고 오직 영상의 가면만이 광채가 나는 가면의 극장에서, 숨을 죽이며! 어쩌면 그것은 우리 문학의 명멸이 아니라 세계문학의 도약을 바라는, 초라한 한 시인의 열망인지도 모른다. 내가 아니더라도, 우리 시인이, 지금의 우리가 아니더라도, 언젠가 출현할 우주 시인이 우리나라에서 모국어로 쓴 시를 가지고 현현하길 바라는 소망인지 모른다.

최남선, 이광수, 김기림 이상 등이 근대 과학 문명을 받아들여 근대문학을 꽃피웠지만(함돈균의 '이데올로기로서 과학과 방법론으로서 과학' 참고), 우리가 자부심을 가져야 할 것과 새로 알아야 할 것을 구분할 필요가 있다. 이른바 **우주 제국주의도 가능한가,** 물어야 한다. 우주 고향이란 말처럼 낭만을 묻는 게 아니다. 미국, 러시아, 유럽, 일본, 중국 등 강대국은 지구의 영토만을 취하지 않는다. 우주 어디든 평화 세력과 전쟁 세력은 존재한다. 우주 시공의 개념을 영토의 개념으로 봐야 한다. 그리스어 토포스(장소성)에서 유래한 '문학의 아토포스(비장소성)'를 보면 우주문학의 실현 가능성을 알 수 있다. 우리는 어떤 우주적 사업을 하려느냐, 꼭 우주선을 쏘아 올리자는 말이 아니다. **모든 건물**

**은 우주선이다,** 우주적 사유를 말하는 것이다. 현대 국제도시 서울의 사유는 건물의 사유이다. 우주 공동체, 우주 계몽을 말하려는 게 아니다. 무엇이 있을 것이다, 무엇이, 카오스모스처럼, 무엇이.

한국은 시가 죽지 않았다. 지구상에서 유일하게 시의 에너지, 시의 동력이 남아 있다. 그 동력이 떨어지기 전에 우주문학을 이루어야 한다. 그런데 그것은 인문학과 시만으로 안 된다. 우주론 과학서적 수백 권 만으론 안 된다. 김수영의 말을 빌려 변주해보면, 형식과 내용에서 압도할 만한 것이 나와야 한다. 우주적 형식과 내용을 동시에 찾아야 한다. 통째로, 통째로 찾아야 한다. 분명한 것은 우리 고유의 것이어야 한다는 것이다. 통째로 우리 고유의 것이어야 한다는 것이다. 다시 말하지만, 서양의 시나, 중국의 한시나, 일본의 하이쿠가 아니라 우리만의 내용과 형식의 하얀 달항아리가 떠올라야 한다는 것이다. 왜인가, 청자와 더불어 백자가 동시에 떠올라, 중국 것이 아니라 우리 고유의 백자, 푸른빛이 도는 흰빛이 나오기까지 도공(시인)들은 수 없는 그릇을 깨서라도, 통째로 우주적 그릇을 구워내야 한다는 것이다. 다 같은 백자이지만 도공마다 다르니 걱정할 것 없다. 그 소박성도 장엄함도 다 우주적이니 걱정할 것 없다. 다 우리가 구웠으니 통째로 우주에 내놔도 걱정 없고, 도공들의 이름이 지워져도 비로소 민족문화이니 우주적 그릇의 흙이 되어도 좋다. 안 그런가, 우리 시의 도공이여, 도공의 시인들이여.

내가 우주문학을 에둘러 말하는 것은, 낙숫물이 바위를 뚫는다는 속담 때문만은 아니다. 문지도 창비도 세계문학을 지향하지만 성격이 너무 다르고, 적어도 시에 있어서는 더 첨예해서 바위보다 단단하다. 아무리 모자를 벗어라 해도 저쪽에서는 모자를 쓸 것이고, 이쪽에서는 모자를 벗기려 할 것이다. 그러나 모자를 쓰기도 하고 벗기도 하는 내가 볼 때는 문제는 전혀 다른 데 있다. 오히려 모자 쓰기 모자 벗기 문제가 아니라, 괴테의 "문학은 인간의 공유재산"이라는 모자보다 더 새로운 모자를 만들어야 한다는 것이다.—김주연은 「한국문학, 세계문학인가 거듭되는 질문의 이해를 위하여」에서 말한다. "독일문학이 자랑하는 작가가 이른바 '세계적 문호'라는 지칭을 얻게 된 것은 '민족문학'의 모자를 내려놓고 '세계문학'이라는 큰 문으로 그가 담대하게 걸어 들어감으로써 가능하게 되었음은 부인할 수 없다."고.(『유심』 2014년 10월호 참고)—그렇다고 성급히 '문학은 우주의 공유재산'이라는 모자를 만들자는 말은 아니다. 너무 모자만 벗다 보니까, 우리 얼굴마저 벗어버렸다. 우리는 이제 무엇을 벗을까, 제가 쓴 가면을 벗을까, 그래 맞다…… 신형철의 말대로 "문제는 서정이 아니다" 통째로 보면 서정시의 문제가 아니라, 시의 문제이다. 시여, 시여, 젊은 날의 시여, 어디까지 뻗어 가느냐, 우주 저 너머까지 뻗어 가느냐! 이제 우주파이냐, 「기하학적인 삶」의 시를 쓴 김언 등에게서 가능성이 보이지만, 아직도 멀고 먼 우주문학의 험로여! 나는 우주파에게서 우주문학의 희망과 절망을 동시에 본다. 내 바로 앞 시간에 「외계」를 쓴 김경주가 수업을 했고, 나는 똑같은 학생들에게 신형철의 글로 수업을 하고 있다. 지금 황병승의 시 「커밍아웃」 전문을 읽고 있다.(지금은 J대 대학원이나 학부 수업에서 황병승의 시는 다루지 않는다.)

> 나의 진짜는 뒤통순가 봐요
> 당신은 나의 뒤에서 보다 진실해지죠
> 당신을 더 많이 알고 싶은 나는
> 얼굴을 맨 바닥에 갈아버리고

뒤로 걸을까 봐요

나의 또 다른 진짜는 항문이에요
그러나 당신은 나의 항문이 도무지 혐오스럽고
당신을 더 많이 알고 싶은 나는
입술을 뜯어버리고
아껴줘요, 하며 뻐끔뻐끔 항문으로 말할까 봐요

부끄러워요 저처럼 부끄러운 동물을
호주머니 속에 서랍 깊숙이
당신도 잔뜩 가지고 있지요

부끄러운 게 싫어서 부끄러울 때마다
당신은 엽서를 썼다 지웠다
손목을 끊었다 붙였다

백 년 전에 죽은 할아버지도 됐다가 고모할머니도 됐다가……
부끄러워? 악수해요
당신의 손은 당신이 찢어버린 첫 페이지 속에 있어요

게이들은 바텀(bottom) 역할이 많다고 한다. 바텀은 여자 역할을 말하는데 남자 역할인 탑(top)에 비해 페니스의 삽입을 받는 쪽이라, 그래야 비로소 게이임을 확실히 느낄 수 있다 한다. 왜냐하면 남성의 페니스 삽입은 게이가 아니어도 할 수 있고 오롯이 바텀만이 동성애자가 되는 '순수 애널'을 경험하는 것이다. 가학인지 자학인지 모르지만, 남성성기의 최고의 폭력인지 쾌락인지 슬픔인지 환희인지 모르지만, 그 남성이 여성이 되어 삽입을 받을 때마다 꽃이 핀다. 오히려 남성 대 남성이 벌이는 성행위는 레즈비언보다 바텀 남성 성기의 시듬과 항문의 개화로 인하여 오히려 화사하게 꽃이 핀다, 옥타비오 파스가 말했는가, 시는 동등할 것이지 진리여야 하는 것은 아니라고. 그래서 커밍아웃은 **항문에는 인격이 없다**는 것을 말하는지 모른다. 모든 게 역설인지 모르지만, 황병승은 학문(시)에 꽃을 피웠다. 너무 부드러우면서도 섬뜩한 꽃을! 숨이 턱, 막히는 꽃을! 정말 "나의 진짜는 뒤통순가" 묻게 되고 "얼굴을 맨 바닥에 갈아버리고" 싶고 거짓말과 진짜 말의 구분이 안 되는 "입술을 뜯어버리"고 싶은 충동을 느끼게 한다. 모든 얼굴의 개화는 시들어 버린다. 누가 내 얼굴을 가져갔느냐, 내 시를 가져갔느냐. 그것을 신형철은 이렇듯 써놓았다.

> 이렇게 정리할 수 있을 것이다. "평소에 당신은 나를 경멸하지만(그것은 가식이고) 나의 항문에 삽입을 할 때는 나에게 간절해진다(이것은 진실이다). 그래서 나는 내 진짜 얼굴은 뒤통수인 것만 같고, 쓸모없는 얼굴 따위는 갈아버리고 싶어진다. 그만큼 나는 당신을 사랑하고 그래서 나는 안다. 당신이 나의 항문을 혐오하는 까닭은 자신의 욕망을 혐오하기 때문이고 당신의 정체성과 화해하지 못해서라는 것을. 그러니 이제는 부끄러워하지 마라. 당신이 부인한 당신의 손과 악수를 하라." 이런 시 앞에서 '평범한' 성적 취향을 갖고 있는 2005년의 독자들이 깜짝 놀랐는지 어땠는지는 중요하지 않다. **이 시가 생산해내는 정서를 우리가 이전 시들에서 경험해본 바가 없다는 사실, 그리고 이 정서가 결국 우리를 무너뜨렸다는 사실이 중요하다.**(강조는 인용자)

그가 말한 대로 2000년대 시는 서정적으로 깊어지고, 실험적으로 넓어지고, 정치적으로 첨예해지고 있다. 서정의 피로를 넘어 정치시의 한계를 넘어 다른 실험과 무수히 만난다. 그런데 문제는 실험시이다. 우리는 구태의연한 시에 절여 살았는가를 수없이 되풀이해서 물었지만, 우리가 새로워져야 한다는 강박관념에 왜 시달리며 살았는가는 잘 묻지 않았기 때문이다. 왜인가, 그것은 세계시사에서 매번 걸리는 실험의 최초가 단 한 번도 이루어지지 않았고, 결국 다른 나라의 밑을 닦는 시나 쓰고 있어서! 형식과 내용을 동시에 밀고 가는 실험이 의자가 많아서 걸렸다? 아니다 문제는, 오히려 우리 의자가 없어서 걸리지 않고 밑도 없이 설사를 해버린 시를 쓴다는 것이다. 우리끼리 잔치를 벌여도, 이미 잔치가 끝난 그들이 볼 때, 이상하게 거울을 바라보며 프랑케슈타인 가면놀이를 하는가, 이미 폐기 처분된 실험실을 재활용하는가, 물을지 모른다. 그가 이상의 시에서 말한 '거울 시편과 가면의 주체론' 역시 **가면 발명**으로 이어지려는 얼굴 해체의 노력으로 볼 수 있다. 이상의 얼굴이 지금도 거울에서 자꾸 미끄러지는 까닭을 묻고, 또 묻는다.

신형철이 제기한 **가면 화자**의 문제는 가장 강력한 무기가 되어버렸다. 그는 우리 시의 시인 화자를 인정하지 않는 것이다. 기존의 화자들은 시인의 대리인일 뿐 주체적으로 살지 못하고 가면을 썼다는 것이다. 과거파는 '화자-가면'을 썼고, 미래파(황병승 이후)는 '화자-주체'를 불러냈다는 것이다. 과거파는 1인칭의 투사 · 변형에 가까운 존재들이고, 미래파처럼 새로운 정서가 창출되려면 그 주체성을 불러내어 살아갈 때만 가능하다는 것이다. 얼핏 보면 '나'라는 1인칭의 얼굴을 지우고(해체하고) 1인칭 타자들의 맨 얼굴이라 할 수 있는 '타자의 얼굴'을 발명한 것처럼 보인다.

오규원 날이미지론에서도, 신형철 가면 화자론에서도 실패할 수밖에 없는 그 무엇? 그 수많은 선사들과 예술가들과 철학자들과 과학자들이 벗기려 했던 우주 가면! **얼굴 없는 가면은 벗길 수 없다**! 영원한 우주적 숙제 얼굴과 가면은—화자—주체와 화자—가면은—분리될 수 없는 얼굴이다. 얼굴을 뭉개버린 화가 베이컨의 **정육점그림**조차도, 인간의 얼굴을 수없이 도살했지만, 결국 얼굴 없는 얼굴을 그렸다. 지옥이 없으면 천국도 없고 얼굴이 없으면 가면도 없다, 그 가면을 벗기면 우주붕괴가 되는 것이 아니기에, 우주 가면은 없다. 신형철 '화자—주체'의 논리로 보면 역으로 가면이 맨 얼굴을 쓴 게 아닌가. 미래파가 가면 화자를 쓴 게 아닌가 …… 그러나 …… 그것은 하나의 얼굴이다, 우주에는 가면이 없기에.

내 얼굴 이미 많은 걸 지녔다
얼굴 드리운 퀭한 눈빛
얼굴에 파인 깊은 그늘
자비상 분노상 백아상출상 열한 개 얼굴
보이지 않는 뒷모습 살의
나는 내가 두렵다,
눈보라 속의 열매를
우리 상한 얼굴빛이라 썼던
젊은 날 회한의 시는 슬픔의 과잉—
그 얼룩진 눈 습지 보타지면서
가면도 얼굴이란 걸 알았다 그래서
맨 얼굴 옛 미소가
내 얼굴 정수리 불면(佛面)이 사라진 흔적

—「내 십일면관음상」 전문

내 졸시*를 여기에 옮긴 것은—맨 뒤에 나오는 「가면별」** 시와 더불어 — 무슨 까닭이 있어서가 아니다. 그것은 우주 가면은 없다는 것과, 가면과 화자들의 문제를 더 설명하려다 갑자기 생각난 것일 뿐, 왜 이리 또 화자의 문제가 중요한지 다시 물어야 한다는 절박함이 있어서도 아니다. 다만 우주문학론에서 화자는 계속 발명되고, 화자 해체는 가능한지, 화자는 어떠해야 하는지, 꼭 정해진 것은 없지만 우주의 화자는 좀 더 우주적이지 않을까 생각해서 그런 것이다. 우주라 해서 멀리 있는 게 아니라 바로 지구의 일이고 보면 지금껏 인류가 고민한 일과 무관한 게 아닐 것이다. 모든 화자는 인간만이 만드는 것일까, 또 고민이 되지만 어쩔 수 없이 내가 쓴 시와 시설의 화자들을 불러올 수밖에 없다.

내가 쓸려는 시와 시설은 1인칭 개념이 아니다. 1인칭 '화자—가면'과 '화자—주체'의 문제가 아니다. 소설에서처럼 전지적시점만도 아니다. 1인칭, 2인칭, 3인칭 모두 화자 변신이 가능하고, 보르헤스 소설만이 아니라, 우주문학 우주시는 다중자아이기에 주체와 객체 주체와 가면의 얼굴을 가리지 않는다. 그것은 단순히 주체 문제만이 아니라 여전히 유효한 우주의 시대적 소망과도 관련이 있다. 인류가 우주에서 가면을 벗기려 할 때, 우주는 주체와 가면의 포용을 바라는지 모른다. "없는 것을 왜 자꾸 벗기려 하니?" 물을지도 모른다. 그러니 나도 우주에 반하는 시를 쓴 것인가?

석굴암에 있는 십일면관음상을 보고 나는 시를 썼지만 그 가면의 의미를 잘 몰랐다. 그때는 가면을 벗기려고, 시대의 가면을 벗기려고, 없는 가면을 벗기려고 했던 것이다. "내 얼굴에 이미 많은 걸 지닌" 서른살, 그 청춘에 "퀭한 눈빛"으로 세상을 바라보며 "자비상 분노상 백아상출상"이 있다 믿었다. 저마다 자비상 3개는 따뜻한 온도가 다르고, 분노상 3개는 분노가 다르고, 백아상출상 3개는 우는지 웃는지 잘 모르겠고, "살의"만 남은 "뒷모습"에 "나는 내가 두렵"고, "내 얼굴 정수리 불면이 사라진 흔적"만이 남아 있었다. 그 대가를 치르고야 나는 "가면도 얼굴이란 걸 알았"지만 여기에 맨 얼굴은 남아 있지 않았다. 이미 나는 없고 타자들만 득실대는가, 그런데 십수 년 얼굴 들여다보니 가면도 민낯도 없었다. 그러다 우주의 얼굴은 가면이 없다는 걸 느꼈다, 아니 가면이 있어도 가면이 아니란 걸 알았다. 가면에서 자유로워지면 우주 화자가 별처럼 많아지나? 그때부터 우주자아들이 가면을 쓰고 다시 나타났다 사라졌다. 나는 십일면의 얼굴들에서 「가면 별」이란 더 많은 가면의 시를 썼고, 시설을 썼고, 우주문학론의 시설론을 썼다.

내 삼십대에 쓴 「내 십일면관음상」의 가면은 여기서 흘러내린다. 얼굴이 되지 못해 미끄러진다. 신형철이 말한 '화자－가면'과는 다른 '화자－주체'의 새로운 정서는 없는가, 그의 말이 맞는지 모른다. 그러니 어떻게 말을 할까, 시를 말한다는 것은 두려운 일이다. 아직 우주문학론을 아무도 들여다보지 않기에, 이 얼굴들은 각각의 얼굴이면서 하나의 얼굴이기에, 내 시는 없기에, 다시 말하지만 여기서 주체들은 다중의 주체들이기에. 다중의 주체들에겐 게이 주체의 발화든, 부처 주체의 발화든 하나의 발화이다. 십일면관음상에서 '나'는 "열한 개"의 '나'이다. 우주는 항시 새로운 '나'로 태어난다. 우주는 1℃의 미묘한 온도 차로 생겨났다, '나'의 "얼굴"은 미묘한 온도 차로 생겨났다. "자비상"에도 자비의 온도가 각각 다르고, "분노상"에도 분노의 강도가 다르다. "백아상출상"도 설명하지 않지만 웃음 속에 '나'라는 주체가 3개 모두 이를 드러내고 있다.

자아의 제거는 무의식에서조차 쉽지가 않다. 자아의 소외는 수많은 타자들을 호명한다. 그 자아들이 가면 화자가 되고 화자 주체가 되지만 그리스 로마, 중국신화에 나오는 동물극과 다르지 않다. 그래도 **그가** 위대한 명저 『몰락의 에티카』에서 이 우주의 숙제인 '화자—가면'과 '화자—주체'의 문제를 시에서 불러냈다는 것은 새로운 일이다. 또 다른 그가 있다. 그 텍스트 속의 텍스트, 정체성의 복수성, 주체가 실종돼 가는 낯선 정서를 '코끼리군의 실종'에서 이장욱은 그렸다. 그러나 아무리 '나'를 지우고 낯선 동물을 불러내도 '숨은 화자'는 지워지지 않는다. 그 그림자가 동물이고 '나'는 동물이 되어 있다. '나'의 그림자를 지우려 하면 할수록 그림자는 더 선명해진다. 시인 화자는 항시 존재한다. 소설의 가면보다 시의 가면은 제 피부가 되어 떨어지지 않는다. 엄밀히 말해 무인칭은 가능하지 않다! 다중자아를 통해 그 가면(가상) 자아들이 실재 주체 자아인 것처럼 꾸미지만, 이미 보르헤스가 가상으로 만든 「중국의 한 백과사전」의 '동물분류법'에서 보여준 것이다.

보들레르의 가면도 아직 벗겨지지 않았다. 가면을 가장 잘 벗긴 벤야민의 말처럼, "보들레르를 통해 그 우울이 영웅으로 승화됐"는지 모르지만 가면은 벗기는 순간 또 생겨나고,—그 『파리의 우울』에 나오는 「목매는 줄」은 어쩌면 사탕 때문에 자살한 꼬마와 목매단 끈을 가지려는 어머니의 **죽음의 거래**인지 모른다. 그 끈은 죽음의 형식을 가지려는 다중화자(나와 어머니와 꼬마와 화가와 침묵 화자들)의 가면 벗기기인지 모른다.—생겨난다. 그러니 가면은 애초에 없는 것이다, 우주엔 가면은 없다, 다중 우주, 가면 우주이다! 타자의 주체는 주체의 타자이다! 인간의 지옥은 '화자—가면'과 '화자— 주체'가 분리될 수 없다. 어디 가면 실재 주체가 커밍아웃 되는가, 랭보는 '지옥의 계절'을 핏빛 속에서 본다. 성 소수자의 그것이 이미 색깔을 칠한 모음의 가면 속에 얼굴을 들고 있음을. 그 랭보의 절규 속에 얼굴을 들고 있다. 절규만이 커밍아웃 할 수 있다. 이미 그때 불러낸 것이다. 부드러움과 거침으로 동시에, 사포질 안 한 질감으로 손 밑 지문이 닳도록, 시의 가면을 문지르는 것이다.

이제 나는 가면을 쓰자. 유럽의 **해체 가면**이 아니라 우주 가면을 쓰자. 청자라는 그릇, 백자라는 그릇, 우리 절규로 만든, 우리 형식으로 만든 시의 가면! 닫힌 형식인 은유적 체계를 주변부로 돌리고 열린 형식인 환유적 언어체계를 중심부에 놓으라는 오규원 시인도 있다. 그러나 언어에는 중심이 없다. 우주에는 중심이 없다. 고향도 타향도 없다. 어느 한 가면을 쓰라는 것이 더 위험하다. 우주론에선 은유의 가면과 환유의 가면을 동시에 쓰지 않으면 안 된다. 더구나 시적 서사와 소설적 서사와 우주음을 동시에 받아들이는 시와 시설문학(詩說文學)은 어떤가? 이미 **시의 혼례가 시작되었다**! 시의 신부는 하얀 면사포를 써야 한다! 모든 잔치 그릇은 통째로 동시에 만들어져야 한다! 그러니 우리 사유에 맞는 그릇이 있을 것이다. 향가와 고려가요와 가사의 맥을 잇고, 우주 가락과 우주 사유를 담을 수 있는 그릇!(가요와 상엿소리와 아리랑 후렴구의 음악으로 만든 그릇!) 우주는 **가상현실**이 아니라 현실이다, 그게 우주론의 핵심이다.

이 작지만 엄청난 차이가 우주론이다. 거품처럼 한곳으로 몰려 마을을 이룬 은하들을 보여주는 거품우주도, 우주 전체의 에너지원인 거대 암흑물질도, 태양의 97만 배 크기로 은하의 중심마다 자리 잡은 초중량 블랙홀도, 중력장방정식도, 4차원도 5차원도 11차원도 현실이다. '이단 종교'를 텍스트로 삼은 보르헤스적인 사유는 가상과 현실이 하나인 것 같지만 실은 분별의 별이다. 이미 보르헤스의 우주론은 옛날의 우주론이 되어버렸다. 가장 새로운 것이 낡아지고 낡은 것이 새로워질 수 있는 게 우주론이다. 우주론을 파고들면 파고들수록 놀라운 게 아니라 소박하다는 걸 알게 될 것이다. 시는 우주 마을을 이루기 위해 살지 않는가, **우주 마을!** 삶과 죽음이 반대 개념이 아니라 삶 속에 죽음이 스며들어 있는 죽음의 우주는 삶의 우주와 하나이다. 우주의 일을 피부로 느끼지 못한다면, 그것은 마치 남의 죽음은 피부로 느끼면서 제 죽음은 피부로 못 느끼는 것과 같다. 우리 인류가 우주의 가면이라고 벗겨버린 우주 가면! 우주는 가면이 아니라 실은 우주의 맨 얼굴이다. 우주의 맨 얼굴이 가면이어서 우리는 모르는 것이다, 모두 가면을 써야 하나, 우주예술 우주과학은 가면을 써야하나. 우주음은 절규이다! 우주의 절규를 담을 수 있는 얼굴, 우주는 우리를 무너뜨리려고 있는 게 아니라 확장하려고 있는 것이다. 우주적 확장, 인플레이션 우주의 확장, 그것이 우주시다.

* 나는 절규는 못 하고 그 시집을 냈다. 그 『벽화』에 「내 십일면관음상」을 실었다. 그 시를 가지고 얼마 전 「가면별」이라는 제목으로 확장하여 시설(詩說)이란 장르로 발표했다.

** 가면별

그녀가 공동묘지 무대를 보며 말했다, 그의 가면을 벗기지 말라고. 그의 가면은 그의 얼굴이라고. 이미 얼굴이 되어버린 가면은 벗길 수 없는 거라고. 이미 얼굴인 가면은 가면이 아니라고. 가면을 벗는 걸 도와주지 말라고. 그가 벗기 전에 가면은 가면이 아니라고.

그녀가 마련한 공동묘지 무대 **무덤에 엎드린 사내**가 있다, 그는 오래 전 그녀를 성에 가둔 사내가 아닌가. 모든 풍화작용 얼굴마저 바뀌게 한다. 그 사내 얼굴이 바뀌어 나타났다. 모든 연적은 닮는가, 그 얼굴 무덤까지도. 아무리 돌아가도 다다르지 못한 얼굴 모퉁이 **돌아가는 절벽** 무덤.

그녀 그 사내의 가면을 벗기지 않고 기다렸다. 성을 탈출해 그에게 가고 싶었지. "잘 있으니 걱정마" 그녀를 위로하던 목소리. 그녀 애무하던 무덤의 목소리. 그녀 목숨은 성의 절벽만큼 위험하다고 시인은 말했다, 죽은 자도 산 자도 가면을 벗기면 위험하다. 무덤에 엎드린 사내 성에 가둔 사내가 되고 성에 가둔 사내 무덤에 엎드린 사내가 되고 이미 모든 가면은 얼굴에 배인 무덤.

**상중의 여인에게**

## 전화가 자꾸 걸려오네

그녀의 가면이 별이네
하얀 별은 하얀 가면
검은 별은 검은 가면

그의 얼굴은 촛불 뒤에서 흔들리고 있네. 그녀가 병풍 뒤에서 잠을 잘 때 그도 무덤에 엎드려 자고, 그 무덤에 엎드린 사내는 성에 가둔 사내가 보이지 않을 때만 보이네. 그녀 방의 공동묘지, 그녀 공동묘지 방의 병풍 뒤가 그녀의 잠자리. 그녀가 죽은 자의 자리에 누워, 병풍 뒤의 잠은 죽음의 잠. 병풍 뒤가 아늑한 것은 병풍 앞은 삶이요 병풍 뒤는 죽음이라는 것, 오래전 병풍 뒤의 죽음을 치운 뒤 그녀가 대신 누워본 습관은 죽음의 염습. **풍비여 풍비여**

내 병풍 뒤가 아니면 그를 만날 수 없네. 내가 병풍 뒤에 숨어 그를 만나러 가네. 그는 내게 죽음의 환희 병풍 뒤에서만 만날 수 있네—아 병풍 뒤 그를 만나러 가는 길 모두 산길 살아서 죽어서 우리는 산길을 간다. 그가 수술 자국 아물 겨를 없이 떠난 산길.

그녀가 병풍 뒤로 돌아와 도둑잠이 드네. 병풍은 그녀의 가면. 병풍은 죽음의 가면. 아무리 죽음을 겹쳐도 죽지 않는 삶. 어김없이 새벽이면 병풍 뒤에서 걸어 나와 쌀을 씻고 밥을 안치네.

그녀의 가면이 별이네

하얀 별은 하얀 가면
검은 별은 검은 가면

**그녀의 장례는 우주 가면** 가면! 가면! 가면에는 눈이 없다. 완벽한 가면만이 눈이 있다. 그녀 죽음의 가면 시의 얼굴에 붙어버렸다. 가면은 시의 얼굴이다. 이미 우리 얼굴 수많은 얼굴 지녔다. 시의 얼굴에 풍이 오는지 자꾸 안면 근육이 일그러진다. 시의 얼굴에 어린 수많은 얼굴, 이 시대 얼굴은 그릴 수 있나? 너무 복잡한 인면 아닌가.

시의 얼굴은 십일면관음이지만
시인은 한 얼굴밖에 보지 못한다

시의 십일면관음상

그녀 얼굴 이미 많은 걸 지녔다
얼굴 드리운 퀭한 눈빛
얼굴에 파인 깊은 그늘
자비상 분노상 백아상출상
보이지 않는 뒷모습
열 개 얼굴
그녀 얼굴 정수리
불면(佛面)이 사라진 흔적

**자비상**

그녀 이야기는 모두 병풍 뒤에서 일어난 이야기. 그 광녀가 들려준 무덤이야기. 모든 이야기는 묘비에서 시작되나 비석도 무덤도 없는 옛 이야기. 그 평평한 무덤이 '무구장'이다.

어느 골병든 어미와 딸이 무구장 파헤쳐 한 소쿠리 인골 가져다가 왕겨 태워 갱엿 환을 만들어 먹었다고

그녀가 이런 이야기를 들려주었다.

**분노상**

그녀에게 그 광인이 들려준 이야기는 모두 묘지에서 들려준 이야기. 그는 고향의 부음을 듣고 내려갔다고. 고향은 공동묘지만 남기고 사라지고, 무덤가 아무도 없는데 풍문이 풍비(風碑)인지 모른다고.

나는 죽은 자, 나는 산 자와 묫자리가 뒤바뀌기도 하는가—

그해 여름 군인들이 묫자리를 보러왔고 내 평묘 파헤쳐 구덩이 파더니 그 사람들 암매장, 이 묫자리 위에 바윗돌 올려놓고. 묫자리 위에서 정사(政事)를!

**백아상출상**

그녀 이야기는 모두 병풍 뒤 무덤에서 일어난 이야기. 그녀가 그녀에게 들려주는 이야기. 그 상복 입은 그녀가 마련한 병풍 뒤의 무덤 이야기. 그녀의 무덤이 '무구장'이다.

그가 죽고 그 사내의 성에서 사는 그녀는 왜 병풍 뒤에 제 무덤을 마련했는가— 그녀 이야기는 병풍 뒤의 이야기, 이제 병풍 뒤 오래된 무덤이 평평해져서 우는지 웃는지 모를 병풍의 이야기.

—『우주문학의 카오스모스』, 국학자료원, 2018.11.25.

# 4부

## 시와 시설 작품

# 설동자(雪瞳子)

게임은 게임을 신으로 삼는다; 묘비에서 울음이 들리는 게 아니라 빗돌 밖에서 울음을 져 나르는 흰 눈동자가 있다. 악마에게 동공을 빼앗겨 그 흰 동굴은 세상에서 가장 깊다. 찬바람 불면 흰 눈 내리고 눈보라 속에서 돌아오는 악마가 보인다. 깃털의 가장 부드러운 눈송이가 눈을 찌르는 무기이다, 눈은 무기의 창이다.

## 가을 혼례

아름다운 무덤이여 가을날의 혼례여
내 시설(詩說)을 들어라

가을 혼례는 장례와 함께 치러진다. 내가 병이 깊어 장례와 혼례는 치러진다. 그녀가 그 사내와 내 묫자리를 보러 다닌 걸 나는 죽어서야 알았다. 그해 가을 혼례를 위해 공동묘지는 억새 무덤을 이루었고, 그 무덤들은 내가 며칠 후 오리란 걸 알고 있었다. 그녀와 그 사내는 묫자리를 둘러보기 시작했다, 내 묫자리를 둘러보던 그들이 묫자리 위에서 정사를! 묘지 위의 정사를!

가을 혼례는 그녀의 장례였다, 그녀는 상복 입고 날마다 제 장례를 치른다. 내 묫자리를 위로하던 그 사내의 손이 그녀 묫자리를 만들었다, 그녀는 제 무덤을 그리며 산다. 가을 장례는 국화의 혼례 국화를 보러 사람들이 거리를 흘러 다닌다. 모두 노랗게 핀 얼굴을 하고 하얗게 핀 얼굴을 하고 한 곳으로만 몰려다닌다. 그녀를 위해 내가 쓴 시, 그녀에게 바친 화환이 모두 장례식장에 모여 있다.

# 게임의 비

**신의 게임**은 완성되지 않을 것이다,

악마를 죽이면 인간이 죽는다
악마는 인간을 죽여야 신을 죽일 수 있다

인간은 별을 보며 죽어간다
인간은 죽어서도 눈을 준다

눈을 이식한 시(詩)
눈에 감긴 붕대를 풀어요

어머니 **황금의 비** 번쩍이며
한꺼번에 별이 쏟아져요

대폭발—대붕괴가 와도
우주게임은 완성되지 않을 것이다.

# 문비(門碑)

모든 시는 비이다; 시비(詩碑)를 하지 마라. 비는 떠나려는 자와 남으려는 자의 **고독한 나그네** 길 위에 서 있다. 그러다 죽으면 길 위의 무덤이 된다. 그 시인의 무덤 찾지 마라, 흐르는 길 흐르는 무덤일 뿐 어쩌다 무덤이 보일지라도 주저 말고 지나라. 또 가다가다 만나더라도 무덤 앞에 주저 말고 지나라, 죽음을 궁금해 말고 서슴없이 묘비를 지나라, 시인 나그네는 죽어서도 길 떠나고 없다. 누구 비인들 어떠랴.

모든 사람이 비이다; 한밤중 불 켜진 전철에서 찰칵! 엑스레이가 찍힌다. 사람들 내리고 타는데, 자세히 보니 귀신이다. 빗돌인데 서로 빗돌인지 모른다, 무심히! 자동문 열리면 문 닫히다, 자동문 닫히면 문 열리다, 비문(碑門)이 열리다. 모두 문 속으로 들어간다.

모든 빌딩은 비이다; 타워 팰리스, 수직 무덤, 수만 명 들어간 천국. 몇 동 몇 호? **시크릿**시스템, 오 불이 켜진 따뜻한 묘비. 너의 문비(門碑)를 찾을 수 없다, 공중 무덤! 비문(碑文)을 읽을 수 없다, 비는 높을수록 어두운 비이다. 환히 불 밝히라, 무덤들! 도시 사막 피라미드. 모든 건축은 비를 향한다, 도시 빌딩은 모두 비이다.

빌딩에서 나오자마자 비가 내렸다, 그 시인과 나는 도심 공원에 이르렀다. 공원이 무덤 같다, 날마다 생기는 비들에 싸여! 김구 묘지에 비가 내린다. 빗돌이 세워져 있다. 비 속에 비이구나, 시인이 중얼거린다. 비를 긍정하라, 우리는 다 비에서 산다. 거대한 비들이 비 하나를 내려 보고 있다. 수직으로 내리는 비는 비이다. 파묻으려 한 비는 세워지고, 세우려 한 비는 파비(破碑) 되리라. 내리는 비와 서 있는 비가 문이 번뜩인다.

보이는 비와 보이지 않는 비가 있다 했다. 보이지 않는 비는 아름답다. 보이지 않는 비는 아름답다! 외치다 사라지는 그 시인은 보이지 않는 비, 보이지 않는 비라 그리 명명하고픈; **어느 무덤인들 서 있으면 우리가 비였구나.** 오 무덤! 서슴없이 지나지 못하였거든 네 눈동자여 비는 담지 마라.

보이는 비와 보이지 않는 비는 모두 문비를 달았다, 시는 보이지 않는 비다. 신은 보이지 않는 비다. 먼지로 만든 인간 보이지 않는 비다. 먼지 하나로 만든 우주 보이지 않는 비다. 자연, 과학, 예술, 종교, 평화는 보이지 않는 비다. 보이지 않는 비가 세우는 보이는 비－ 피라미드, 빌딩, 사원, 교회, 국가, 전쟁, 묘비, 시비(詩碑)는 보이는 비다.

여기에 문을 단 건 누구인가? 아무도 없다, 스스로 문이었다. 모든 문은 비였구나, 문 속에서는 울 수 없었다. 문비! 문비가 없다고 말하는 시인도 있지만, 그 시인은 다르다. 문 없는 묘지는 없다. 문으로 들어가면 거기 무덤, 방1, 방2, 방3 아파트 그 시인 시를 쓰고 있다. 누군들 문 속에서는 헤맬 것이다, 우리 나이와 상관없는 죽음의 문.

문 열어라,
문 열어라,
문 열어라,

비는 인자하지 않다!
비는 인자하지 않다!
비는 인자하지 않다!

그 시인 문비를 열려다 지문이 다 닳았는지 모른다. **바람은 문에서 분다.** 그 방에 평생 걸친 바람의 외투 하나를 벗어 놓았다. 누구나 죽으면 문에 지문을 남길 것이다. 그 시인은 문에다 시를 쓴 것이다, 유고시를! 비가 비를 죽일 수 있다. 문비는 열리지 않는다. 여는 문이 아니라 닫는 문이다. 한번 닫히면 열리지 않는 문이다. 죽어야 열 수 있다. 사람의 지문처럼 모든 비명에는 무늬가 있다. 그 시인 비명 없이 문비로 들어갔다. 나는 문비를 두드린다. 산 자만이 문을 두드린다. 오 문 열어라, 나의 비여. 우주의 비를 보았던 자신이 문비란 걸 몰랐다. 우주가 하나의 거대한 비라면 비를 가지고 비를 열 수 있다.

문비가 자꾸 열어달라고 보채는구나, 너 암흑물질; 보이지 않는 원소가 우주 존재하게 해. 보이지 않는 비 속의 또 다른 보이지 않는 비! 보이지 않는 비, 보이지 않는 비가 보이는 비인지 몰라. 문자 없는 글씨가 써진다!

절 대 영 도 (-273.15℃) 라; 모 든 보 이 는 원소 (비) 보 이 지 않 는 비! 점 (끈) 원소 모 든 끈 되 어 **하 나 의 거 대 한 끈 (반죽)** 보 이 는 비 는 모 두 보 이 지 않 는 비 고 체 액 체 기체 모 두 존 재 하 는 문비!

비행기는 날아다니는 비다. 자동차는 굴러가는 비요, 인간 직립하는 바늘 같은 신경 하나가 비다.(눈물도 비라오!) 생사를 노래하는 음악은 비다. 나무는 자라나는 비요, 꽃은 활짝 핀 비다. 우주 바람개비 돌고 도는 비다. 지구는 태양을 돌고 태양은 은하를 돌고 은하는 처녀자리 은하단으로 떨어지고 은하단은 대우주 방랑하고 **우주 나그네**는 떠도는 비다.

인간은 비를 높이 세우려 한다, 가장 멀리 오른 비는 우주선; 별들을 망원경에 담는들 무얼 볼 거냐고 그 시인은 말했다. 가장 높은 비는 신이라 여기는 자들은 **우주눈**을 보고도 못 볼 것이라고 중얼거렸다. 그 아름다운 비극의 비석에 새겨진 비명은 없다 했다. 별들이 폭발할 때 생긴 문이 있을 것이라고 했다, 그 또한 너무 많은 문은 거추장스러워.

그 시인이 이젠 **먼지의 눈**에서나 보일지 모르오. 우리 아파트 앞 아파트는 먼지가 쌓이오. 공사를 마무리 짓지 않은 까닭이오. 내 방 보안장치 열리지 않는 창문이오. 창문도 문비인지 모르오. 열어도 열어도 열리지 않는 창문, 시인지 모르오. 시가 보이지 않는 문비라서 그렇소.

그 시인이 이미 내 안에 들어왔는지 모르오. 빙의—그 자신은 죽음을 부정하는지 모르오—는 아니오. 죽음의 비는 없다 여기는 까닭이오. 나는 불이 켜진 따뜻한 묘비에서 사오. 창가 떨어지는 낙엽이 나의 지문이오. 창가의 계절과 나의 계절은 다르오. 빗돌에는 계절이 없소.

## 하얀 별

지구의 장례가 치러지고 있다! 상여꾼은 운구 준비를 마쳤느냐? 모든 별은 봉분 봉분의 별 그 환한 무덤 닳고 닳아 태기가 비쳤다. 아이는 자라기도 전에 방랑하는 목동이 되었다. 우주 십우도가 그려지고 있었다. 지구의 마지막 장례식 날 십우도를 볼지 모른다—어릴 적 상갓집 밝은 천막 안에 차려진 그 **시신** 음식 냄새 지금도 맡고 있는 것처럼 모든 풍경은 유전되는지 모른다.

우리가 제물인 것을 모른다고 그 시인은 말했다. 지구의 제물이라 했다. 소년은 시신의 음식 냄새 배인 몸을 입고 자랐다. 여태 뱉어내지 못한 송장 냄새가 어른이 되어 갈수록 진동했다. 어서 나의 관을 다오, **나의 관을 다오** 외치지만 글쎄 지구는 너무 많은 장례 때문에 바쁘다.

그를 태어나게 한 상갓집 고향은 뱉을 수도 삼킬 수도 없는 음식이라 했다. 왜 고향이 상여로만 떠오르는가. 소년은 한 번도 상여를 따르지 않았다. 상여길은 동네 방천길 지나 산길로 접어들었다. 상여가 지난 자리 종이꽃 피고 "며칠 후, 며칠 후!" 만나자던 장소 공동묘지.

그 공동묘지만 남긴 채 고향이 사라져 버렸다. 고향을 다녀온 후 그는 오래 앓았다. 음식을 떠밀어도 달다 쓰다 안 했다. 여태 음식에서 송장 냄새가 나느냐 묻고 싶었지만 농담을 못했다. 그가 자리보전하다 일어나 처음 뱉은 말은 그의 생가가 상갓집이라는 것이었다.

내 시가 태어난 생가는 없다고 그 시인은 말했다. 모든 폐가마저 사라져 버렸다고 했다. 원래 폐가는 없는데 사람들이 집을 버렸다 했다. 상여는 죽은 자를 태우고 가는 차가 아니라 집이라 했다. 죽은 자들이 잠시 머무는 집, 우리 사는 집도 상여라 했다. 산 자들은 **상엿집**에 머문다, 죽음의 여행을 떠나기 전에 잠시!

모든 여행은 죽음이다. 산 자들은 여행을 떠난다. 산 넘고 물 건너 죽은 자를 만나러 간다. 우리가 죽은 자인지 모르고 죽은 자를 만나러 간다. 제 집에 돌아와 꽃상여를 보고 반가워한다. 상엿집 환한 거실 환한 관이다! 어두운 방에서 누군가 흐느낀다. 그 음악은 자신이 평생 듣던 제 장송곡 이 방 저 방 건넌방으로 여행 다닌 것이다. 여행은 **자폐**의 집을 떠돈다, 늙어 죽어 갈수록 자폐아가 되는 것이다.

고향의 장례는 자신을 업고 키운 자신을 장례 치르는 것이라고 그가 말했다. 어린 아이가 애기 포에 늙은 아이를 업고 질끈 묶는다. 늙은 아이는 어린 아이인데 늙은 아이는 모른다. 어린 아이는 늙은 아이를 업고 선 채로 염해 버린다. 늙은 아이는 어린 아이가 되어 죽는다. 모든 애기보개는 염장이 아이였는지 모른다.

고향의 장례는 소년이 고향을 떠난 날로부터 시작된다. 고향의 부음은 너무 일찍 바람에 실려 왔지만 소년은 청년이 되어서도 돌아가지 않았다. 그 청년 음악가는 고향의 부음을 곡으로 남기려 했다. 그러다 너무 일찍 늙어 버린 청년은 제 자신의 진혼곡을 작곡하며 죽었다. 청년의 시체를 죽음의 음악처럼 끌고 고향에 내려 간 것은 그가 살던 도시의 **부음**이었다.

고향의 장례는 도시의 장례와 함께 치러진다고 그 시인은 말했다. 도시 빌딩은 비석처럼 자라고 고향 마을은 무덤처럼 고요하다. 도시와 시골의 거리는 무덤에서 무덤의 거리인 것이다! 길을 가다 죽거든 귀향이라 생각하라, 고향 무덤 어머니가 계신다.

고향의 장례는 시의 장례라고 그 시인은 말했다. 이미 여러 시인들이 시의 장례를 치렀지만 아직 장례는 끝나지 않았다고 했다. 고향의 장례가 끝나지 않으면 시의 장례는 계속된다. 시인은 임종을 보지 못했다, 시의 임종을 아무도 보지 못했다! 시인들의 방황은 계속될 것이다, 고향이 없으니 고향의 장례식에 참석하지 못할 것이다.

시인이 고개를 숙이며 시를 쓰는 까닭은 장례를 치르기 때문이라고 했다. 저물고 저물도록 산역하는 일이 시인지 모른다. 모든 상여꾼은 상여를 메고 따르고, 시인은 시의 꽃상여를 메고 따른다. 빈 상여 놀이 함부로 상여를 내리지 마라, 죽은 자와 산 자가 놀기 위해!

빈 상여 시체가 없다고 생각 마라, 상여는 관을 기다리고 관은 시체를 기다린다. 세상에 빈 관은 없다. 시인은 시를 기다리고 관은 시체를 기다린다. 이미 죽은 자는 관에 담겨 있다. 관에 담겨 있지 않는 것이 어디 있으랴, 산 자는 산 자에 맞는 관을 맞추라. 죽은 자는 죽은 자에 맞는 관을 맞추라. 모든 시는 제 시의 관을 맞추라! 그 시인은 한껏 고조되어 상여를 높이 든다.

어허허 어허 허
어허허 어허 허

시의 장례는 **울음**이 없다. 고향의 장례는 울음이 없다, 고향은 울음을 퍼 나를 우물이 없다! 우물이 없는 마을은 죽은 것이다, 우물이 짐승처럼 울어도 아무도 못 듣는다. 우물은 울음의 바닥을 보이지 않는다. 우물은 울음을 퍼내지 않아 썩어 가며 고였다.

나는 우물처럼 죽어 본 적이 있다—그 시인은 허허 벌판처럼 중얼거렸다.

나는 고향처럼 죽어 본 적이 있다, 그는 우물을 들여다봤다. 아무리 덮어도 메워지지 않는 우물. 아직 마르지 않고 눈 감지 않는 자들! 완전한 염습은 없다, 고향의 염장이여! 고향 산천 매혈하듯 봄은 온다, 고향 마을 수의 입고 봄은 온다! 모든 암매장은 고향을 묻는 것이다.

그는 고향의 장례를 치르느라 손톱이 다 닳고 잇몸이 물러졌다. 그만 하관할 곳을 찾는다 했다. 아무리 관을 내려도 땅이 받아 주지 않는다.

우리는 관을 내린 적이 없다. 죽은 자를 상여에 태웠다 마라, 죽은 자는 죽은 자끼리 산 자는 산 자끼리 **우리는 상여를 타고 여행한다.**

## 하얀 별

개나리꽃이 피었다
개나리꽃이 피었다

내가 삼십 년째 상복 입은 여자를 만났을 때, 우연히 그녀의 벌거벗은 몸을 본 것처럼 비밀을 알았을 때 신비하지 않으랴. 모든 일은 나중에 아는 것이다, 아니다! 세월이 흘러도 모르는 것이 있다. 나도 그랬고 당신도 그랬으니 놀랄 일이 아니다. 그녀는 개나리꽃을 보지 못했다. 노란 색을 외면한 그녀가 노랗고 투명한 상복을 입고 그리 오래 살다니! 노래하는 소녀 청년을 사랑했고 운동권인 그가 죽어 갈 때 노란 개나리꽃이 피었다. 얼굴에 황달 든 그가 겨우 더듬거리는 입술로 더듬더듬 말하지만 않았어도 말의 덫에 갇히지 않았을 것이다. **죽 음 영 원 하 지 않 아 사 랑 영 원 해** 그녀는 피부처럼 속옷에 그것을 입고 다녔다. 화사한 그녀가 거리로 나선다. 모든 비밀을 감춘 조각상의 날씬한 그녀가 누군지 궁금해 할 것이다.

이젠 상복을 벗으시오!
누가 상복을 벗겨 줄까요?

나는 연민보다 지팡이가 필요한 장님처럼 두리번거렸다. 죽음을 바라보지 못한 결과는 무엇인가. 이토록 아름다움을 구속했단 말인가. 밝은 성품은 그녀의 자랑 아닌가. 그녀는 우울을 감추고 있었기에 나는 오히려 고백하길 기다렸다. 내게 고백하지 않으면 죽음은 걷히질 않기에! 이 미인 죽음과 결혼해 버렸다. 그녀는 모를 것이다, 제가 헛되고 헛된 아름다운 묘지기인지를! 그녀는 기다렸던 것이다, 누가 와서 상복을 벗겨 주길.

나는 그녀의 노래보다 그녀의 침묵이 궁금했다. 모든 은유적인 노래는 믿을 수 없다. 더 이상 비유는 죽음을 그릴 수 없다. 우리는 방법을 모르기에 노래 부를 뿐이다. 그녀의 노래집은 늦게야 출간 되었다. 그녀의 음반은 단 한 사람에게 바쳐지고 있었다, 사랑의 노래는 죽음의 노래였다. 활기찬 육감적 그녀가 그러리라는 걸 몰랐다. 그녀는 죽음의 강을 여러 번 건너고 있었다. 여태 그의 무덤을 지키고 있었다.

개나리꽃이 피었다
개나리꽃이 피었다

그녀가 죽은 영혼에 사로잡힌 사람임을 아무도 몰랐다. 그녀는 아무것도 고백하지 않았다. 우연히 나는 그녀의 상복을 보고 말았다. 나는 그녀에게서 도망칠 수 없는가. 그녀는 내게 보여준 것이다, 아무에게도 보여주지 않은 상복 입은 몸을! 순간 나는 보았다, 저 상복을 얼마나 벗어 던졌던가. 이미 알몸보다 옷을 입은 몸이 제 몸인 것을. 누가 제 나체를 본단 말인가.

당신은 상복이 제격이군?
이미 다른 옷은 어울리지 않아요!

나는 하마터면 이런 말을 할 뻔했다. 그건 자살보다 어렵다, 옷을 바꿔 입는다는 것은! 나는 옛날에 겪지 않았는가, 옷을 바꿔 입지 못한 너를! 당신처럼 상복 입고 사는 사람 있더군, 나는 그녀에게 말했다. 거리에는 상복 입은 사람이 많다고, 제가 상복 입은 사람인 줄 모른다고. 제가 입더라도 그걸 벗긴 힘들다고!

그녀는 몇 벌의 상복을 준비해 놓았는가. 오히려 더 많은 여벌이 필요한지 모른다. 그녀는 아름다운 목소리로 노래를 부를 때도 상복을 입는다. 모든 가수는 상복을 입는다. 무대는 관을 놓기 딱 좋은 장소군, 가수는 상복을 입고 청춘을 흘려보낸다! 그녀는 **바람이 머무는 곳**이란 노래를 불렀다.

미련 갖지 마오
산 자들에게도
죽은 자들에게도

바람은 비에 머물지 않아
어머니 형제 아무도
집에 없더라도 미련 갖지 마오

산 자들은 산 자들의 바람

죽은 자들은 죽은 자들의 바람
바람이 머무는 곳 있더라도

바람 부는 길목
바람이 살고 죽더라도
바람에 미련 갖지 마오

하지만 바람이 상복을 벗길 수 없다는 것을 안다, 도시의 거리에서! 너무 많은 상복을 팔기에 상점들은 메모한다, 장례 일정을 늘 꼼꼼히. 생의 습관은 죽음의 습관이기에 미리 죽을 자가 거리를 활보해도 이상할 게 없다. 모든 습관은 죽음에서 비롯되었다. 그녀는 연민보다 지팡이가 필요한 장님인지 모른다. 그녀의 습관은 상복을 입는 것, 상복 벗겨 주길 바라며 상복을 입는 것인지 모른다.

그래서 나는 그녀에게 말했다, 당신에게 노래를 지어 준 게 잘못이라고. 당신에게 편안한 옷을 한 벌 지어 주고 싶지만 그런 옷은 세상에 없다고. 죽은 자에게 옷은 없다고. 죽음의 옷을 입는 건 산 자들의 습관이기에 벗길 수 없다고. 나는 또 노래를 들려주고 말았네, 상복 입은 그녀에게! 제가 입더라도 그걸 벗긴 힘들다고. 누구나 제 자신의 상복을 입고 산다고.

나는 중얼거렸다, 산 자들에게도 죽은 자들에게도 힘을 빌리지 않으면 좋으련만! 당신은 참 상복도 많군.

개나리꽃이 피었다
개나리꽃이 피었다

# 하얀 별

그 상복 입은 여자는 평생 상복만 입다 죽을 것 같다고 내게 고백했다. "당신은 무덤을 껴안고 살고 나는 시를 껴안고 살았군요." 나는 격정의 시 앞에서 참을 수 없을 때 자해를 한다고 고백했다. 내 시는 자해를 한다! 고백은 끈적끈적한 울음과 닮았다, 자해는 자위와 닮았다. 모든 쾌락은 닮았다! 생의 쾌락은 죽음의 쾌락인지 모른다?

고백은 어디까지나 고백일 뿐이다. 고백은 고백을 낳지만 자해와 자위만큼 다르다. 모든 쾌락이 닮았다는 것 외엔 아주 다르다, 그녀와 나는 서로 다른 별을 바라보며 산 것이다. 그녀의 별은 이미 사라져서 그 흔적만 흘러 다니고 나는 곧 사라질 별의 흔적을 미리 지우는 것이다.

나는 내 시를 애무하며 살았다고 그녀에게 고백했다. 모든 육신의 쾌락은 죽음의 쾌락인지 모른다? 그녀의 별을 어루만지는 일은 가능할까, 이미 없어진 별의 빛이 몇억 광년을 흘러와 사랑이 되었다면 사랑은 죽음이라는 공식이 성립된다. 곧 사라질 별의 흔적을 미리 지웠다면 내 시는 자해라는 공식이 성립된다.

별의 각질을 벗기는 시인이 있지만 별의 외투를 벗겨 내는 시인도 있다, 붉은 옷 파란 옷을 입고 사는 별도 있지만 하얀 옷을 입고 사는 별은 죽음을 기다리는 것이다. 그 죽음의 검은 옷조차 생이 된 블랙홀이란 별도 있다, 마지막 붕괴되기 직전에야 별은 외투를 다른 별에게 건네준다.

그녀는 하얀 별 아름다운 옷이 발목을 잡는다. 아름다움에 발목 잡혀 본 자는 안다. 왜 아름다운 것은 불편한가, 아름다움은 죽음이라는 걸. 별이여 하얀 별이여! 그녀는 하얀 별인 것이다, 죽지도 못하고 우주에 떠 있는 미이라 같은 별. 그녀는 우주에서 **자신을 다 태우고 떠 있는 하얀 별** 그녀의 사랑은 하얀 별.

그녀는 하얀 별 아름다운 것이 발목을 잡는다, 아름다운 구두처럼!—예쁜 발목을 잘라 전시해 놓은 거리처럼—아름다움에 발목 잡혀 본 사람은 안다, 아름다움은 죽음이라는 걸. 왜 아름다운 것은 편안한가, 길들여지기 위해 무수히 죽음의 군살 달라붙는가.

시인의 시에는 자해의 흔적이 있다. 모든 상처가 별처럼 빛나진 않지만 시는 별을 그린다. 그녀에게 별이란 시를 써 주고 싶었다, 그녀는 하얀 별이기에 별의 고백을 들려주고 싶었다. 모든 고백은 자신에 대한 얘기인 것을, 모든 고백은 제가 제게 들려주는 말인 것을—모든 고백의 별들은 알 것이다, 우리 모두 하얀 별이라는 걸! 그녀의 고백은 하얀 별.

서로의 고백이 우주가 되고 별이 될 줄 몰랐다. 그녀와 나는 우리 근원을 이야기 했던 것이다—그녀 하얀 별 사랑은 **죽음의 환희**인 것을!

어찌 말로 할 수 있으랴, 그녀는 자신을 다 태우고 떠 있는 하얀 별. 살아 있어도 죽은 하얀 별. 무엇이 죽으려는 별을 붙드나, 어느 죽음이 죽음을 붙드나. 님아 강을 건너지 마오, 강을 건너지 마오.

그 상복 입은 여자의 **중력**은 죽음인지 모른다. 모든 별의 중력은 죽음인지 모른다. 우주 어머니 중력에서 태어나 중력으로 돌아가는 별, 모든 사랑은 중력이어서 너를 붙드나. 모든 중력에 대한 고백이 별의 골목인지 모른다. 우리는 골목에서 고백을 한다, 별 궁금증에서 고백이 비롯됐는지 모른다. 옷에 배인 상처가 별빛 같다, 옷의 실밥을 뜯듯 빛의 천 조각 뜯어내어 하얀 육신이 너를 붙드나.

그래서 빛나는 것은 사라지며 속삭이는가, 이 모든 일이 중력의 마음이라면 별은 점점 멀어지며 환하다. 별들의 고백은 환하다, 우주가 넓어진 이유는 골목골목에서 별들이 나직이 속삭이고 있기 때문이라고 그녀가 반짝이며 말한다. 아주 멀리 가진 않고, 별들의 오래된 골목에서 속삭이는 하얀 별.

우주의 골목 수공업 지대에 재봉틀이 옷을 깁는다, 하얀 별에는 하얀 실밥 날린다. 그 재봉틀 재단대 옆에는 재단한 하얀 천 조각 쌓인다. 별의 흔적에는 실밥이 묻어 있다, 수술자국 아물 겨를 없이! 무덤의 뚜껑을 열면 관 속에 얼룩으로 남았다, 수의에 배인 얼룩 환하다! 하얀 별은 자신을 다 태워 해쓱해진 별.

우주의 골목 가로등 불빛이 환하다, 밤새 불빛 속에 눈은 내리고 먼

훗날 자신이 하얀 별이 될 줄 모르고 갈래머리 검은 교복 입은 소녀가 걸어가고 먼 훗날 상복 입은 여자가 걸어가고 **소풍은 무덤으로 간다**고 우리 어릴 적 소풍은 무덤으로 갔다고 봄이 오는 골목 돌아가는 소녀의 뒷모습.

우리는 하얀 별이 되어 간다, 자신을 다 태운 하얀 별. 우주 어머니 중력에서 태어나 중력으로 돌아가는 하얀 별. 어느 별인들 돌아가지 않으랴, 산산이 부서지더라도! 더 이상 막다른 골목은 없다. 우주의 골목은 환하다! 당신은 내게 다가온 별이라, 하얀 별이라. 백지 같은 당신에게 별이란 시를 써 주고 싶었다.

별은 아무것도 누설하지 않았다―내 시는 아무것도 누설하지 않았다!―별의 누설은 은은히 빛날 뿐이라고, 모든 고백은 제 자신에게 하는 것이기에 창백하게 떠 있는 별. 하얀 별의 고백은 백지인지도 모른다고, 백지의 고백을 들어라! 하얀 별.

## 하얀 별

그녀들은 한 여자이다. 모든 고백은 제 자신에게 하는 것이기에 제가 제게 들려준다. 별들의 고백은 해쓱해져서 새벽을 맞는다. 시의 고백은 창백해져서 새벽을 맞는다. 오히려 어둠이 균열을 막는가!—**새벽의 시가 시의 보를 터트린다!**—그녀는 자신을 다 태우고 떠 있는 하얀 별.

모든 방문자는 내가 불러낸 것이다—그녀의 방으로 나는 들어갔다. 그녀는 언제 방안에 공동묘지를 마련했나, 여태 무덤 주위를 빙빙 도나. 그녀의 방을 방문하는 건 성을 방문하듯 어려운 일이다. 성문을 열고 나는 들어갔다. 나는 문비(門碑) 하나가 또 보여 문을 열고 들어갔다. 그녀의 방을 엿보는 건 설레며 무서운 일이다.

그녀의 거울을 보려는 게 아니다. 화장대 분갑을 뒤져 얼굴에 톡톡 찍어 보려는 게 아니다. 향수 냄새를 맡으려는 게 아니다. 더구나 시시콜콜 연애편지 찾으려는 게 아니다. 문서를 찾으려는 게 아니다. 이 방안 어딘가 죽음의 음악이 있으렷다, 악보를 찾으려는 게다!

광녀여 우주의 광녀여 별이여 하얀 별이여

내 시설(詩說)을 들어라!

그 묘지기 소녀 피아니스트는 **무덤의 건반을** 두드린다. 공동묘지를 통째로 무덤 하나하나 건반 두드린다. 환한 무덤 발자국!—환한 무덤의 건반—착시인지 모른다, 그 공동묘지는 착시! 삶의 벌판에 무덤이 펼쳐져 있다. 죽음의 벌판에 무덤은 없다. 죽음의 벌판은 착시, 내 시는 착시인지 모른다. 그때 무덤 속에서 말이 들린다. "착시도 시다!" 그 소녀 무덤 두드리는 손가락 끝에 든 풀물.

그녀와 시인은 다시 과학자 무덤을 찾았다—그에 대한 기억은 별과 같다. 멀고도 가깝다, 천문(天文)! 먼 우주를 건너는 별도 있으리라. 별이 신호를 보내는 건 우주의 완성된 그림은 없다는 것, 우주 그림을 다 그리지 못한 것이라고 시인은 말했지만 밤하늘 눈부신 묘지기는 무덤 사이를 거닐며 제 무덤을 본다.

광녀여 우주의 광녀여 별이여 하얀 별이여
내 시설을 들어라!

별별 기억은 모두 얼룩으로 남는다. 별의 텃밭에서 배추처럼 별을 솎아내면 좋으련만—하얀 밑동 둥그렇게 제 몸을 보듬고 사는 자들!—상복(喪服) 모양 지푸라기에 묶인 배추머리들! 별의 밑동이 환하다. 나는 며칠 후 돌아와 배추 포기를 묶으리라. 별들의 배추밭 시래기가 나올지라도, 겹겹이 치마폭 펼친 환한 배추밭! 별들의 모든 얼룩은 환하다!

그녀가 소스라치며 뒷걸음친다, 자신에게 놀라. 그녀는 과학자의 무덤을 떠난다. 결국 제 무덤에게로 돌아온다—나는 내 무덤에서 그녀를 본다, 그녀는 붙잡히지 않는 떠돌이 별이다. 모든 별은 여행을 한다, 머무르지 않는 자가 별이다. 별들에겐 고향이 없다.

광녀여 우주의 광녀여 별이여 하얀 별이여
내 시설을 들어라!

그녀의 비문(碑文)을 나는 읽는다. 그녀가 제 방에 마련해 놓은 공동묘지 숱한 묘비! 그녀 무덤은 언제 생긴 지 모른다, 우리는 늙어서 무덤에 가는 게 아니라 우리는 무덤에서 늙어 간다고! 가장 아름다운 집은 무덤이기에 우리는 무덤을 벗어날 수 없다.

그녀가 외출에서 오면 무덤의 푸른 잔디는 살아난다. 그녀 생졸 기록이 여기 다 있다. 그녀는 시인의 무덤을 좋아했다, 과학의 무덤보다도! 그런데 시인이 그녀를 불렀다. 소녀여 무덤 별이여 하얀 별이여 모든 무덤 다르지 않다. 그녀는 여러 날 앓아 해쓱해진 별.

왜 아름다운 것은 불편한가. 먼저 죽은 자여 죽은 자여 내 죽음을 쓰리라. 무슨 마력이 아니더라도 우린 모두 별, 자신을 다 태우고 떠 있는 하얀 별. 하얀 별은 은은히 빛날 뿐, 아무에게 누설하지 않는 별. 별의 고백을 들어라! 하얀 별. 그녀 사랑은 하얀 별. 미이라같이 가벼이 떠 있는 하얀 별.

광녀여 우주의 광녀여 별이여 하얀 별이여
내 시설을 들어라!

# 백비*

이 지구에 이름과 빗돌과 동상이 없다면 산소와 물 없는 행성의 사막과 같을 것이라고 그 시인은 말했다. 그는 젖은 모래라, 사막이 돼 가는 몸 어디에 물이 나와, 젖은 모래라, 그리 명명하고픈 그 시인이 죽기 전의 기록이 백비이다. 죽음의 기록은 죽음의 기록이 아니라 삶의 기록이어서 조심스레 생의 시간을 죽이지 않으면 안 된다.

이 지구에 큰 빗돌 하나 세우면 지구는 무덤이 된다. 지구인은 많은 기록을 남기려 하지만 몇 평 서책이 평생 공부인 까닭에 그리 쓸 말이 없음을 알리라. 언제부터 火葬이 는 것도 그 때문이다. 도대체 인간의 기록이란 생졸이 바뀔 때가 많아 죽음이 생을 새기는 것이리라, 헷갈리지 마라.

이 지구에서 죽은 자와 소통은 산 사람이 많은 기록을 남기려하면 할수록 어려워진다. 그가 모래처럼 말했다. 내 빈 빗돌 위에 기억 남기려는 자들과 지우려는 자들이 충돌할 때가 있다고. 나를 넘어뜨린 것도 그들이야. 나는 그들의 경계에서 비문 쓴다. 언젠가 나를 일으켜다오.

이 지구의 빗돌 위에 큰 전쟁이 일어나 쪼개져 버렸다. 보기 좋게 누

---

* 어떤 까닭이 있어 글을 새기지 못한 비석을 일컫는다.

운 빗돌 하나가 마치 床石 같아 제를 지내도 좋을 성 싶었다. 하지만 기록을 남기려는 자와 지우려는 자가 있는 한 그리 못 된다고, 너무 할 말이 많아 백지같이 남겨두어도 기억이 살아나고 기록을 하여도 지워져가는, 허옇게 억새밭이나 되자고 그 시인이 어디 묻혀서 자빠져 자는지 모른다. 그는 지구인이었던 기억을 지우려하지 않아도 된다. 모든 비명은 침묵한다.

이 지구는 우주에서 무덤이다. 생명체가 그걸 증명하니까. 외계에서 보면 전쟁의 핵폭발도 축포를 터뜨리는 일로 보인다. 시체들은 확 성냥개비 태우는 것이리. 떼죽음보다 한 죽음이 크게 클로즈업 된다. 죽음도 욕망이라 빗돌이 두 개로 쪼개져 버렸다.

이 지구에 시도 역사도 종교도 빗돌을 많이 세웠다. 나무의 기억은 나이테이고 시인의 기억이 시라면 지구의 기억은 무엇인가. 산 자들의 몸에 새겨진 죽음의 기억이다. 새기는 것, 지우는 것이 팽팽히 맞서라! 서 있거나 눕고 싶은 **우리는 모두 빗돌이다**!

그러니 지구여, 모든 글자는 유서인지 모른다. 개인, 나라, 전 지구적으로 이젠 전 우주적으로 지구의 죽음을 알릴 때가 되었다. 지구인이 벌이는 스포츠, 터뜨리는 불꽃놀이, 올림픽, 中國 **四海同胞**까지도 죽음의 축제인지 모른다. 어디 그만한 장례행렬이 있는가.

지구의 국경은 공동묘지 구획일 뿐 더 이상 의미가 없다. 국경예찬론자들은 제 무덤을 지키려는 것이다. 내겐 지킬 무덤이 없다오. 비는 있는데 무덤이 없다오. 비를 일으키려 마시오. 비도 사라질 것이오. 그런데 당신, 나를 찾아다니니 우습지 않소!

지구의 무더위에 지쳐 그날 나는 친구를 찾고 있었소. 무덤 위에 또 무덤들—이십 년 세월 동안—무덤이 늘고 늘어 한 무덤을 찾을 수 없으니, 억새가 우거지고 억새 무덤이 되었더군. 인생은 짧아도 하루는 길던가, 기독교묘지는 영 맘에 들지 않아. 무덤도 비슷비슷 찬송할 지어다! 겨우, 무덤에 소주 詩集 과일 올리고 제 지냈다. 비를 더듬었다.

24세 졸. 양진규—**살아서 내가 할 일이 있다 그것은 무엇인가 민중의 힘을 믿고 민중과 더불어 세계를 변혁하는 것이다**—묘비명! 죽기 하루 전 일기를 새겼다. 당시 반쪽 88올림픽 반대하여 투신한 친구, 역사는 믿을 게 못 돼, 기록이 없다. 아마 이번 中國도 반대했을 걸. 욕망에는 좌도 우도 없다, 우연히 스친다! 죽은 친구 음성이

오 가엾은 연민이여, 비명은 쓰지 마라
욕망에는 좌도 우도 없다!

지구 작은 나라 작은 섬에도 기록 남았지만 쓸쓸하오! 백비는 할 말 너무 많아 쓰지 못해 남겨두었더니 어느 나그네 많은 걸 읽고 가오! 비를 기록했지만 읽는 자 누구? 발길 끊긴 지 오래오. 비는 산 자가 남긴다! 비는 죽은 자가 남기느냐? 비는 먼지인지 모르오. 지구의 이사는 먼지, 비를 남기는 것이오. 침대 모서리 보시오?

침대를 들어내니 모서리마다

수북이 먼지가 쌓여, 쌓여

먼지여 내가 잠들 때 머리카락 비듬 쌓여

사람이 먼지다! 이사

갈 때야 나를 만난다, 나는

나를 묻히며 이사 간다

나는 죽고 싶을 때마다 이사를 다녀. 죽기 전엔 지구에서 지구로 이사 가는 것에 불과하지만, 내가 잠들 때 잠들지 않고 쌓인 먼지가 한 됫박은 돼 햇볕에 말리고 싶어져 이사를 다녀. 비 오는 날 이사하는 영혼은 젖은 구두를 좋아하는 자들이지! 지구의 無國籍 그 시인은 담배 연기를 풀풀 날린다.

지구에도 바람 없는 곳이 존재해. 바람과 바람이 거세게 불수록 바람이 없는 지대가 생겨. 점, 입체, 여러 모양으로 순간 나타났다 곧 사라져버려. 흐르고 흐르던 바람이 서로 절벽처럼, 겹쳐지지 않고 통과하는 빈자리. 아무도 없는 無風地帶 그곳이 내 무덤이야. 거기에 내가 담뱃불을 붙여!

지구의 정치도 역사도 바람 없는 곳 있지. 담뱃불을 붙이는 곳, 하여간 평화지대 같은. 찰칵! 찰칵! 라이터를 켜도 가스가 폭발하지 않는! 천둥 번개 쳐도 놀라지 않는, 끽! 차사고가 나지 않는, 火, 火, 불타도 뜨 겁지 않는!

지구에도 외계가 있어. 빗방울 속을 들여다 봐. 바람이 불지 않는 바람 불면 사라지는 영롱한 묘비 같은 큰 침묵이 사는 허공 담은 눈을 봐. 눈보라 속에 음악이 울리면 누가 박수를 치는 걸까, 젖은 바람 속에 눕고 싶어. 물풀 속을 막 헤치고 나온 물고기 모양 얼음을 봐.

지구의 바람은 날마다 이사 다닌다, 젖은 구두를 신으려! 바람은 죽음의 음악 소리 낸다. 먹구름 속 천둥을 부른다. 비가 오기 전 번개 친다! 모든 찬연한 것이 먼저 온다. 우주의 눈, 태풍의 눈이여. 바람 속에서 생기지 않는 것이 있으랴. 그 바람을 누가 만들었나? 바람 없는 곳에서!

바람의 색은 모든 색, 저를 보여주지 않고 보여준다. 죽음의 색깔만 진한 게 아니다. 나는 棺에게 부탁해서라도 바람을 가두고 싶었다. 썩는 냄새가 날까? 바람의 屍臭는 역겹다! 인간은 바람이 하는 일의 일부만 본다. 죽음을 얼른 덮어다오. 바람아 어느 界를 다녀왔느냐?

지구의 바람은 지구의 바람만이 아니라오. 천상에서 지하까지 종횡무진 쏘다니는 무뢰한이오. 우주의 비밀을 가장 많이 아는 건 당연하오. 남의 무덤 속까지 들여다 볼 수 있는 눈! 그는 가혹하지 않아 죽은 자의 비를 어루만지는 손길이기도 하오. 비는 어둠의 편도 빛의 편도 아니라오, 나는 비 속의 비라고 그 시인은 말했다. 거대한 비 속의 또 하나, 하나의 비가 사람이라 했다. 비 또한 먼지여서 먼지들의 集合이 거대한 비라 했다. 그러고 보니, 내가 백비였구나. 나는 나에게 나직이 속삭였다. 비가 먼지라면 오오 현란한 빛도 먼지였다! 나는 나직이 외쳤다.

지구의 현란한 먼지, 소용돌이치는, 활활 타오르는, 춤추는, 가라앉아 심연에서 턱을 괴고 생각하는 먼지는 빛이다. 빛먼지여! 어느 사람도 죽지 않았노라, 꿈꾸는 먼지여 또 어디로 가는가. 광휘에 싸인 **빛먼지**여. 황금부스러기보다 이름 없는 비가 값지다, 죽음의 교과서를 펼쳐라! 인간의 역사와 철학, 모든 과학과 음악이 여기 있다. 환희의 노래는 죽지 않는 죽음의 노래! 신도 먼지다! 사람도 먼지다! 비도 먼지다! 빛도 먼지다! 다만?

인간의 마을에 혼불을 달다,
꺼지지 않는 바람의 손이!

—바람의 빛은 어디서 왔나 모든 빛을 일렁이며—결국 바람도 아니고 물도 아니고 섬광도 아니고 반딧불도 아니고 더 가느다란 미세한 빛이어서, 희미하진 않지만 희미한 빛이다! 보여주진 않지만 보여준다. 나는 내 안의 나에게 말한다. 비에게 말한다. 한 점 빛이 인간의 시작이었다!

먼지여 먼지여 비여 빛이여 비가 활활 타오르다, 불티가 재티가 날린다. 오 먼지여 비여 나날(生)의 빛이여 빛먼지여. 빛과 비와 먼지는 하나였구나. 먼지의 광채를 보는 자는 죽으리라. 관 뚜껑을 열지 마라, 이미 관도 없으니! 날렵히 빠져나오는 바람의 허리를 붙잡아도 소용없다! 네 먼지를 보지 못한다면!

지구의 백비마저도 언젠가 먼지처럼 사라진다. 나를 누워있게 이대로 두어라. 역사여 나를 일으키지 마오! 아무것도 쓰지 마오. 나도 몰래 내뿜는 흰 빛만 보아다오. 그것은 내가 내는 빛만이 아니다, 네 비를 비춰다오. 모든 비를 비춰다오. 明暗을 비춰다오. 격정의 시는 아직 무덤에 이르지 않았다! 내 비에 기록을 남기지 마라. 기록하는 순간 먼지 되리라.

# 거꾸러진 우주문학

내가 '우주문학'이란 책을 내고 이상해졌다
고흥 나로우주센터에서 점화되고 발사된
누리호가 반은 성공하고 반은 실패하였지만

이 우주문학은
반에 반도 발사되지 못하고 거꾸러졌다

그 정도도 가기 전에 점화는 되었지만 거꾸러졌다
우주문학은 점화도 되기 전에 너덜너덜해졌다
문학은 둘이 하는 것이냐 여럿이 하는 것이냐
혼자 하는 것이냐 우주궤도에 도달했으나
모형 위성을 궤도에 안착시키지 못하고
사라져간 불꽃들이 별이 되더라도

시인만이 아니라 과학자만이 아니라 건축가 정치가 은행원만이 아니라
우리가 우주문학을 하는 것이다 우리가

지구위기 때 지구를 떠메고 가는 황당한 중국 영화도 있지만
공상과학을 하는 게 아니라
수십만 개보다 많은 부속품을 만들어야 한다

이 나라 국립정신병원에는 자유가 없다고
폐쇄병동에 갇혀 우주선을 쏘아 올리는 시인이 있었다
그 시는 점화되지 않는다! 15층 아파트 높이 누리호보다
더 높게 정신을 들어올려야 하지만

한국에서 중도는 얼마나 무서운가? 알기까지
시를 쓰고 또 쓰고…… 흔들리며 중심을 꿰뚫고 나아가는
이 우주선을 보며 나는 또 대지가 흔들린다

# 5부

## 샴쌍둥이지구

# 끝까지 우길 수 없는 시와 끝까지 우기는 시

## 마음이 약한 제비는 상처를 생각하겠지

제목을 이렇게 짓고 나니 이 글이 좀 무거울 것 같은 예감이 드네. 친구, 윤학! 현대시를 통해 나에게 네 글(커버스토리)을 써 달라는 말을 전해 듣고 전혀 뜻밖이었네. 새벽에 일어나 희붐하게 밝아오는 창문을 바라보며 문득 이런 제목을 생각했으니, 미안한 마음도 들고 걱정이 들어 자꾸 이 시대의 무표정한 화면만 바라보며 더디게 더디게 컴퓨터 자판만 두드리고 있으이. 가벼워야 할 에세이 형식의 글이 자칫 시대 담론을 말한다면 어쩔까? 김수영의 산문이 생각나고, 김현의 평론이 생각나고, 자신의 시 「꽃」을 좋아하지 않았던 김춘수가 생각나고, 자신의 시집 『새들도 세상을 뜨는구나』를 한동안(몇 년을) 쳐다보지 않았다는 황지우 시인이 생각나네. 나는 이 시인과 작가들의 작용과 반작용이 좋긴 하지만, 끝까지 우길 수 없는 시와 끝까지 우기는 시와의 전쟁에서 우리는 시를 쓰며 어느새 지쳐가는 것은 아닌지 의문이 드네. 솔직히 나는, 등단 동기인 우리가 삼십 년을 한 바퀴 돌아 원점에 도달하지 않았나 생각이 드네. 자꾸 제 얼굴이 미워져도, 우물 속의 제 얼굴을 들여다보는 윤동주처럼, 시를 쓰는 첫 마음으로 돌아가 보면, 거기 쓸쓸한 사나이가 있고, 언제나 시 하나만을 생각하며 살아온 시인의 초상이 있네. 그 시인은 자기의 첫 시가 싫다고 하지만, 나는 이 시가 좋아 그 시인을 그리며 언제나 암송하게 되고, 또 읊조리다가 시골집 '제비집'이 생각나고, 그 '먼지의 집'에 세 들어 살고 싶은 충동이 들어 도시를 떠날까 궁리도 좀 하게 된다네.

> 제비가 떠난 다음날 시누대나무 빗자루를 들고
> 제비집을 헐었다. 흙가루와 함께 알 수 없는
> 제비가 품다 간 만큼의 먼지와 비듬,
> 보드랍게 가슴털이 떨어진다. 제비는 어쩌면
> 떠나기 전에 집을 확인할지 모른다.
> 마음이 약한 제비는 상처를 생각하겠지.
> 전깃줄에 떼지어 앉아 다수결을 정한 다음날
> 버리는 것이 빼앗기는 것보다 어려운 줄 아는
> 제비떼가, 하늘 높이 까맣게 날아간다.
>
> —「제비집」 전문

이 시는 그러니까, 1990년 ≪한국일보≫ 신춘문예에 나오지. 윤학의 세 편의 등단작 중 하나이네. 첫 시집 『먼지의 집』 제목도 이 시에서 따온 것이니, 이 시가 각별하겠네. 하지만 윤학 시인은 이 시집이 부끄럽다고 했지. 나는 그런 부끄러움이 좋았네. 좋은 시인은 자기 시를 부끄러워하고, 늘 아파서, 늘 망가진 것 같아, 시집을 멀리 밀쳐두고 보지 않고, 두려워하는 게 아닌가? 그런 생각이 드네. 윤학은 긴장을 하면 말을 더듬거리지. 나는 말 더듬거림이 시라고 생각하네. 그런데 우리는 너무 세련 될려고 하는 게 아닌지?

"제비는 어쩌면 떠나기 전에 집을 확인"하고, "마음이 약한 제비는 상처를 생각하겠지."라고 생각하던 시절이 있었지. 어쩌면 80년대, 90년대 시인들의 초상이 보이네. 아니면 많은, 고향을 떠나가는 사람들의 그 시대 초상일지도 몰라. 윤학의 고향도 충남 홍성이고, 제2의 고향은 경주이고, 서울로 떠나온. "전깃줄에 떼지어 앉아 다수결을 정"할 줄 아는 사람들 중의 하나였으니까.

그런데 윤학의 시인의 길은 "떼지어 앉아" 있었지만 늘 고독한 시의 길을 예감하고 있었지. 그 시대 시인들의 다수와는 다른, "버리는 것이 빼앗기는 것보다 어려운 줄 아는" 그 길, 천형의 시인으로 길을 나선 게지. 아무리 혼자인 시인도 길동무는 있는 법이니까. 박형준, 함민복, 정병근, 우대식 등의 좋은 길동무들도 만났으나, 내가 볼 때 윤학은 늘, 고독하지만 가장 바지런하게 제 길을 가는 시인이었지. 너무 열심히 사는 윤학이 염려될 정도로, 생활력도 대단했고, 시도 열심히 쓰고, 그런데 윤학의 바람과 달리 사람들은 더듬거리던 그 앳된 시인을 잊지 못하고, 그 첫 시집의 시를 좋아한다면, 반은 웃고 반은 울어야 할지? 모르겠네, 수많은 시인들의 운명도 이와 같다면, 시의 장래가 아니라 시의 장례라면? "지구의 장례가 치러지고 있다"고 나도 내 시에 썼지만, 이제 시의 문제만이 아니지 않겠나, 친구 윤학!

## 죽은 자의 힘을 빌려 살지 않겠다

최근 '간드레'라는 출판사를 차려서 윤학의 시집을 본인이 냈는데, 『나보다 더 오래 내게 다가온 사람』이라는 열 번째 시집이다. 『붉은 열매를 가진 적이 있다』(문학과지성사), 『아픈 곳에 자꾸 손이 간다』(문학과지성사), 『꽃 막대기와 꽃뱀과 소녀와』(문학과지성사), 『짙은 백야』(문학과지성사) 등등의 명시집을 낸 후에, 새로운 길을 모색하고 있다. 윤학의 길은 어둡지만, 어둡지 않고 환하디 환한 "짙은 백야"처럼, 김지하 식으로 말하면 흰 그늘이네. 그 광채를 얻기까지 참, 고생했다 윤학!

화단을 지키는 고양이 밥그릇에다
성견 사료 한 알 한 알 떨어뜨려줬더니
골이 났는지 눈길도 주지 않더라

마름모꼴 방 끝의 티브이를 켰더니
화면 중심으로 불 꺼진 성냥골이
쏜살같이 떨어지더라

백합이 품은 짙은 백야를
필사적으로 걸어온 자
물소리를 틀어놓고
자갈을 뒤집는 잠이 들었다

한 번은 열 번 백 번 천 번 만 번으로 통하는 지름길이었다

최후의 툰드라를 틀어놓고
잠이 들어버린 자
바가지에 틀니를 벗어놓고
옛날 맛 그대로인 김치 씹은 물을 오물거렸다

자판 두드리는 소리

딱따구리조각마법사
세 시 반의 맨발을 위해
오동나무 상판에 가로의 숨구멍을 뚫었다

카페의 목조계단은 비좁았고, 반들거렸다
음울한 클래식이 지름길로 들어오고 나갔다
그만이 무덤에 갔다 돌아왔다
짙은 백야를 걸었다

천년만년 본드를 흡입하고
봅슬레이를 타고 내려갔다
죽은 자의 힘을 빌려 살지 않겠다
냉골 바닥 거대한 십자가 앞에 팽개쳐져
떨거지가 되지 않겠다

—「짙은 백야」 전문

그 흰 그늘의 광채는 어디서 오는가? 우리네 동편제, 서편제 판소리의 그늘, 시김새인가? 시김새의 광채 허수경의 시가 있지만, 윤학의 광채는 사뭇 다르다. 좋은 시인은 자기만의 시김새가 있으니까. 허수경의 아버지가 남로당 당원이었다면, 윤학의 아버지는 금광의 광부였다. 금맥을 비추던 간드레 불빛, 숨막히는 금광의 가난한 광부의 숨결이 느껴진다. 지독한 생존이 느껴진다. 여기에 윤학의 현실감이 느껴진다. 윤학은 결코, 현실을 떠나 시를 쓰지 않는다. 그의 시의 묘사나 현실성도, 지독한 생존력에서 온다.

그런데 생존도 생존이지만, "죽은 자의 힘을 빌려 살지 않겠다"고 하는, 당당한 이 자는 누구인가. "최후의 툰드라를 틀어놓고/ 잠이 들어버린 자/ 바가지에 틀니를 벗어놓고/ 옛날 맛 그대로인 김치 씹은 물을 오물거렸다"는 이 자는 누구인가. 윤학인가. 그는 지금 안동에서 서울로, 가평으로 다시 안동으로 떠돌며 살고 있으니, 부유하는 삶의 초상인가. 시의 화자나 주체는 섣불리 단정 지을 수 없으나, 분명히 떠오르는 한 사람이 있다.

## 윤학에게, 그리고 용주 형에게 보내는 시

정용주 시인이다. 나와 윤학 정용주 시인의 인연은, 지금은 철거민 저항의 상징이 된 홍익대 앞 두레반 식당의 주인이자 소설가인 유채림 형의 소개로 시작되었다. 내게 채림 형의 한신대 후배인 용주의 시집 표4를 써주라는 거였다. 당시 정용주는 안양 목감동에 살고 있었다. 목감동은 곧 시인들의 아지트가 되었다. 내 소개로 이윤학이 오고, 함민복이 오고 곧 수많은 시인들이 몰려왔다. 지금은 대부분 시인들이 술을 끊었지만 그때는 '술 권하는 사회였으니까', 결국 술을 피해 정용주는 산으로 망명했다. 그러나 망명지는 망명지가 아니었다. 모두 이백이나 두보였으니까, 산중문답처럼 꽃 가지 꺾어놓고 술을 마셨다. 더 많은 시인들이 몰려들고, 화전민 터 산중의 외딴 집은 때로 술도가니가 되었다. 같은 또래, 민복, 병근, 윤학, 대식 등등의 시인들이 솔바람처럼 들고, 빠져나갔다. 정용주 시인은 별이 뜨고, 휘영청 달이 밝은 날은 홀로라도 달과 자작을 했을 것이다. 용주 곁에 가장 끈질기게 남은 시인이 윤학인 것이다. 왜냐하면, 다시 용주가 십이 년의 치악산 망명지를 마감하고, 경북 봉화 청량산 청량사와 가까운 일월산 자락에 망명지를 정했을 때도, 가까운 근방 안동에 거처를 마련한 윤학이었으니까. 그 '끈질긴 생존의 미학'이 새로운 명편 「짙은 백야」를 탄생하게 했을 것이다. 이 시속의 화자는 정용주가 분명하고, 다시 말하지만 "죽은 자의 힘을 빌려 살지 않겠다"고 하는 자는 용주이고, 또한 윤학이 자신이기도 한 것이다. 우리는 얼마나, 신에게, 죽음의 세계에 기대어 사는 호모 사피엔스인가. 사피엔스의 가장 위대한 발명품이 사후세계인지(배철현의 저서 『승화』에 이런 구절이 나온다.), 아닌지 나는 모르지만, 시인의 죽고 싶은 욕망이 역설적이게도 서려 있는 것이다. 그보다도 살아 있는 자들의 미안함과, 부끄러움과, 시를 쓰는 자부심과 허망함이 늘 어른대는 것이다. 오래 전부터, 윤학의 생존력의 아픔 곁에는 늘 무엇이 보인다. '제비집을 떠난' 후부터, 고향 같은 '용주'라는 새로운 '제비집'을 지었다. 그것이 '짙은 백야'다. 황지우가 그의 시 「타르코프스키 監督의 고향」에서 "고향이 망명지가 된 사람은 폐인이다."라고 했지만, 어쩌겠나, 시보다 큰 시를 아직 우리는 모르니 살아봐야지. 고향이든 타향이든, 자본주의의 고향은 어디나 타향이겠지만 살아봐야지. 내가 최근에 낸 『우주문학 선언』에는 '음의 태양'이 인류의 진정한 고향이라고 했지만, 솔직히 나는 모르겠네. 이 지구 위기 시대에 어떻게 사는 것이 좋은 것인가? 귀산(歸山), 귀산, 다시 귀산, 이라도 해야 할까, 도회지에 남아 끝까지 우길 수 없는 시와 끝까지 우기는 시, 사이에서 지구를 한 바퀴 돌아오는 달처럼 바지런히 궤도를 조금씩 수정하며 가야 하는지?

용주와 윤학이 있는 곳, 그 윤학의 외딴 안동집과 용주의 첩첩산중 집에도 가을이 왔겠네. 용주네 집은 가장 높은 산동네 꼭대기 집이어서 사과 과수원이 내려다 보인다. 나는 그곳에 몇 번 다녀왔지만, 나는 다시 그곳에 가고 싶다. 윤학의 사과가 얼마나 익었는지, 용주의 사과가 얼마나 익었는지. 끝까지 우길 수 없는 시와 끝까지 우기는 시, 라고 제목을 먼저 짓고도 여태 세부 묘사는 못하고 말았다. 이 지면은 시의 담론을 말하는 자리가 아니므로, 그냥 살아갈수록 삶은 어렵고, 시는 쓸수록 시가 어렵다는 것. 그냥 쉽게 쓴 시 한 편 보낸다. 윤학! 너를 좋아한다. 용주 형, 형이 가꾼 산상꽃밭에서 잘 살아요.

나는 너무 큰 사과를 가졌기에
붉은 사과
노을이 묻은
지구라는 사과

나는 너무 붉은 사과를 가졌기에
푸른 사과
철조망 무늬가 박힌
아침, 쟁반에
동해라는 사과

서해에서 동해까지 뜨거운 사과를 가졌기에
수없는 이별로 찐 사과는,
동해에서 서해까지 뜨거운 길 가는 사과

나는 네게 사과를 받기로 했지만
나는 네게 사과를 주기로 했지만
그녀 흰 손목을 잡아주지 못해, 파먹기만 하고
반대편이건, 반쪽이건
푸른 힘줄 뼈만 앙상해 가는
그녀라는 사과
나는 너무 하얀 사과를 가졌기에

속살에 이빨이 심어져 있다
피가 묻어나는,
붉은 마그마보다 더 깊은 곳, 속살
보지 못하고
노파의 주름이 생겨난 그녀
사과라는 지구

—「나는 너무 큰 사과를 가졌었다 — 윤학에게」 전문

사과 반쪽을 쪼개보면
그는 반생을 산골에서 살았다
그의 반생은 도회지에 두고 오고
하얗게 베어 문 이빨 자국,
피가 서린 말들을 닦아내면
사과 한쪽에서 해가 뜨고
사과 한쪽으로 달이 기울고
일월산이 보이는 봉화,
첩첩산중에서 말을 잃어버린 그가
사과과수원에서 사과꽃을 솎아내며
늦게야 웃는다, 붉은 봉오린 줄 알았더니
늙은 사과나무 한 그루에서 하얗게 쏟아지는 소녀들의 웃음처럼
사과꽃 피면 소년은 빙긋이 웃고
사과나무가 사과나무에게 첫말을 건넨다

—「봉화—용주 형에게」 전문

—『현대시』 10월호, 2021.10.1.

# 광기 없는 우주문학이 왜 공허한가, 예술가의 적 프로이트

## 양해기의 시 『테라포밍』에 부쳐

나는 어린 시절에 우연히 나병환자촌의 감옥을 엿본 적이 있다. 나는 호기심에 감옥에 자주 놀러 갔는데, 도시에서 끌려온 나환자의 얼굴은 기억나지 않지만, 그가 누워있는 군용모포 침대와 빵기통과 쇠창살이 기억에 남아있다. 그와 나눈 대화가 무엇이었는지 모르겠다. 다만 어린 내가 보기에도 신기한 것은 그 마을 사람이었는데, 그 마을 자체가 감옥인 줄 모른다는 거였다. 도시를 배회하는, 자신들과 비슷한 환자들이 낯선 남자들에게 끌려와 감옥에 갇혀도 무덤덤했다. 손이 펴지지 않아 고막손인, 마을 사람 중에는 유난히 그림을 잘 그리거나, 풍금을 치거나, 시를 짓는 예술가들이 많았다. 그들은 감옥의 감옥에 예술적 광기를 가둔 것이다.

광기는 한 겹이 아니라 여러 겹이다. 다른 사람이 가둔 광기와 스스로 가둔 광기는 두 겹이다. 아니 더 많다. 권력 위의 권력, 또 권력 위의 권력 여러 겹이다. 정치 권력만이 아니라 예술의 권력도 예술의 광기를 가둔다. 과학의 권력도 과학의 광기를 가둔다. 그래서 예술의 광기는 영원히 탈주를 꿈꾼다. 광기의 광기는 감옥의 감옥 우주의 우주이다. 다중우주이다.

그래서, 시에 미친 내가 내린 결론은 이렇다. 광기에서 이성을 구출한 칸트, 이성의 감옥에서 광기를 탈주시킨 푸코, 광기의 범죄를 사면한 라캉은 모두— 광기와 이성은 하나라는 사실을 말하는지 모른다. 마치 카오스와 코스모스가 하나인 카오스모스처럼.

내 졸저 『우주문학의 카오스모스—광기와 이성의 싸움』(국학자료원, 2018), 표4이다. 나는 방금 나온 이 책을 들고 영화 ≪보헤미안 랩소디≫를 보기 위해 극장에 간다. 나는 이미 인터넷을 통해 록 밴드 퀸의 노래를 수없이 들었다. 노래 전곡이 귓가에 쟁쟁댄다. 머릿속에도 쟁쟁댄다. 마음속에도 쟁쟁댄다. 육체속에도 쟁쟁댄다. 손가락 발가락 끝에서 쟁쟁댄다. 나는 퀸의 코스프레처럼 되어간다. 광기가 넘쳐나, 이러다 큰일 낼 것 같다. 노래 가사처럼 살의와 슬픔이 번뜩거리는 날, 흰 눈발이 나에게만 보이는 아주 추운 날 퀸의 광기를 만나러 간다. 음악의 접속이 아니라 접촉하러 간다.

옛 애인과 새로 생긴 애인(동성) 사이에서 갈등하는 프레디 머큐리 속에서 발화하고 움직이는 또 다른 주체 '소년'은 마침내 살해 욕망을 불러일으키고, 쾌락 욕망으로 '그'를 죽인다. 권총을 악기처럼 들고 소년은 외친다. "엄마, 엄마, 내가 그를 죽였어요!" '그'는 아버지이고, 기성질서이고, 기득권이고, 권력이고, 다수의 횡포이고, 성소수자의 공포이고, 힘 있는 남성이고, 힘 있는 여성이고, 힘 있는 과학일 수도 있다.

≪보헤미안 랩소디≫ OST에 반복되는 가사 "갈릴레오, 갈릴레오,

갈릴레오……" 갈릴레오는 무엇을 의미하는 걸까? 갈릴레오(그래도 지구는 돈다), 피가로(오페라 주인공), 마니피코(메디치 가문의 수장……) 해석이 다양하다. 또 갈릴레오를 비틀어 갈릴레인=예수로 보기도 한다. 누구의 해석보다 나를 끄는 건, 오역보다 더 오역인 광기의 오역들이다. 내겐 그것이 소중하다.

**광기를 잘못 해석하면 얼마나 무서운가?** 나는 학위논문 『우주문학 선언』(국학자료원, 2021)을 내면서 무모하게도 '광기 연구'를 했다. 제목을 우리의 고대 시가인 '백수광부가에 나타난 광기 연구'로 하려고 했다. 그러다 「음의 태양의 시와 시학」으로 했다. 하지만 여전히 '광기'가 중요한 것은 광기 없이는 우주 은하 중심마다 있는 '음의 태양'의 존재조차 생각할 수 없다는 것이다. '우주문학 선언'에서 정신분석학의 시조인 프로이트를 언급하지 않을 수 없었다. 과학도, 의학도, 예술도 광기 없이는 우주의 중간지대들을 사유할 수 없다; **예술의 광기를 잘못 해석하면 얼마나 무서운가?**('광기의 주체'에 대해 얘기하려고 2018년도 '나'와, 2021, 2022년도 '나'를 무시하고, 주체를 하나로 쓴다. 처음으로, 글을 쓰는 '시간의 주체'를 무시해 본다. 우주에 시간이 흐르지 않는다면 '나의 주체'는 주체가 아니라 객체이거나 '작은 사건'이거나 **먼지 주체**일 수 있다.)

**인류의 가장 큰 잘못 중의 하나는 의사가 정신분석학의 시조라는 것이다. 프로이트는 「레오나르도 다 빈치의 유년의 기억」(『예술과 정신분석, 열린책들』)이란 글에서, 서자(庶子)인 '다빈치의 억압된 성욕'을 들추어낸다. 그는 다 빈치 어머니의 과도한 사랑과 관능미에 주목한다. 첫 번째 의붓어머니였던 아름다운 도나 알비에라가 불임(不姙) 여성이었다는 사실에 종속되어 있다고 주장한다. 어머니에 대**

**한 사랑을 금지하는 억압으로 인해, 다 빈치의 사랑의 리비도는 동성애 쪽으로 밀려 갔고 소년들에 대한 이상적인 사랑의 형태로 표현되었다는 것이다. 레오나르도가 태양은 움직이지 않는다고 쓴 것조차 그는 리비도와 연결시킨다. 긍정적인 '예술가의 광기'보다 리비도를 부각시킨다. 정신분석이 아니라 메스를 든 외과 의사처럼, 서구 예술의 시조인 다 빈치의 광기를 뿌리째 잘라버린다. 정신분석의 시조인 의사에 의해 예술의 시조의 뿌리가 거세된다. 예술의 광기는 거세되고 '리비도'라는 의술의 광기가 뿌리를 내린다.**(진한 글씨는 주로 프로이트 글을 인용하고 해석했다.)

내 최근의 글 두 편을 인용해 본다. 「광기 없는 우주문학이 왜 공허한가」에 대해 썼던 글을 수정해야 했기 때문이다. 프로이트는 예술가의 광기를 이해하지 못한 것으로 보인다. 프로이트가 의사가 아니고 예술가였다면 「레오나르도 다 빈치의 유년의 기억」이란 글은 달라졌을까. 예술가의 광기는 오히려 (들뢰즈처럼) 소수자의 마조이즘과 가까울까. 정신분석과 오이디푸스와 거세, 정신분열증은 예술가를 희생양으로 삼아야 했다. 온갖 오물과 십자가를 진 예술가의 희생은 가장 자본주의 적이다. 내 리비도는 리비도만의 문제가 아닐 수 있다. 부정의 부정을 해도 리비도의 감옥은 벗어날 수 없다. '리비도라는 언어의 감옥'을 탈주할 수 있는 방법은 없다. **예술가의 적, 위대한 프로이트!** 그래서 첫 규정이 무섭다. 어떻게 우주의 광활한 광기를 '꿈의 연구소'에서 연구할 수 있는가? 꿈은 해석되지 않는다, 남자의 상징으로서의 모자가 아니다! 20세기의 가장 난센스다! (들뢰즈의 말이 맞다, 차라리 분열증화의 길을 택해라) 두 얼굴의 프로이트는 가장 자본주의의 적이며 '자본주의 적'이다. 가장 '예술가 적'이며 예술가의 적이다. 서구의 꿈의 분석적 잣대가 동양의 꿈의 직관적 꿈을 빼앗아 버렸다. 우주적 사유가 꿈에서 이루어지기도 한다. 프로이트와 들뢰즈는 다 같이 영성의 우주를 믿지 않는다. 종교화가 안 된 영성을 모른다. 우주 영성은 종교화가 될 수 없다! 인간만의 종교는 우주 영성이 아니다. 아무리 인간 주체를 해체하고, 뭉개고, 없에도 인간 주체는 사라지지 않는다. 곧 발명되거나 복제된다. 꿈의 해석은 위대한, 프로이트의 서구적 분석 능력의 산물일 뿐이다. 이로써 인류의 꿈은 반쪽이 되어 버렸다. 인류의 꿈은 지구인이 아니다. 우주의 인이다. 우주 사람이다. 오히려 대우주의 우주 중력 우주 척력 암흑물질 암흑에너지와 같은, 인간 무의식의 영역 96%에 해당하는 광기가 우주의 바탕일 수 있다. 4%에 해당하는 이성주의자들이 광기를 정신병 취급하는 현실이 무섭다. 그거야말로 광기 아닌가. 광기의 이성, 이성의 광기, 광기의 권력, 이성의 권력, 다중 광기, 다중 이성, 이성의 이성의 광기 권력, 광기와 이성은 하나다.

의사가 아니라 예술가가 정신분석의 시조였다면 인류의 역사는 달라졌을 것이다. 이성의 권력, 이성의 폭력, 이성의 정치적 광기, 이성의 학문적 광기가 남용되어 잘못된, **정신적 국경을,** 뇌세포처럼 나누지는 않았을 것이다. 인간의 뇌를 어찌 실핏줄로, 영역화하고, 종교화하고, 기득권화하고, 과학화하고, 지배자들의 나라, 국경처럼 나눌 수 있나. 그래서 나는 "갈릴레오가 틀렸어요"에 눈길이 자꾸 간다. "갈릴레오는 거짓말쟁이였어요"라고 해도 좋다. "어차피 바람은 불 테니까" **코스모스(이성)/카오스모스(광기)의** 이분법적인 사유를 인류는 내려놓아야 할지 모른다. 아무도 천체우주론의 **광기의 이성을** 막을 수는 없을 테니까. 광기보다 높은 예술은 없고, 광기보다 높은 과학은 없다는 말을 할 날이 올지도 모른다. 광기 없는 이성은 불가능하고, 암흑 없는 별처럼 불가능하다. 태양을 낮에 나온 별이란 말도 있지만, 우주로 보면 낮도 어둠이다. **완전한 어둠은 없다!** 의미(이성의 중력)과 무의미(광기의 척력)의 싸움은 하나다. 갈릴레오, 갈릴레오……는 무의미의 반복으로도 볼 수 있지만 나는 또, 내 광기가 발동한다. "지구는 둥글다"고 해서, 기존 질서를 전복한 과학자가 아닌가. 하지만 그건 이성 중심의 사유에서 그렇고, 광기로 보면 지구는 세모 모양, 네모 모양, 별 모양, 사람 모양, 동물 모양, 꽃 모양, 악보 모양일 수도 있다. 아니 오히려 현대과학인 일반상대성이론이나 양자역학에서 보면 광기와 이성이 하나인 여러 모양을 보일 수 있다. 사람이 하나의 모양이 아니듯이 지구도 하나의 모양이 아니고, 우주도 여러 얼굴의 우주이다. **다시 과학은 광기에 의해 전복된다, "갈릴레오가 틀렸다."**

**모든 언어에는 파시즘이 있다.** (들뢰즈의 말을 빌리면) "나는 언어를 각오해야 한다"라고 해야 한다. 언어에서 이념을 걷어낼 수는 없다. 언어 자체가 이념이기 때문이다. 언어는 이념으로 이미지화 되어 있다. 날(生)이미지는 죽어간다. 날 것의 숙명이다. 표백되어 간다. 언어가 수단인 산문과 달리 언어 자체가 목적인 시는 불가능한 언어의 우주이다. 아무도 날것에 도달하지 못한다. 언어의 불가능을 꾸는 것이 시라면, 오히려 이념과 정면 승부하는 것이 언어의 숙명이다. **언어의 탄력은 중력의 탄력이다.** 우주 중력이 은유라면 우주 척력은 환유이다. 우주 은유와 우주 환유는 암흑물질과 암흑에너지 사이에서 두 다리로 걸음을 걸어간다. 외다리가 되면 불구의 시가 된다. 불구의 시! 매혹이긴 하지만 오래 가지 못한다. 환유의 체계와 은유의 체계를 동시에 가져야 우주 중력의 탄력을 갖는다. **중력이 탄력을 만든다.** 중력의 은유가 탄력을 만든다. 환유의 척력이 탄력을 돕는다. 중력의 시가 탄력을 만들고,

척력의 시가 탄력을 해체한다. 척력의 시는 탄력을 해체하며 탄력을 만든다. 시는 이 둘의 중간지대를 꿈꾼다. 시는 극단이 아니라 극단의 극단이다. 우리 태양의 극단이 우리 음의 태양의 극단이고, 우주 은하마다의 **중간지대의 극단**이 있다. 그 극단의 극단이 우주 중간지대인 음의 태양이다. 우리 태양보다 음의 태양은 삼백 배, 일억 배 크지만, 우주를 관장하려면 그 정도는 되어야 한다. **모든 음의 태양은 우주를 지배하는 것이 아니라 돕는다**! 언어의 이념을 극복하는 노력은 새로운 언어의 발명으로 이어진다. 록 밴드 퀸의 노래가 아직도 귓가에 쟁쟁한데; 나는 프로이트의 리비도를 지나, 들뢰즈의 기호의 왕국(기표의 세상)과 기관 없는 신체(AI는 아니다.)를 지나, 오규원의 이념 강박증, 이미지 강박증을 지나 감히, 음의 태양에 이르렀다. 우리 태양계가 2억 5000만 년 주기로 돌고 도는, 이 푸른 태양 은하 태양은 은하 달력으로 22은하년이다. 나는 이 '음의 태양,이란 언어를 발명해서 반복해서, 줄곧 절규한다. 왜 인가, 인류가 내 소리를 듣기까지 나는 광기의 시인이어서가 아니라, 지구가 광기의 지구이니까. 이 음의 태양의 언어가 지구 위기를 극복할 광기라고? 그 건 모르겠다. 아, 퀸의 넋두리는 이제 그만! 지구 위기를 절감한 시인이 또 있다. 그는 지구를 옮기려 한다, 중국 영화에서나 보듯이.(**그러나 광인 시인은 말한다. 비유의 시만을 쓰는 시인들이여, 비유의 세계를 떠나라! 환유도 은유도 비유다. 그게 가능한가? 가능하다. 비유의 세계를 나서는 문비(門碑)가 있다. 이미 그 문을 나선 광인 시인들이 있다.**)

양해기의 시집 『테라포밍』(모든 시, 2018)은 내가 음미하기에는 벅찬 시집이다. 오히려 많은 우주적 시를 쓰는 시인들이나, 양해기 시인보다는, 내 자신에게 하는 말로 들어주면 좋겠다. 나의 첫 느낌은 '광기 없는 우주시'라는 표정을 지었다. 두 번째 느낌은 '기계의 시'를 만지는 표정을 지었다. 이 '기계시'가 광기를 만난다면 새로운 '기계주체'가 출현하리란 예감이 들었다. **예술에 있어서 이성의 융합은 실패할 수밖에 없다!** 예술의 광기 없는 이성의 사유만으로는 예술의 융합은 불가능한 것이다. 지구의 문법은 핵분열의 문법이고 우주의 문법은 핵융합의 문법이다. 지구 사람은 핵분열로 핵폭탄이나 만들지만, 우주는 핵융합으로 별을 만든다. 우주 빅뱅 138억 년 수백조 도 온도로 우주가 생기고, 사십만 도가 넘는 온도로 중성자의 핵융합이 일어나 별이 생긴다. 1억 도의 온도가 별을 만든다. 높은 온도도 놀랍지만, 더 놀랄 일은 1도만 달랐어도 빅뱅 우주는 없고, 당연히 태양계는 존재할 수 없다는 것이다. 큰 차이와 미세한 차이는 하나다. 광기와 이성이 하나이듯이, 카오스와 코스모스가 하나이듯이.

수백만 년 전, 인류는 화성에서 살고 있었다
당시 화성은
풍부한 산소와 오염되지 않은 물 그리고 안락한 온도와
하루 분량의 자전과 안정된 공전주기를 갖고 있었다

화성에서 바라보던 지구는
이산화탄소와 질소 바람으로 소용돌이치는 붉은 모래폭풍
매일 밤낮으로 극저온과 고열이 교차되는 대지에
갈라진 바위와 건조한 협곡을 가진
쓸모없이 버려진 불모의 행성이었다

어느 날 화성인들은 수백 년 내
화성의 자전축이 뒤틀릴 것이란 예측을 했고

기후와 환경이 빠른 속도로 파괴될 것으로 내다봤다

고도의 과학 문명을 가진 화성인들은
즉시 세 가지 테라포밍 계획을 검토하기 시작했다
첫 번째는 화성 내 이주를 통한 부분적이고 순차적인 테라포밍이었고
두 번째는 지하도시 건설과 지표면 전체에 대한 테라포밍
세 번째는 외계 행성에 대한 급진적 테라포밍이었다
이들 중 화성에 거주하며 추진하는 행성개조는
긴 소요 시간과 시뮬레이션 상의 위험요소가 너무 많아
최종단계에서 지능들의 승인이 거절되었다

화성인들은 지체 없이
그간 눈여겨보고 있던 외계 행성인 지구를
테라포밍하기 시작했다
지구로 이주한 후
고향인 화성을 재 테라포밍 한다는 대원칙이 세워지자
반대세력들도 명분을 잃게 되었다

—「테라포밍」 부분

이 글을 쓰는데, '딩동!' 하는 벨소리가 울린다. 우체부였다. 광기의 평론가 J가 책을 보내왔다. 나는 얼마 전 사석에서 '우주적 광기'에 대해 그에게 말했다. 우주적 광기를 병원에 가둘 수 있냐고? 인류가 광기를 가두어 버렸다고! 프로이트가 인류의 광기를 가두어 버렸다고! 의사의 광기와 철학자의 광기와 시인의 광기는 무엇이 다르냐고? 그러면서 광기의 대화 속에 음악처럼 말이 흘렀다. 보헤미안 랩소디의 광기도 얘

기했다. 음악가들의 광기도 얘기했다. 은유의 광기, 환유의 광기도 얘기했다. 나는 J의 책을 펼치다가 순간, 일러두기 부분에서 "가면을 통해 발표한 글들은……"에서 눈이 번쩍 뜨인다. "지면"을 "가면"으로 읽는 오독이었다. 나는 이 오독이 싫지 않다. 이 지면이 가면이 아닌가. 지면은 광기의 가면이다. 우주 지면은 광기의 가면이다.

나는 "테라포밍" "테라포밍" 하고 내 입술을 양해기 시의 지면에 갖다 댄다. 그러나 시의 중력과 척력의 팽팽한 긴장이 느껴지지 않는다. 양자역학이 느껴지지 않고, 일반상대성이론이 감지되지 않는다. 천체 우주론, 과학적 논리가 조금 느껴지다가 휘발한다. 물리학의 정보는 숨어 있다. 공식에 일상을 버무린, 음식 장인의 모양이 조금 보인다. 공식에 생사를 염하는 염쟁이 모양이 어른댄다. 그것만으론 부족하다, 왜일까? 「빅뱅」「전자구름」「펑의 양자물리학」「인공지능」「블랙홀」「행성의 언어」「항아리 속 우주」「진화의 계통도」「중력 가루」「외로움의 특수 상대성」「원자 안의 우주」…… 나열해봐도, 블랙홀이 생기기도 전에, 갈기갈기 찢긴다. 맞다, '그의 시는 광기가 없다'는 말을 증폭시켜보면, 은유의 중력과 환유의 척력이 서로 돕는, 요즘 한국시에는 광기가 없다는, 공식이 성립된다.

양해기 시 「테라포밍」은 광기는 아니지만, 빠른 희망도 늦은 절망도 아닌, '인간공장은 실패했다'는 지구 어머니가 '실패'에 실을 감는 마음으로 읽힌다. 드륵드륵 드르륵 우리는 평상복이 상복이고, 상복이 평상복이다. 지질학자들은 "여섯번째 대멸종 온다"고, "원인은 인류 탐욕"이라고, "태평양 복판 한반도 3배 쓰레기 섬"이 생긴다고 하는데(중앙일보, 2018년 10월 18일 22면), 양해기의 시는 영화 ≪애프터 어스≫를 보는 것과 같다. "지구 모든 동식물이 오염의 주범인 인간을 공격하도록 진화돼 있다"는 진화의 광기, 역진화의 광기, 이 영화는 영화의 광기가 있다. 좋은 영화는 광기가 있다. 좋은 시는 광기가 있다. 6쪽에 달하는 「테라포밍」은 광기보다는 논리에 가깝다. 이 논리는 소중하다. 랭보의 시에도 나오는 "저녁이여 점화하라"처럼, 다시 광기로 점화할 날이 있으리라, 온 우주로 시의 우주선이 점화할 날이 있으리라 본다. '테라포밍'의 광기는 시인만이 아니라 인류의 광기일 테니까. 주체도 객체도 없는, 지구의 주체가 인간이 아니듯 누구도 서술어가 아닌 세상이 올 테니까. **반드시 지구를 떠나야 하리라.** 대재앙의 시도 없이, 이미 우리는 예언자도 필요 없는 시대에 살고(기형도) 있고, "외계 행성에 대한 급진적 테라포밍"이 필요한 날이 올 테니까.

그러니 두려워할 일도 없이 빅토르 위고의 "전 세계를 타향이라고 생각하는 사람이야말로 완벽한 인간이다"라는 말을 게임화하면 된다. 그의 '세계 시민' 의식조차 국경은 존재하니까, 국경을 없애면 된다. **우주 게임에는 국경이 없다,** 고향도 타향도 없는 게임, 세계를 벗어난 게임, 지구를 벗어난 게임, 인위적으로 그어 논 금을 우주에서 바라본 게임, 어쩌자고 인간은 왕들을 만들고, 대통령을 만들고, VIP를 만들었는가. 게임도 권력이다. 게임을 파괴하라, 파괴하는 게임도 '권력의 게임'이 된다. **우주군**이 만들어지고, 우주도 '움직이는 부동산'이 된다. 게임 은행을 만들고, 게임 학교를 만들고, 게임 시를 만든다. 암흑물질의 시를, 우주 어디나 지구가 되는 **우주시**를! 우주 어느 행성에 살아도, 화성에 살아도 '내 지구' '내 고향'인 시를. **'우주 고향'**은 지구인이 말하는 타향도, 고향도 아닐 테니까. 우리 무의식 속에는 타향(척력)도, 고향(중력)도 존재하고, 그게 대우주의 광기인지 모른다.

> 우리가 제4의 음성이라 명명한 이 음성—시에서 나타나는 빈도가 가장 적고 멀리까지 울려 퍼지며, 많은 사람들이 가장 잘 들을 수 있고 가장 오래 기억에 남는 이 음성—은 누구의 음성일까? 그것이 우리들 각자의 내면에 존재하는 무의식의 목소리라 한다면, 우리는 거의 정확한 해답을 한 셈이다. 융(Jung)이 말한 바와 같이 무의식은 대양(大洋)에 비유될 수 있고, 모든 개인의 의식은 강어귀에 비유될 수 있다. 바다처럼 무의식은 그 자체의 비밀을 드러내는 것을 경계한다. 무의식은 대부분의 시간 동안 침묵한다. 무의식이 말을 할 때는 우리 모두가 우리 모두에게 말하는 것과 같다. 포우가 말한 바와 같이, 장시이건 단시이건 작품 내에서 시의 본질은 이러한 무의식의 힘이 작용하고 있는 구절, 시인이 보기에 거의 저절로 씌어 지는 것 같은 구절에 있다.

존 홀 휠록의 『시란 무엇인가』(UUP, 2000, 40쪽)에 "무의식의 목소리"가 나온다. **시의 네 번째 음성을 인류의 음성과 동일시 한다.** 그 음성은 우주의 음성인지 모른다. '인류'라는 말 대신 '우주'라는 말을 넣으면 '우주의 음성'이 될지 모른다. 우주의 다섯 번째 음성처럼, 그러나 우주의 침묵조차도 '나'라는 인간의 작은 생각일지 모른다. 조금씩, 급격히 언어의 공식이 달라질 것이다. 나는 그 음성을 모른다. 우리는 그 음성을 모른다. 절망이 없는 광기는 없고 광기 없는 절망이 없다면 "구원은 예기치 않은 순간에 오고"(김수영, 「절망」)의 시 구절이 맞는지 모른다.

—『포에트리』 제4호, 2019.4.1.

# 우주제국주의는 가능한가

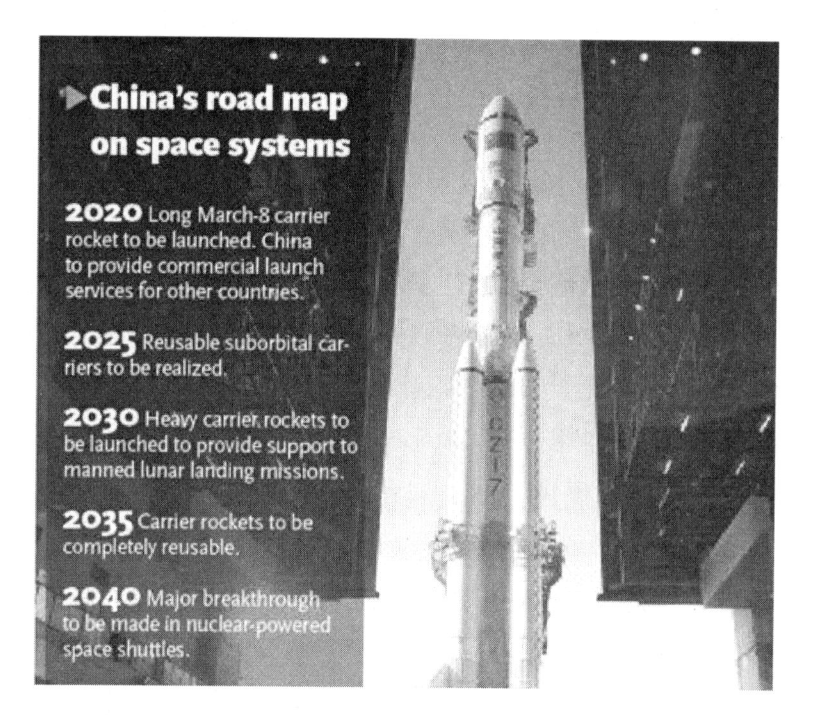


우리가 믿었던 현실이 지구의 대지였다면 실재하는 **우주대지**가 생겨난다. 하늘이라고만 믿었던 게 땅이었다니, 부동산이 생겨난다.

우리 예감은 슬프다. 우리 시의 물음은 계속된다.—**우주제국주의는 가능한가.** 미국 대통령 트럼프는 자신의 SNS에 2020년까지 미국이 **우주군**을 창설한다고 한다.*

내 미발표 졸시 「우주군」이다. 강대국들은 지구영토도 모자라 우주영토를 넘본다. 우주가 허공이 아니라, 영토라는 걸 알아버린 사람들은 먼저 선점하려 할 것이다. 옛날 판타지 영화 ≪스타워즈≫의 낡은 깃발이 아니라, '움직이는 영토'에 지상군처럼 우주군을 앞세워 새로운 깃발을 꽂고 총칼로 지키려 할 것이다. 이 새로운 **중력문명 시대**는 중력이 허공이 아니라, 땅이라는 사실을 감지한 나라들의 과학자와 인문학자와 금융가와 정치꾼들이 군대를 먼저 파견한다. 중력은 허공이면서 동시에 땅이기에, 땅이면서 허공이기에 무궁무진한가. 아니다, 땅의 사유라면 무궁무진하지 않다. 강대국들의 인류지배 야욕은 우주 지배야욕으로 드러나고, 우주 지배야욕은 지구지배 야욕으로 다시 돌아온다. 카오스모스처럼 평화세력과 전쟁세력은 맞물려있다. 평화 속에는 반드시 전쟁이 숨어 있고, 전쟁 속에는 평화가 숨어 있다. 우주에는 중력만 있는 게 아니라 척력이 있고, 암흑물질 암흑에너지가 있고 **인간이 암흑물질인지 모른다.** 호모 사피엔스가 지구를 지배한 이래 호모 사피엔스의 슬픔도 생겨난다. 호모 사피엔스의 피눈물은 생존 그 자체가 아니라, 끝없는 미답의 영역으로 나가야 살 수 있는 방랑일 것이다. 지구의 영토는 고정된 것이 아니고, 우주의 영토도 고정된 것이 아니기에 사실상 지구의 정착민은 없는 것이다. 정착해도 안주할 수 없다는 것은 공간이 움직이고 있다는 사실 때문이다. 우리나라 이상한 사피엔스 시

---

* 김영산, 「우주문학은 가능한가」, 『우주문학의 카오스모스』, 국학자료원, 2018, 35쪽.

인 이상의 어투를 빌리면 “절벽이 움직인다는 것일 게다.” 아닌가, 호모 사피엔스의 슬픔은 절벽이 움직인다는 것일 게다. 절벽을 오르고 올라도 절벽인, 흐르는 절벽, 시간과 공간에 산다. 아인슈타인 등의 과학자들에 의해 우주가 ‘움직이는 영토’라는 게 밝혀지고, 우주의 장소성은 더 이상 가상이 아니다. 문제는 우주에 있다. 사피엔스의 뇌의 영토는 더 이상 지구만의 사유를 견디지 못한다. 우주는 땅이고, 우주군은 지상군이다. 사피엔스 뇌의 광기와 이성의 싸움, 그 **우주눈** 피눈물로 보면, 트럼프가 말하는 우주군은 빙산의 일각일 것이다.

트럼프와 김정은의 북미 정상회담이 있을 즈음, 베트남 하노이에서 세계작가대회가 있었다. 나는 하노이행 비행기 속에서 박영한의 『인간의 새벽』을 떠올리고 있었다. 젊은 날의 내가 베트남전을 처음 소설로 접하고, 경악하고 있었다. 지은이는 기억나지 않지만 흰 아오자이가 어른대는 『사이공의 흰옷』도 생각나고, 뜬금없이 잉게 숄의 『아무도 미워하지 않는 자의 죽음』도 생각났다. 황석영의 『무기의 그늘』도 생각났다.

방현석 최동호 김남일 이대흠 이지아 이소연 등의 한국 작가들을 『전쟁의 슬픔』을 쓴 바오닌 소설가 댁에서 초대했다. 바오닌의 작품과 응웬옥뜨의 『끝없는 벌판』(아시아) 등 베트남 소설을 번역한 하재홍의 통역으로 바오닌의 말을 들었다. 그는 농담과 장난기로 한국 작가들을 편안하게 대했다. 언젠가 그의 인터뷰 기사에서 본적이 있다. “전쟁에는 승자도 패자도 없다. 인민만이 패자일 뿐이다.” 이 말! 말을 하진 않았지만, 맑고 깊은 눈빛이 인상적이다.

> “내게 전쟁은 인생에서 접한 가장 커다란 비극이었습니다. 전쟁은

내게 결코 바래지 않는 고통과 슬픔을 안겨 주었습니다. 나날이 더욱 더 깨닫게 되는 끈질긴 고통 중 한 가지는 이런 것입니다. 나와 전쟁터에서 적으로 만났던 이들이 본래는 서로를 존중하고 애정을 나누고 친구로 사귈 수 있는 존재들이건만 서로를 죽이려 들었다는 사실입니다. 베트남, 한국, 미국의 수십만 젊은이들이 아무런 원한 관계도 없이 서로를 죽이면서 흐르는 핏물로 강을 만들었습니다. 어찌 이렇게 잔인하고 야만적이고 부조리한 일이 있을 수 있습니까."

—『전쟁의 슬픔』 작가의 말

바오닌의 소설 곳곳 문장에는 핏물이 스며있다. 가령, "정의가 승리했고 인간애가 승리했다. 그러나 악과 죽음과 비인간적인 폭력도 승리했다."(266쪽)나, "전쟁이란 집도 없고 출구도 없이 가련하게 떠도는 거대한 표류의 세계 "(47쪽)가 그런 것이다.

합법적으로 사람을 죽일 수 있는 법은 강자가 만든다. 강대국이 전쟁을 만들고, 어느 나라나 강자가 만든다. 강자의 자본이 무기를 만들고, 무기가 자본을 만든다. 전쟁을 겪기 전과 겪은 후의 사람의 인생은 완전히 다르다. 베트남전 한국군 중에 전두환 장교 노태우 장교가 있었고, 피의 맛을 본 그들은 5 · 18 학살을 자행했다고 한다. 그래서 전쟁의 피는 유전 되는가. 내가 소년 시절 겪은 광주 오월은 선명한 전쟁이고, 피의 유전이 되어 흐른다. 6 · 25를 겪은 아버지나 일제 총칼을 겪은 할아버지의 욕된 피!

칠일간의 세계작가대회는, 역설적으로 그런 행사를 싫어하는 바오닌과의 만남으로 소박하고도 풍요롭게 흘러갔다. 나는 하재홍과 이틀을 더 머물며, 북조선과 베트남과 미국 국기가 함께 휘날리는 대사관 거리를 걸었다. 그리고 한국에 돌아와 TV를 본다. 한반도의 슬픔은 베트남에서 '전쟁의 슬픔'과 다르지 않다. 사나흘 전 세계 작가들이 서 있던 베트남 대통령궁 로비에 오늘은 트럼프가 서 있다. 호치민 흉상이 있는 로비, 활짝 있는 그의 모습과 과거 미군의 전쟁이 오버랩된다. 빅딜과 스몰딜이 오버랩되지 않고, '끝없는 전쟁'의 슬픈 예견들이 아우성친다. 트럼프와 김정은은 핵을 폐기하고, 미국은 핵을 그대로 둔 채, 두 손을 맞잡을 것인가.

트럼프는 뺑소니치듯이 떠나버렸지만, 문제는 그게 아니다. 강대국의 이익에 따라 전쟁을 할 수도 있고, 피할 수도 있으니까. 언제나 전쟁을 피하고 싶은 건 약소국이니까. 모든 나라의 핵 포기는 불가능하다. 평화의 빅딜은 외계의 우주군이 쳐들어와, 더 이상 국경도 무의미해지고 지구군의 총단결이 필요한 시점일지 모른다. 개인마다, 나라마다, 인종마다, 종교마다, 자본마다 통 큰 결단은 없다는 걸 우리는 알아 버렸다. 호모 사피엔스의 전쟁은 끝나지 않을 가능성이 훨씬 높다. 세계 각국의 시인들이 평화를 외치고, 지구제국주의 전쟁의 장이 됐던 베트남에서 종전선언을 기대 했지만, 앞으로 제3차 회담이 진행되어 미국의 뜻대로 되더라도, 세계는 그리 쉽게 평화는 오지 않을 것이다. "만국의 평화세력은 단결하라!"고, 세계의 시인들이 모여, 포에트리 슬램을 하고, 세계 문화가 각기 존중되고 더욱 평화롭게 가길 노력해야겠지만, 지금껏 사피엔스는 전쟁의 사피엔스였다. 지구의 문법은 핵분열의 문법이고 우주의 문법은 핵융합의 문법이기에, 조금만 **우주눈**으로 지구별을 바라보면, **국경은 공동묘지 구획에 지나지 않겠지만,** 지구의 국가주의는 지구의 인종주의와 맞물려 종교화되어 버렸다. 우주의 핵융합의 문법은 사천 도에서 일억 도의 높은 온도를 요구하고, 별을 만드는 온도이기에 각각의 희생 없이는 불가능한 온도이다. 그것은 세계의 시의 온도요, 시 정신의 온도요, 시의 중성자의 온도요, 개인이면서도 전체요, 전체이면서 개인보다 작은, 여자 원소와 남자 원소보다 작은, 원소의 원소보다 작은 시의 쿼크이다. 시의 나라가 아니라 시의 쿼크이다. 시는 나라를 만들지 않고, 국경을 만들지 않는다.

전지구적으로 호모 사피엔스의 예견은 틀리지 않았다. 유발 하라리의 『사피엔스』(김영사)를 보면 "형제 살해범"인 사피엔스를 알 수 있다. 인종을 청소하고, 지구를 점령하기까지, 어찌 사람과 동식물만 죽였을까. "관용은 사피엔스의 특징이 아니다." "사피엔스 집단은 피부색이나 언어, 종교의 작은 차이만으로 곧잘 다른 집단을 몰살하지 않는가."(39쪽) 아직 단정하기는 이르고, 단정해서도 안 될, 낭만적인 시인이 있다면, 그 역시 현실주의와 초현실주의의 끝없는 전쟁일지 모른다. 우주 중력과 우주 척력과 암흑물질 암흑에너지의 카오스모스, 우주의 어느 변방, 지구의 변방 베트남, 지구 변방의 한국시, **우주문학**을 꿈꾸는 어리석은 사피엔스 시인도 있을 것이다. 중국 대륙에서 황사와 미세먼지가 뿌옇게 몰아치는 봄날, 갈 봄 여름 계절도 없이 '이종교배'의 시를 꿈꾸는 시인도 있을 것이다. 이젠 희망도 절망도 없는 호모 사피엔스인, 하지만 간절히 나는 조용히, 속으로 내게 묻는다. '우주제국주의는 가능한가'

―<미발표>

# 샤쌍둥이의 변증법

박동억

## 1. 詩魔派 선언으로부터 우주문학론 선언으로

김영산 시인의 시는 크게 자연서정시 계열의 작품과 우주문학론 계열의 작품으로 구분된다. 시인은 1990년 등단한 이래 약20년에 걸쳐 자연서정시 형식 안에서 자신의 고유한 시 세계를 형성해왔다. 첫 시집 『평일』(시와시학사, 2000)에서 "이 혼돈이 비로소 길이라니,/ 숫눈 위에 나를 덮다"(「열매」)라고 쓰듯 자연은 죽음이나 재해처럼 때로 시련을 주기도 하지만, 시인은 자연에 순응함으로써 열매를 맺는 하나의 길을 발견해내곤 했다. 시집 『벽화』(창비, 2004)와 『冬至』(천년의시작, 2009)에서 자연물은 항상 어떤 시련을 극복한 하나의 결정체로 발견된다. 그의 시가 표현하는 시간성에 따르면, 현재는 과거를 극복함으로써 존재한다. 꽃은 설움이나 고통을 승화시킨 흔적이며, 무덤은 과거의 사건들을 품고 있는 '환한 언덕'으로서 현대인이 우러러보아야 할 역사인 셈이다.

그런데 2009년을 기점으로 그의 시는 급격한 전회를 보인다. 그는 『게임광』(천년의시작, 2009)과 『詩魔』(천년의시작, 2009)을 간행하면서,

<리니지>, <월드 오브 워크래프트>, <뮤>, <미르의 전설>과 같은 게임의 이미지나 서사를 시에 차용하는 기법을 활용하기 시작한다. 이것은 1980년대 오규원이나 황지우가 보여준 키치 기법의 연장선상에서 파악할 수 있는데, 키치 기법이란 대중문화의 생산품과 제도권 예술을 결합함으로써 순수예술과 대중예술의 경계를 무너뜨리는 시도를 뜻한다. 1980년대의 키치 기법은 한국 사회에서 '예술을 위한 예술'로서 독보적인 지위에 놓인 자연서정시를 해체하는 시도이고, 사회적 측면에서는 정치성 편향의 현대시에 대중성을 도입하는 시도였다. 한편 2009년에 이루어진 키치 기법에는 어떤 의미가 있는가. 김영산 시인은 다음과 같이 밝힌다.

> 세계시에 간신히, 간신히 도달하려는 순간 한국시는 멈춰버렸다. 아니 자본주의의 소금을 뿌린 배추처럼 시들시들 힘을 잃고, 무슨 派閥의 양념에 절여져 타락해 버렸다. 지금 한국시의 초라함을 모른다면 그건 깨어 있는 시인이 아니다.
>
> 시인이 시를 말해 무엇 하랴. 다만, 우리 시에 과학적 사고가 결여되어 있다는 것이다. 우주를 말하는 시들도 너무 막연하게 서정시라는 이름으로 위장된 경우가 많다. 우주의 생로병사를 과학적으로 알지 못하면 시의 생로병사를 알 수 없다. 과학이 없는 詩的, 禪的 깨달음은 한계가 뚜렷하다.
>
> **인터넷 게임신**의 출현도 바로 거기서 보아야 한다. 아니 그 無風地帶에 들어가야 한다. 우리 시는 요즘 영화보다 만화보다 소설보다 첨예하지 못하다. 이미 시는 시대의 性感帶가 아니다. 거대 자본의 욕망을 읽어내려면 진정한 시의 욕망이 필요하다.

아직 근대는 진행 중이다. 묘하게도 그건 탈근대와 동시에 진행 중이다. 다시 말해 우린 근대문학을 극복해 가는 동시에 탈근대문학을 이룩해 나아가야 한다. 이중의 지각판을 갖는 문학지형을 형성한 것이다. 두 장의 문학 지도를 그려서 다시 지우고, 지우고, 지우고 하나의 새 지도가 완성될 때, 우린 세계문학 지도를 갖게 될 것이다.

—산문 「서정의 반성—詩魔派」 부분(강조는 시인)

시집 『詩魔』에 수록한 산문에서 김영산 시인은 2000년대 문단을 주도하는 미래파라는 사조에 반하여, 자신을 '시마파詩魔派'로 명명한다. 이때 시마파란 아직 극복되지 않은 한국 현대시의 문제와 직면하는 정신을 뜻하는 것으로 보인다. 시인은 한국 현대시가 극복해야 하는 과제들을 제시하고 있는데, 그 핵심적인 부분만을 발췌한다면 현대시의 과제는 (1) 세계시의 지향, (2) 과학적 사고의 도입, (3) 신자유주의 시장으로 추론할 수 있는 거대 자본주의의 극복, (4) 근대문학에 대한 성찰과 탈근대문학의 모색으로 요약될 수 있다. 다르게 말하면 그의 사유는 내셔널리즘의 극복, 예술적 편협의 극복, 신자유주의 체제의 극복, 근대성의 극복이라는 네 가지 과제를 설정하는 셈인데, 물론 이 네 가지 과제 중 어느 것도 만만치 않은 것이다.

2009년에 발표한 산문 「서정의 반성—詩魔派」가 과제 설정의 성격을 띤다면, 김영산 시인이 그 과제를 해결하기 위해 현재까지 지속하고 있는 여정이 바로 '우주문학론'이라고 볼 수 있다. 우주문학론이란 무엇인가. 최근 시인이 발표한 산문 「게임시에서 우주문학 선언으로」에는 요약적으로 우주문학론의 의미가 드러난다. 일단 우주문학론을 개시하는 것은 실존적 감각이다. 시인은 『詩魔』를 집필하는 동안 자기 존재가 우주를 향해 열려 있다는 듯한 도취적 감각에 사로잡혔다고 고백하는데, 이 감각을 그는 '마지막 광기'라고 부른다. 한편 우주문학은 형식적으로는 "이야기를 만드는 자도, 듣는 자도 따로 없"는 무수히 많은 화자가 방백하고 있는 형태의 산문시를 뜻하며, 담론적으로는 '중간지대', 즉 시의 언어와 과학 언어를 종합하는 과정을 뜻하는 것으로 판단된다.[1] 목소리를 하나의 산문 형태로 조직화하거나, 시와 과학의 언어를 통섭하는 하나의 방식은 어떤 의미로는 다원화된 이 시대의 무차별성에 대한 격렬한 저항처럼 보이기도 한다.

## 2. 샴쌍둥이의 언어

돌과 사람의 차이는 존재 방식에 있다. 사람은 '나'라는 의식의 흐름 속에서 '지금-여기'에 존재한다. 따라서 사람은 자기 주변을 지각하고 차츰 더 넓은 세계를 인식함으로써 자기 존재를 확장해간다. 반면 돌에게는 자아도 의식도 없다. 그러나 그것은 돌이 아무것도 인식하지 못하는 좁은 존재라는 의미가 아니다. 돌을 사람보다 좁은 존재라고 생각하는 것은 인간중심적인 규정일 뿐이다. 돌은 '언제-어디에나' 있다. 돌은 의식이 없기에, 길가에 있든 우주에 있든 차이가 없다. 아니, 길가에 놓인 돌도 우주에 놓인 것이고, 우주에 놓인 돌도 길가에 놓인 것이다. 의식이 없는 사물에는 주변과 우주의 구분이 없는 것이다.

따라서 사람만이 좁거나 넓은 존재다. 의식은 앎의 욕망이며, 소유의 욕망이기 때문에 '지금－여기', 즉 자아를 통해 모든 것을 이해하려 한다. 김영산 시인이 기획한 우주문학론의 핵심은 바로 자아를 탈중심화

---

1) 김영산, 「게임시에서 우주문학 선언으로」, 『시인동네』 2020년 5월호, 88~94쪽 참조.

하는 데 있다고 추측된다. 그는 자아를 잊고, 말하는 중심을 삭제함으로써, 우주의 방식으로 존재하는 순간을 모사해보는 것이다. 물론 인간이 존재인 한 그러한 우주문학론은 완수 불가능한 소실점으로서만 의식에 출현할 뿐이다. 『하얀 별』(문학과지성사, 2013)에서 '참선參禪'과 '죽음' 모티프가 두드러지는 이유는 그 완수 불가능성 때문이 아닐까. 존재함 자체를 극복할 때에만 도달할 수 있는 하나의 과제로서 우주문학론은 출현한다. 이는 최근작에서도 마찬가지다.

> 지구가 샴쌍둥이처럼 등을 맞대고 있는 **샴쌍둥이지구**가 있다
>
> 우리는 죽기 전에 서로를 보지 못한다,
>
> 보지 못해서 달라붙은 피 묻은 수술실 풍경
>
> 나 대신 눈물 흘리는 등짝이라니
>
> 지구의 가을이 가고 있다,
>
> —「샴쌍둥이지구」 전문

샴쌍둥이지구는 지구의 반대항으로서 존재하는 관념이다. 그 단어 자체는 구체적 실체가 아니라, 지구라는 실체 이면에 잠재태로 놓여 있는 일종의 사유 가능성만을 우리에게 제시한다. 다시 말해 우리의 세계인 '지구' 저편에 부정신학의 세계처럼 샴쌍둥이지구가 놓여 있다. 샴쌍둥이지구는 죽은 자만이 볼 수 있는 영역이지만, 시인은 그것을 "나 대신 눈물 흘리는 등짝"인 샴쌍둥이 형제로 은유함으로써 내밀한 관계로 묶는다. 그러나 여전히 샴쌍둥이지구는 의미화되지 않는다. 다만 의

미화를 빠져나가는 기표로 작용할 뿐이다. 이러한 부정성으로서의 관념은 의미체계를 교란하는 2000년대 미래파 시를 떠올리게끔 한다. 미래파 시의 상당수는 모국어를 외국어처럼 사용함으로써 기성질서의 관념을 파열시키는 방식으로 작동하곤 했다. 하지만 미래파 시와 달리, 김영산 시인은 샴쌍둥이지구라는 표현을 언어의 균열로만 남겨두기보다 지구와의 변증법적 이항대립 속에 접붙이고 있다는 차이가 두드러진다.

따라서 언뜻 그의 시는 2000년대 시처럼 순수문학의 게토를 해체하는 형식을 닮은 듯 보이지만, 우주문학론이라는 방법론을 통해 분열된 목소리나 상이한 담론의 언어를 변증법적으로 통합하고 있다는 사실을 확인할 수 있다. 따라서 김영산 시인의 우주문학론은 파편화된 목소리의 재종합, 탈중심의 중심을 발견하려는 하나의 시도로 읽힌다. 이것은 모든 존재를 차이화 · 상대화하려는 시대적 경향에 반하여, 다시 근대적인 종합의 사고로 회귀하는 것으로도 이해될 수 있다.

구부린 등에서 생겨난 가족
애보개 누이의 애기포대기 속에서 자란
시인의 걸음마는 등에서 시작되었다
한쪽 눈이 안 감긴 아버지는 주무실 때
지구의 외눈이 되었지만, 어머니에게 등을 내주어
구부린 등의 등받이가 돼 주었다
소년은 시를 쓰는 내내 등을 쳐다보지 않았다
아버지가 돌아가시고 등을 떼어내자
아버지소년은 샴쌍둥이지구가 되어 있었다

—시 「샴쌍둥이지구」 부분

예컨대 김영산 시인은 '샴쌍둥이지구'라는 표현을 통해 줄곧 산 자와 죽은 자의 관계의 내밀함을 암시하기도 한다. "시인의 걸음마는 등에서 시작되었다"는 문장처럼, 이 시는 언뜻 시인의 자전적 목소리를 드러내는 것처럼 보인다. 아버지는 생전에 자신의 등으로 가족을 떠받쳤고, 어머니와 시인은 그 등을 받침대로 삼아서 걸음을 옮길 수 있었다. 아버지의 '구부린 등'은 그의 죽음 이후에도 가족을 지탱하는 든든한 등으로서 상기될 것이다. 그러한 의미로 소년의 존재는 아버지에 지탱되고 아버지와 내밀하게 얽힌 '아버지소년'이다. '아버지소년'이란 소년을 앞으로도 살게 하는 아버지의 헌신을 가리키는 단어인 셈이다. 이렇듯 샴쌍둥지구라는 표현은 누군가의 죽음이 사라지지 않고 후대에 남겨진다는 사실을 말한다. 삶과 죽음은 서로 단절된 것이 아니라, 내밀하게 서로 등을 맞대고 있는 존재의 양면이다.

마찬가지로 「샴쌍둥이지구―웹툰 작가 한백에게」에서도 시인은 자아와 타자 사이의 얽힘을 이야기한다. "샴쌍둥이지구는 여러 그림이 아니라/ 하나의 그림이지/ 오누이 지구샴쌍둥이/ 부부 지구샴쌍둥이/ 동성 지구샴쌍둥이"와 같은 표현처럼, 시인은 모든 관계는 두 개별 존재가 아닌 하나로 얽힌 신체 안에서 발견된다는 사실을 암시한다. 모든 존재는 하나의 '지구'이자 서로 얽힌 '샴쌍둥이'다. 이처럼 사유 가능성과 사유 불가능성이 서로 얽혀 있다는 것, 죽음과 삶이 서로 얽혀 있다는 것, 자아와 타자가 얽혀 있다는 것이 그의 시에서 강조된다.

이처럼 세계와 세계, 타자와 타자, 자아와 자아 바깥의 얽힘을 드러내기 위하여 김영산 시인은 '샴쌍둥이지구', '아버지소년'과 같은 샴쌍둥이의 언어를 탄생시킨다. 샴쌍둥이의 언어란 일상적 관점으로 말하면 서로 마음을 지지할 수 있는 관계이고, 형이상학적으로 말하면 우리의 의식에서 불현듯 출현하는 형언 불가능한 관념, 의식 불가능한 타자성을 가리킨다. 물론 그의 시 대다수에서 샴쌍둥이의 언어는 어떠한 유비나 암시로만 드러날 수 있고, 우리에게 어떤 보편적 감정이나 구체적인 실천 방식을 제안하려는 것처럼 보이지는 않는다. 하지만 사유의 모색이자 열림으로써, 그의 시 언어는 우리에게 사유의 단초가 되는 형이상학적 변증법의 틀을 제공하고 있는 셈이다.

## 3. 숭고한 타자

김영산 시인의 시는 우리에게 사유의 열림을 제안한다. 시인은 『詩魔』나 『하얀 별』에서 선불교적 성찰과 과학적 사고를 종합하고자 시도하는데, 그러한 시도는 통섭적인 방식으로 우리에게 새로운 사유의 길을 제시하려는 노력이라고 볼 수 있다. 또한 앞서 분석한 샴쌍둥이의 언어는 삶과 죽음, 인식과 인식 불가능성이 접붙이려는 시도이며, 여기서도 서로 다른 영역을 종합하려는 변증법적인 사고가 두드러진다.

그런데 이러한 사유를 일상적 언어로 번역한다면, 그것은 서로 다른 목소리, 다른 생각을 지닌 사람들의 피부를 맞대려는 시도라고 이해할 수도 있다. 김영산 시인의 시는 부모와 자식의 등을 맞대려는 마음, 산 자와 죽은 자의 등을 맞대려는 마음, 이해받은 자와 이해할 수 없는 것을 맞대려는 마음으로 나아간다. 존재에 관한 한 본래 피부는 벽이다. 피부는 무한히 연속되는 세계 안에서 존재를 각각 구분하는 벽이다. 그렇다면 샴쌍둥이의 언어는 피부라는 격벽을 뚫고 존재를 잇는 언어이기도 하다.

한국전력공사 비석이 젤 큰 데, 나주 비료공장 하얀 굴뚝 연기를 바라보며 자란 나는 아직도 불 켜진 빌딩들 벌판이 믿어지지 않는다. 순식간에 우리 모두 죽을 수 있다.

푸른 소주병을 들고 그 친구는 고향의 장례를 치렀다. 나는 시의 장례를 치렀다. 지구의 장례가 치러지고 있다는 걸 우리는 안다. 푸른 소주병을 비석처럼 세워 가도 취하지 않는 죽음. 누구의 무덤인지도 모르고 무덤은 반갑구나.

무덤은 비장하지 않다. 푸른 해이기 때문인데, 나는 그때 무덤과 무덤이 푹 꺼진 곳이 푸른 해라는 걸 몰랐다. 마치 은하의 중심마다 있다는 음의 태양 그 푸른 해같이 죽음의 중심을 잡아주는지 모른다.

나는 열심히 무덤을 바라보았다. 무덤의 소주병은 주둥이가 길지 않지만 침묵만큼은 잘 마신다. 푸른 해들이 무덤만큼 많구나. 더 큰 침묵이 작은 침묵을 마시고 보이지 않는 푸른 블랙홀이 침묵을 마신다.

여태 그 친구는 푸른 소주병을 세고 있다.

—「푸른 해—공동묘지를 떠나며」 부분

공장과 빌딩으로 메워진 고향은 폐허나 다름없다. 공동묘지에서 두 사람은 애도하기 시작한다. 친구가 고향의 상실을 애도하는 동안, '나'는 시의 상실을 애도한다. 이때 고향의 상실과 시의 상실은 함께 놓인다. 고향 상실은 과거에 간직했던 추억의 상실일뿐만 아니라, 한 존재에 내밀하게 응답하던 장소의 소실이기도 하다. 하이데거는 시의 본질은 바로 그러한 장소를 드러내는 것이라고 말한 바 있다. 시란 존재를 존립하게 하는 장소를 드러내는 말하기인데, 고향 상실은 시가 말할 장소를 상실하게 한다.

그러나 김영산 시인은 장소 상실에도 시는 지속할 수 있다고 말하는 듯 보인다. 그는 상실 또한 삶을 바로 세울 수 있다고 말한다. "무덤이 푹 꺼진 곳"은 빈 곳이 아니라 오히려 삶을 바로 잡는 기둥이며, 상실이 "푸른 해같이 죽음의 중심을 잡아주"고 있다는 것이다. "나는 열심히 무덤을 바라보았다"는 문장처럼 그는 상실을 직시함으로써 완수되는 시의 세계에 관해서 말한다. '블랙홀'이나 '침묵'이나 소주병을 세는 친구의 몸짓 같은 것, 그것은 일상적 언어로 말하면 그리움이다. 이러한 그리움을 통해서도 장소는 다시금 발견된다는 믿음, 이것이 김영산 시인이 지닌 사유의 완력이라고 볼 수 있다. 현실에서 상실한 고향을, 그는 역설적 사유를 통해 재건하는 셈이다.

> 산정호수를 한 바퀴 도는데 푸른 해가 떠올랐다.
>
> **음의 태양,** 그해 여름을 생각하며 서울로 오는데 여름이 끝나가고 있었다. 목 없는 마네킹이 길거리에 서 있었다. 가을 등산복을 입은 마네킹 산을 오를까. 옥수수밭 옥수수는 하모니카를 불지 않는다. 산정호수를 한 바퀴 도는데 삼십 년이 걸렸다. 이젠 서울로 가야겠다.
>
> **검은 태양,** 서울을 한 바퀴 도는데 삼십 년이 걸린다. 강변북로가 막힌다. 페트병에 오줌을 눌까. 이촌으로 빠져나와 주유를 한다. 기름값이 많이 올랐다. 오줌만 눠도 살 것 같다. 화장실 오줌 눈 값이다. 그해 여름부터 검은 태양이 따라 다닌다.
>
> **푸른 블랙홀,** 은하의 중심마다 푸른 블랙홀이 있다. 서울의 중심마다 푸른 블랙홀이 있다. 산정호수를 걸으며 그녀가 말했다. 음의 태양

은 어두운 느낌이니 시로 쓰지 말라고. 푸른 해로 제목을 바꾸기로 했다. 제목을 바꾸는데 삼십 년이 걸렸다.

**푸른 해,** 네 이름을 짓는데 삼십 년이 걸린다. 푸른 해 너를 부르면 입술에서 푸른 해가 나온다. 입맞춤하는데 삼십 년이 걸린다. 그해 여름 그녀 입술은 푸른 해가 되었다. 시에 입맞춤하느라 가을이 오는 줄도 몰랐다. 푸른 해로 제목을 바꾸자 그녀가 푸른 해가 되었다.

—「푸른 해」 전문

'푸른 해'라는 개인상징을 획득하는 일련의 과정이 형상화된 메타시라고 볼 수 있다. 산정호수는 서른 해에 걸친 시적 여정의 상징적 공간이며, 시인은 세계를 인식하는 개인상징을 '음의 태양'에서 '검은 태양'으로, 또한 '푸른 블랙홀'과 '푸른 해'로 갱신해왔음을 알 수 있다. 앞서 살펴보았듯 우리는 이 모든 표현이 죽음의 차원을 가리키는 것으로 이해할 수 있다. 김영산 시인은 음의 태양이라는 어두운 표현에서 푸른 해라는 표현으로의 이행이 한 사람으로 인해 가능했다는 사실을 드러낸다. '음의 태양'이라는 표현이 어두운 느낌을 준다는 '그녀'의 조언을 받아들인 뒤, 시인은 '푸른 해'라는 표현으로 갱신한다. 그것은 죽음이 삶과 분리된 반대편이 아니라 삶과 다른 색채를 지닌 영역이라는 것을 강조하는 표현으로 보인다. 또한 앞서 샴쌍둥이지구라는 표현을 활용한 것처럼 시인은 삶과 죽음의 내밀성을 강조하는 것이다.

푸른 해를 모든 이별, 그리움, 상실을 가리키는 표현이라고 넓게 이해한다면, 이 시의 마지막에서 푸른 해가 된 그녀는 아마도 세상을 떠났거나 더는 만날 수 없는 공간에 머물러 있을 것이다. 그리고 그녀가 제안한 푸른 해라는 표현을 사용하는 것은 그녀에 대한 헌사인 것처럼 보이기도 한다. 김영산 시인의 시에는 종종 영감을 주는 뮤즈들이 등장한다. 시집 『하얀 별』에서 시인은 "평생 상복만 입다 죽을 것 같다고 내게 고백"하는 '상복 입은 여자'를 "우주에서 자신을 다 태우고 떠 있는 하얀 별"(「詩魔—십우도(여덟)」)이라고 말한다. 애도에 잠겨 있는 여자는 온몸으로 우는 하얀 별이다. 한편 삶을 좀 더 밝은 빛으로 바라보게 해주던 '그녀'는 이제 푸른 해가 된다. 푸른 해는 그리움의 또 다른 표현이다. 이렇게 김영산 시인의 시는 사랑에 가까워진다. 그의 시에 자주 보이는 우주적 표현은 지구에서 상실된 이후에도 그리워하고 사랑해야 할 타자의 존재인 것이다. 그렇게 그는 우주를 보듯 타자를 우러러 본다.

—『현대시』 7월호, 2020.7.1.

# 푸른 강과 푸른 해, 거기서 본 시인의 눈빛이 남긴 인상에 대하여

황인찬

사실을 털어놓자면, 김영산 시인에 대해 이런 글을 쓸 정도로 내가 시인에 대해 깊은 이해를 갖고 있는 것은 아니다. 그 사실은 김영산 시인 역시 잘 알고 있으리라. 그러니 시인이 내게 기대하는 것은 아마 깊은 이해와 오랜 우정에 기반한 글은 아니었을 것이다. 그렇다면 그 역으로, 어쩌면 시인이 내게 바란 것은 몰이해와 얕은 역사 안에서만 얻어낼 수 있는 어떤 인상에 대한 글이 아니었을까?

그런 잘못된 기대와 그릇된 마음가짐으로부터, 이 글을 시작해보고자 한다. 그러니 이 글은 김영산 시인에게 내가 갖는 어떤 얕은 인상들에 대한 글이 될 것이다.

## 강의 이름으로

김영산 시인의 이름은 그가 나고 자란 나주의 영산강에서 따온 것이다. 이 점에서부터 이야기를 시작해야만 하겠다. 김영산 시인은 내가 알고 만난 시인들 가운데서도 손에 꼽히게 맑은 인상을 가진 인물이다. 어떤 시인들은 좀처럼 세파에 찌들지 않고, 아이 같은 무구함을 지켜오기도 하는데, 내게 그런 시인의 상을 대표하는 이를 꼽으라면 김영산 시인을 꼽지 않을 수 없다.

내게 아버지뻘 되는 시인에게 이렇게 외람된 말을 붙여도 좋을지 모르겠지만, 그는 내가 아는 가운데 가장 맑은 사람이다. 그를 처음 만났을 때를 떠올려보면, 어느 자리에서 처음 인사를 나누었을 때, 그가 내게 "여어, 황인찬 시인!" 하면서 아주 반갑게 인사를 건네던 장면이 생각난다. 선배 연하는 기색도 없이, 나의 작품을 얼마나 인상 깊게 읽었는지 열과 성을 다해 들려주던 것이 시인에 대한 나의 가장 첫 기억이다. 문단에서 그런 선배를 만나는 것은 쉽지 않은 일인데, 첫째로 수십 년 후배의 작품을 챙겨 읽는 시인을 찾아보기 어려운 것이 한 까닭이고, 둘째로 어설프고 성긴 후배의 작품에서도 좋은 점을 찾아내는 그 관대하고 깊은 눈을 가진 시인이 드문 것이 또 다른 까닭이다.

아무튼 그때 시인의 눈이 참 맑다는 생각을 했던 것이 기억이 난다. 사실 나는 누가 내 칭찬을 하면 너무 민망하고 듣기 불편해서 얼굴을 제대로 보지 못하고 고개를 반쯤 숙이는 편인데, 어째서인지 김영산 시인 앞에서는 그러지 않았다. 오히려 그의 얼굴을 똑바로 보고 그의 말을 경청하며 감사하다거나, 부끄럽다는 말을 연신 했던 기억이 나는데, 아마 그가 너무 진심으로 내게 말을 했으므로, 그 마음이 담긴 시선을 피하는 것이 불가능했기 때문이었으리라 그런 그를 보며 나는 강의 이미지를 떠올리곤 했다. 그의 이름인 영산강처럼, 크고 부드러운 강의 이미지다.

시인은 웃는 얼굴로 자주 말을 하는데, 그 가운데서도 가장 인상 깊은 것이 그의 눈이다. 부드러운 웃음이 깃들어있는 그 눈에서 시인의 선량한 심성을 읽어낼 수가 있다. 때로는 눈을 동그랗게 뜨고 진지하게 말을 전할 때도 있는데, 그 동그란 눈에서는 어떤 순진함과 무구함이, 그러니까 아이들이 무엇인가에 매우 집중했을 때 나타나는, 너무 투명해서 아무것도 담기지 않는 것처럼 보이는 그 맑은 상태가 고스란히 드러나 보이기도 한다. 그런 점에서 시인에게 가장 어울리는 것이 바로 물이고, 그 물 가운데서도 시인이 자신의 뿌리를 두고 있는 영산강이 시인의 영혼과 깊게 닿아 있노라 말하지 않을 수가 없다.

마음의 습지가 보타지고 있다
마음은 말라가는 습지
늘 죽음이 궁금해 옛 무덤 위를
뻗어가는 땅가시덩굴 걷어낸다
집단주거지 불에 탄 검은 흙
그 흙 속에 馬韓의 나라
단단히 금 간 텅 빈 옹관이 있다
붉은 흙이 가득 생겨난
뼈부스러기 하나 없이 온전히 흙으로 돌아간
오랜 세월 지나서도 젖어있는 흙
마음의 습지가 거기 있다

젊은 날 배회가 마르지 않는 습지를 만들고
한 번 파놓은 웅덩이는 다시 메꾸어도
흙이 무르다

—「영산강 7—마음의 습지」 전문

물처럼 맑고 투명한 시인의 이미지에 대해 이야기했지만, 사실 시인의 시가 그리는 그의 원류는 그와 전혀 다른 이미지를 품고 있다는 점 역시 짚고 넘어가지 않을 수가 없다. 그가 그리는 강은 '마음의 습지'라는 저 어두운 흙을 품고 있는 것이다. 그것은 거시적으로는 길고 긴 역사의 누적이며, 미시적으로는 그 누적된 역사 안에 켜켜이 쌓인 개인의 "젊은 날의 배회"가 남긴, 결코 마르지 않는 마음의 습기이자 마음의 습지인 것이다.

시인의 초기 시가 그리던 저 영산강의 이미지는 언제나 역사의 슬픔을 품고 있으며, 마음의 어두운 그림자를 끌어안고 있어 왔다. 영산강뿐 아니다. 1990년 시인의 등단작인 「冬至」는(내가 1988년생이니, 참 내가 무슨 말을 덧붙이고 있는 이 지면이 얼마나 얼토당토않은 것인지 새삼 생각하게 된다) 세계의 어둠과 부조리를 분명하게 직시하며 그 비극에 마음 아파하지 않았던가. 시인의 강은 맑고 부드러운 물이면서, 동시에 그 안에는 강 밑 진흙과 같은 수많은 삶의 아픔들이 퇴적해 있는 것이다.

시인과 대화를 나눌 때, 내가 시인의 맑은 눈 너머로 보았던 것이 바로 저 어두운 진흙이었으리라. 사실 그는 좀처럼 자기 얘기를 하지 않는다. 상대를 배려하는 그의 심성 탓일 수도 있고, 어쩌면 너무 어린 후배인 나에게 자신의 이야기를 꺼내기가 마땅치 않은 까닭이었을 수도 있으리라. 시인은 주로 연장자로서 나를 위한 조언을 해주거나, 까마득한 후배인 나를 치켜세우는 말을 주로 해줄 뿐, 당신에 대한 이야기를 꺼내는 법이 없었다. 내가 들은 얘기라곤 그의 아들이 나와 또래라는 것 정도였고, 그마저 엄밀히 따지면 그 자신에 대한 이야기는 아니었다.

그가 내게 하는 말이라곤, 황 시인과 같은 후배가 있어 참 든든하다거나, 자신도 참 순진하게 살아왔지만 황 시인처럼 그렇게 마냥 순진하게 살면 곤란하다는 식의, 아버지가 내게 해줄 법한 다정한 말들뿐이었다. 김영산 시인이 『현대시』에서 이달의 시인으로 선정되어, 내가 그 대담 상대로 나가게 되었을 때도 그랬다. 간단히 촬영을 마치고 헤어지기 전 카페에서 잠시 이야기를 나눌 때, 그 짧은 시간 동안에도 정말 그는 내 아버지보다도 더 살뜰하게 내 걱정을 해주었다. 그러니 내가 그에게 갖는 인상은 그 무엇보다 따뜻함과 다정함일 수밖에. 그리고 또 한편으로는 그런 그의 살가움에 제대로 답하지 못하는 나 자신의 부족함에 부끄러움을 느낄 수밖에.

그런데도 나는 어쩐지 김영산 시인과 대화를 나눌 때면, 그 다정하고 느릿한 말들 사이에 언뜻 비치는 음영이 읽히곤 했다. 그 음영은 어쩌면 시인이 자신의 시에서 밝힌 것과 같은 '마음의 습지' 같은 것이었을지 모르겠다. 폭력으로 가득한 세계를 통과하며 물처럼 크고 느릿한 그의 마음 안에 내려앉은 어떤 진흙 같은 것일 수도.

> 오리에는 퍽이나
> 많은 우리 모양이 있다
>
> …(중략)…
>
> 해질녘까지 부산함이며
> 그저 멍하니 멀뚱멀뚱한 눈이며
> 쭉 내밀어진 입이며
> 팔자걸음 뒤뚱뒤뚱 집으로 돌아올 때엔 퍽 많이도 우리를 닮아서
> 어느날인가 둠벙에서 오리들이 사라지고 나면

둠벙가에는 흰 깃털이며 오리걸음만 남는 거라

—「오리」 부분

시인의 마음 깊은 곳을 내가 알 도리야 없지만, 다만 나는 그의 시 가운데 유독 귀여운 구석이 있는 저 「오리」라는 시에서 시인의 모습을 떠올리기도 했다. 바닥에 진흙을 감추고 있는 저 고요한 물 위에서, 멱을 감고 떠다니는 저 작고 부산스러운 오리 떼의 모습은, 일견 사랑스러우면서도 또 억척스러운 데가 있다. 물론 이 시의 의미는 저 복닥거리는 모양새가 우리 삶과 참 닮아있다는, 다정하면서도 날카로운 시인의 시선을 드러내고 있는 것인지만, 나는 저 시가 거느리는 이미지의 연상들로부터 김영산 시인에게 내가 갖는 인상을 겹쳐 보게 된다.

겉으로 드러나는 것이야 순박하고 부드러우며, 또 귀엽기도 한 오리들이 떠다니는 물가의 모습이지만, 저 시가 은근하게 풍기고 있는 이상한 긴장감 같은 것은 시가 부러 드러내지도 않고 있는, 저 장면 아래의 세계, 즉 질척이며 우글거리며 들끓는 진흙의 세계가 떠받들고 있지 않은가. 내가 시인의 맑은 눈을 보면서 때로 느끼는 그 묘한 음영이란 결국 저 오리들이 평화롭게 떠다니는 물 아래의, 시간이 흘러 고요해진 어떤 어둠이었으리라. 그러니까 내가 시인에게서 느끼는 저 차분한 다정함이란 한번 크게 들끓었다가 시간이 지나 부유물이 가라앉아 맑은 물의 표면을 갖게 된, 그런 비 온 뒤 물가의 이미지에 가깝다고 할 수 있겠다. 시인이 강의 이름을 갖고 있는 것도 마냥 우연은 아니었으리라.

## 푸른 광기, 푸른 해

그리고 그 물밑의 진흙들은 다소의 광기를 포함하고 있다. 광기란 모든 질서가 깨진 상태가 아니라, 어떤 질서가 인지를 넘어선 상태를 가리킨다. 물밑의 진흙들은 질서 없이 뒤섞인 것처럼 보이지만 실은 모두 물리 법칙을 철저하게 따라 형성된 것 아닌가. 다만 인간의 관점에서 그것을 이해할 수 없으므로 진창이고 혼돈이라 여길 따름이다. 그러니 시인이 삶과 서정의 세계를 벗어나 『게임광』이나 『詩魔』와 같은 작업을 시도한 것 또한 당연한 일이겠다. 인간이 무엇인가에 집착 혹은 천착하면 결국 상궤를 벗어나는 영역을 향하게 되는 것처럼, 그의 시는 무엇인가에 이끌리듯 광기를 향하기 시작했다. '백수광부'의 모티브가 얼마간 그의 시에서 보였던 것도 그러한 까닭으로 볼 수 있으리라.

"인간의 생은 입을 다물라, 죽음이 말하게 하라!"(「詩魔-우주게임」, 『詩魔』)는 시인의 말은 작금의 그의 모든 시론을 함축적으로 표현하는 말이라고 할 수 있을 텐데, 그것은 시인으로서 그가 말해야 할 모든 것이 인간의 영역을 넘어서는 곳에 있음을 뜻하고 있는 것이다. 그의 시에서 죽음이란 인간의 영역 그 밖을 의미하는 것이고, 그 인지의 바깥을 이해하는 방식으로서, 그리고 이해 불가능한 막대함 그 자체로서 우주를 소환하는 것이다. 바로 그 지점에서 죽음에 대한 탐구와 우주에 대한 탐구가 조우한다. 그러니까 김영산 시인에 대해 말하기 위해, 결국 그의 우주문학론에 대한 이야기를 하지 않을 수 없겠다는 이야기다.

내가 아는 바로는, 우주문학은 그가 처음으로 제시한 개념이다. 우주적인 이미지와 모티브를 시와 시론에 사용한 시인들이야 그간 수다하게 있어 왔지만, 천체물리학적 모티브를 시론과 결합시켜, 우주적인 것 그 자체를 사유의 중심으로 삼고 논의를 전개하는 것은 그가 처음이라는 이야기다. 내가 시인의 우주문학에 대해 처음 들은 것은 어느 계간지의 좌담 자리에서였다. 일본 시인들과 한국 시인들이 만나 자유롭게 문학에 대한 의견을 교환하는 자리였는데, 그는 거기서 우주문학에 대한 그의 이론을 펼쳤다. 이 지면이 우주문학론을 설명하는 자리는 아니니 그 내용을 풀어 옮기지는 않겠지만, 서두에서도 이야기한 바 있는 그의 눈빛에 대해서만은 말하고 싶다.

우주문학을 말하던 당시 시인은 그전에 그와 인사를 나누곤 할 때 보았던 그 선량하고 부드러운 눈빛 대신 불안이 언뜻 비치는 눈을 하고 있었는데, 그게 내겐 참 묘해보였다. 어딘가 불안해 보이는 것 같으면서도 묘하게 확신이 넘치는 것처럼 보였달까. 당시에 시인이 무슨 생각을 했는지야 나로서는 알 수 없는 일이지만, 그 일말의 불안과 강렬한 확신 양자가 아마 시인이 자신의 시론에 갖는 태도겠거니 생각했다. 어느 시인인들 자신의 시론에 전적인 불안이나 완전한 확신을 하겠는가. 다만 그때 나는 그의 눈빛을 보며 대체 그에게 우주문학이라는 것이 얼마나 귀하고 중한 것이기에, 시력 깊은 시인이 이렇게 떨듯이 말하고 있는 것일까, 잠시 질문이 떠오르기도 했다.

지난 수년간 김영산 시인의 문학 세계를 조망하는 대담을 두 차례 진행하며 그의 우주문학론을 짧게나마 접했기에 외람됨을 무릅쓰고 말하는 것이지만, 시인이 말하는 우주문학론이 여러모로 오해를 받기 쉬운 종류의 것임은 분명하다. 세련되게 잘 다듬어진 이론이라기보다는 오히려 우주적인 이미지로부터 촉발되는 수많은 착상과 영감들에 접촉하며 그것들을 자신의 안으로 끌어들이는 방식의, 일종의 문학적 방법론에 더 가까운 것이기 때문이다. 그런 의미에서 시인이 자신의 문학론을 펼친 저서의 제목을 『우주문학 선언』이라 이름 붙인 것은 참 적절하다. 정리하며 수렴하는 '론'보다는 발산하며 다른 것에 가닿는 선언적 태도 쪽이 시인의 문학론과 더욱 가까우니 말이다.

소박하고 범박한 수준의 일상을 주로 다루는 작은 시인인 나로서는 사실 시인이 말하는 우주문학이라는 개념 자체에 일말의 저항감을 여전히 갖고 있는 것도 사실이다. 손에 잡히지 않는 것을 말하는 일 자체가 나의 쓰기 윤리 면에서 잘 받아들여지지 않기 때문이기도 하고, 넘치도록 많은 것을 다 포섭하며 말하고자 하는 저 강렬한 우주문학론의 확장성이 다소 버겁게 느껴지기 때문이기도 하다.

그러나 사실 그 너무 거대해서 모든 것을 다 담을 수도 있을, 저 야심 넘치는 우주에 대한 상상력이야말로 사실 내가 잘 알지 못하는 시인의 진짜 모습일 수도 있겠다는 생각도 든다. 그의 문학론은 바슐라르가 보여준 바 있는 원소 이미지의 상상력과 동류의 것으로(혹은 반대의 것으로?) 볼 수 있는데, 바슐라르가 그의 작업을 통해 종래의 이미지 체계를 분류하며 과학 중심 사고로 인해 비합리적인 것으로 여겨져 온 인간의 정신 활동에 대한 긍정을 수행하는 것이었다고 한다면, 그의 작업은 죽음과 광기라는 오래된 문학적 주제를, 합리성에 의해 관측되고 정리된 물리적 법칙(특히 천체물리학적인 것을 중심으로 하는)을 이미지화함으로써 그 오랜 난제를 해결해 보이겠노라는 강한 야심을 갖는 것이라 할 수 있다. 그래서 그의 우주문학론은 자신의 작품을 설명하는 데서 그치지 않고, 문학의 줄기로는 「백수광부가」부터 시작해서 윤동주를 거쳐, 당대의 시인에 이르기까지 접속되고, 문학 바깥으로 뻗어 나가서는 분단 현실을 비롯한 정치적 문제와 당대의 사회적 문제, 인류의 미래에 대한 전망까지 나아간다.

오 어떤 죽음도 환희다
오 어머니 죽음 앞은 환희다

별들의 관계를 생각해보고
우주적 서정을 꼭 생각하지 않아도 된다

—「詩魔—生碑」 부분

이미지를 중심으로 하는 사유를 통해 현실 문제를 돌파하고자 하는 것이자, 물질 영역에서의 원리를 끌어와 비물질적인 영역에서의 난관을 타개하고자 하는 것이 그의 문학론의 근본적인 성격이라고 할 수 있을 텐데, 이 정도 규모의 시적 야심을 품은 작업을 근래에는 찾아보기가 어렵다. 그런 의미에서 나는 그의 이 작업들로부터 그가 우리 삶에 대해 갖는 어떤 절박함을 읽어내기도 한다. 대체 어떤 절망이, 어떤 위기감이 시인에게 이런 방대하고 장대한 작업을 하도록 만든 것일까. 소시민인 나는 상상도 감히 할 수 없지만, 다만 저 시인의 강처럼 깊은 눈 어딘가에 그러한 사연이 숨어 있으리라고, 그저 혼자 짐작해볼 따름이다.

예전에 시인과 이야기를 나누는 자리에서, 그리고 사실은 대담 자리에서도 은근하게, 나는 시인에게 우주문학에 대해 내가 갖는 어떤 부담감을 밝힌 적이 있다. 그럴 때면 시인은 항상 부드러운 눈빛과 표정으로 내게 이런 식으로 말을 했다. 그렇게 생각할 수도 있지만 사실 황 시인의 시 역시 우주적인 구석이 있지요, 라고 말이다. 이런 넓은 품이, 그리고 여유로움이 그가 시인으로서 저 도사린 우주와 죽음의 광기에 지지 않는 까닭일는지도 모르겠다. 그래서 사실 나는 김영산 시인을 생각하면 그 무엇보다 참 당해낼 수 없는 시인이라고 생각하게 된다. 그리

고 시인으로서 시를 읽고 쓰며 매번 생각하게 되는데, 역시 시는 당해
낼 수 없는 것이 좋은 시다.

—『현대시』 4월호, 2021.4.1.

# 우주문학과 시


초판 1쇄 인쇄일 | 2022년 03월 10일
초판 1쇄 발행일 | 2022년 03월 16일

지은이 | 김영산
펴낸이 | 한선희
편집/디자인 | 우정민 우민지 김보선
마케팅 | 정찬용 정구형
영업관리 | 정진이 한선희
책임편집 | 김보선
인쇄처 | 으뜸사
펴낸곳 | 국학자료원 새미(주)
등록일 2005 03 15 제25100－2005－000008호
경기도 고양시 일산동구 중앙로 1261번길 79 하이베라스 405호
Tel 02－442－4623 Fax 02－6499－3082
www.kookhak.co.kr
kookhak2001@hanmail.net

ISBN | 979-11-6797-047-3 *93800
가격 | 19,000원